龙仁青 著

散文集

孔雀翎上的雪峰

中国多民族作家作品系列

石一宁 主编

广西民族出版社
Gvangjsih Minzcuz Cuzbanjse

作者简介

龙仁青，1967年3月出生于青海湖畔铁卜加草原。1990年开始文学创作及文学翻译。先后在《人民文学》《中国作家》《十月》《民族文学》《章恰尔》等汉文、藏文报刊发表作品。出版有原创、翻译作品20多部。原创作品曾获中国汉语文学女评委大奖、三毛散文奖、入围第五届鲁迅文学奖（提名）。翻译作品曾获第十二届全国少数民族文学创作骏马奖、青海省《格萨尔》史诗研究成果奖。中国作家协会会员，青海省作家协会副主席，青海省《格萨尔》工作专家委员会委员。

目录

第一辑

高处的风烟

青海湖男神

忠于职守的男性大山

有关青海湖形成的故事，在环青海湖地区的广袤草原上广为流传，这个故事把远在百千万年前发生的一次造山运动与发生在1000多年前唐蕃之间的两起历史事件联系在了一起，这两起历史事件，一是唐朝文成公主进藏与吐蕃王松赞干布成亲，一是佛教入藏。从时间上推算，青海湖形成的时间远远早于唐蕃时期，而当地藏族民间却把这样一次自然造化与两起历史事件巧妙地联系在了一起。或许，从民间记忆的角度去说，这样一些看似毫不相干的事物之间，却有着一种紧密的内在联系，这种内在联系，其实是一种心灵的震撼，是一种触及整个民族记忆的集体的心灵震撼。

在有关青海湖形成的记忆中，极具破坏力的造山运动所掀起的滔天大水是早期环青海湖地区人们永不磨灭的印记。人们以口传的方式，把大水淹没大片土地，万户人家顷刻间在浊浪之中消失的瞬间传述至今——青海湖在藏语中被称为“赤雪嘉姆”，意思是吞没万户的女王。时间在继续，循环往复的沧海桑田填充在百千万年的时光隧道之中，接着，这种记忆续接上了对百千万年来说只是短暂一瞬的两起历史事件，它们都发生在1000多年前，却也像百千万年前的那次造山运动一样，成为环青海湖地区人们永不磨灭的历史记忆——文成公主进藏结亲，就吐蕃来说，是一次穿越青藏高原、打开与东方大国的通道的历史事件；佛教入藏，则是缔造藏传佛教文化的开始，如今的藏文化便是以佛教文化为底色的。

吐蕃重要的历史人物——前往长安迎护文成公主的大臣禄东赞在传说中率先登场。从长安回到拉萨后，他居功自傲的嚣张行为惹怒了藏王松赞干布，藏王大怒，一气之下将禄东赞发配到了青海湖地区，让他在那里晾晒黄金。民间传说并没有说明这种特殊的惩治方式的来由，而是更关心由此造成的后果——禄东赞每天盯守着满地的黄金，他的眼睛被艳阳下的金光耀瞎了，他因此需要别人的照顾。如此，故事中出现了一个傻儿子的角色。傻儿子每天帮他在一处泉眼中取水，禄东赞也就需要每天叮嘱傻儿子：泉眼被一块纹刻着六字真言“唵嘛呢叭咪吽”的石盖所封盖，取水之后，必须把石盖原样封盖好，若不如此，泉水会喷涌而出，后果不堪设想。即便如此，有一天，取完水的傻儿子还是忘记了封盖好石盖，喷涌而出的泉水顷刻间淹没了草原，居住在草原上的万户人家也被大水淹没。禄东赞带着傻儿子一路往山上逃去，等他们气喘吁吁逃到高处回头再看时，山下已是一片浩渺。他们逃上的大山，如今叫“隆宝赛钦”，意思是黄金大臣山。大臣，理当是指禄东赞，而黄金大臣山之说的来由则是：民间认为那里恰好也是禄东赞晾晒黄金的地方。

青海湖就此形成了。

而传说还在继续——喷涌的泉水没有停歇的时刻，如此下去，将会殃及更多的草原，更多的生命将会惨遭厄运。如此，另一位与吐蕃重大历史事件相关的人物——莲华生大师出场了。他看到大水中依然喷涌不止的泉眼，便用意念搬起玛哈德哇大山的山头扔向大水，山头压住了泉眼，泉水不再喷涌，祥和安宁的景象慢慢复还。莲华生大师搬来的山头，便是如今的海心山。

就在大水汹涌的时候，居住在离大水淹没的草原不远的扎嘎尔天峻大山里的一个魔女却欢欣雀跃，这个魔女一向乐于给人类降下劫难，让生灵涂炭。大水淹没草原，恰也是她一直期望的事，只是因为她对那个纹刻着六字真言的石盖无可奈何，所以没有下手。心里期望的事情意外来临，令魔女喜不自禁，乐不可支，期待着汹涌的大水淹没更多的草原，带来更大的灾害。没想到却被莲华生大师用山头封住了泉眼，事情没有向她期望的方向发展，这让魔女大为失望也大为震怒，她即刻搬起扎嘎尔天峻大山的山头扔向大水，意欲把压住泉眼的山头砸到一边，无奈功力不够，只扔向了一边——这便是离海心山不远的三块石的由来，三块石藏语称为“哲魔扎噶尔”，意思是魔女的白岩石。

青海湖从此安然。碧蓝的湖水，宛若融化的蓝天滴落在大地，荡漾在大地上，那样静谧而深邃。

这段传说故事中，莲华生大师与魔女之间的争斗，应是记录了吐蕃历史上的另一起事件：佛教传入后，与本土的原始宗教之间开始了严酷的斗争。这段故事，则似是对这次斗争形象化的描述和记忆。

有关青海湖形成的民间传说似乎到此就结束了，其实故事还在继续，正如那段历史中，佛教与原始宗教之间的斗争并未因为佛教势头的逐渐强盛、本土原始宗教的渐次衰微而罢休——为了防止魔女再有动作，莲华生大师派出了四员大将驻守在青海湖周围，他们在东西南北四个方向时刻把守着青海湖，不让魔女有丝毫的机会。

后来，这四位忠于职守的大将，化为四座大山，他们分别是夏格日大山、同宝大山、扎玛尔大山和隆宝赛钦大山。他们屹立在青海湖四周岿然不动，时刻守护着这颗珍贵无比的高原蓝宝石。

于是，有关青海湖的民间传说又开始了新的走向。

有人说，民歌与故事在流传过程中会“被改写”，而这种“被改写”往往会受到政治、地理、历史等诸多因素的影响，青海湖形成的传说已经化为环青海湖地区民众的群体记忆，以“遗传”的方式成为环湖子孙后代的一种文化基因。当青海湖畔的劲风吹过四季，无论是在乍暖还寒的初春，在鲜花烂漫的盛夏，在遍地金黄的金秋，还是在高寒清冷的隆冬，青海湖的传说亦如那劲风一样，一刻不停地流传在农夫与牧人的口头上，歌喉里，耳际间。

在夏格日大山脚下，这个古老的故事遇到了先于它在这里流传的另一个故事，于是，两个故事开始融合，新的故事开始出现。

新的故事的主人公，也就是《格萨尔》史诗的主人公——雄狮大王英雄格萨尔。

《格萨尔》不仅是一部伟大的史诗，对藏民族来说，也是构成整个民族文化基因的一个重要组成部分——《格萨尔》几乎浸润到藏族人民宗教信仰与生活习俗的每一个环节，一则传说的“被改写”，也时常以《格萨尔》史诗为依据。

关于“天驹”青海骢，在环青海湖草原上有一个广为流传的传说。传说青海骢是天神驯养在青海湖海心山上的神驹，英雄格萨尔大王统率岭国兵将南征北战、斩妖除魔的英雄壮举感动了天神，天神就给格萨尔及其战将每人送了一匹天驹，使他们如虎添翼，越发神勇。从此，被称为安多骏马之地的青海湖地区有了天驹青海骢。

不难看出，这则神话故事，其实就是历史上有关青海骢的记载的“被改写”——青海周回千余里，海内有小山，每岁冬冰合后，以良牡马置此山，至来春收之，马皆有孕，所生得驹，号曰“龙种”，必多骏异——“被改写”而来的这一则故事虽简单，却足见《格萨尔》史诗文化对藏民族根深蒂固的影响。

夏格日大山矗立在青海海晏县与刚察县交界处，白色花岗岩构成的顶峰冰清玉洁，恰如一尊白色佛塔一般圣洁高贵。整座大山鹤立鸡群一般突兀在众山之中，显示出一种王者风范，不论四季更替，始终被白雪覆盖，云雾缭绕。

当青海湖形成的传说把夏格日大山以一位守护青海湖安宁的大将身份推出，并落地民间，开始在民间流传的时候，便遇到了以《格萨尔》史诗为依据的“被改写”——这位在此前的传说中被莲华生大师派来的神将，在这里却变成了格萨尔属下的三十员大将之一——嘉察夏格日。

这种“被改写”，显然是因为夏格日大山与岭国三十员大将之一的嘉察夏格日有着同样的名字。嘉察夏格日，是格萨尔同父异母的哥哥，他的母亲是一位汉妃，因此他被称作“嘉察”——汉家外甥。夏格日，则可以译为白脸郎君。

传说，英雄格萨尔前往北方恶魔之地降服妖魔，把守卫花花岭国的重任交给了自己的哥哥，亦即岭国三十员大将之一的嘉察夏格日。不想霍尔国兵马乘着格萨尔不在岭国之际侵犯岭国，不但杀戮岭国百姓、抢掠岭国财物，而且抢走了美若天仙的岭国王妃珠姆。嘉察夏格日寡不敌众，为了守卫家园而以身殉国，后来，他的英魂化成一只鹏鸟飞到了夏格日大山，并在此处筑巢居留，慢慢地也就成了这座大山的神祇，他的名字也就成了这座大山的名字。

这一传说，完全依据了《格萨尔》史诗原本的故事，从史诗故事发展而来。但“被改写”的故事并没有就此停留，它离开史诗，依据格萨尔与嘉察夏格日各自不同的性格，又有了一个更为新鲜的故事——

相传，格萨尔与嘉察夏格日作为同父异母的兄弟，却有着各自不同的性格，雄狮大王格萨尔性情刚烈、勇武，他喜欢驰骋沙场、降妖除魔，而嘉察夏格日则是一个性格温顺、善良的人，他希望自己能用一颗慈悲之心去感化一切邪恶和异端。

一日，南征北战的英雄格萨尔带领大队兵马经过青海湖畔，此时连日征战的兵马人困马乏，于是便在湖畔安营扎寨，进行休整。就在大家享受这征战期间难得的清爽时，格萨尔的兄长夏格日却独自一人端坐在离大队人马不远的地方，入定观想。那时，形成不久的青海湖刚刚平静，居住在扎嘎尔天峻大山的魔女以及其他一些恶魔时刻伺机掀开莲华生大师压在泉眼上的山头，环湖草原上的牧人始终处在危机之中。嘉察夏格日在心里决定自此留在青海湖畔，守护环湖百姓的安宁，直至终老，直至生命终结。

英雄格萨尔见自己的兄长嘉察夏格日心意已决，便把他留在青海湖边，自己带着大队兵马继续踏上降妖除魔的征战之路。

从此以后，嘉察夏格日便开始在青海湖边静坐禅修，讲经释法，用善念感化人们，使之修身向善、慈悲为怀，并做好了对付恶魔行恶、保护家园的一切准备。

即便如此，恶魔还是不会善罢甘休。在居住在扎嘎尔天峻大山的魔女的挑动下，有个恶魔诵念恶咒，释放瘟疫袭击环湖草原，一时间，成群的牛羊因为感染了瘟疫而倒毙，整个草原上弥漫着死亡的气息。嘉察夏格日虔心祈求药师佛桑杰曼拉，祈愿桑杰曼拉拯救众生于水深火热之中。在嘉察夏格日的祈求下，桑杰曼拉把经过佛经加持的圣水赐予嘉察夏格日，让他用圣水救治百姓和牛羊。嘉察夏格日把圣水盛在诵经时用的木碗中，一只只木碗化成了一眼眼清泉，嘉察夏格日就带着百姓和牛羊饮用泉水，在泉水中沐浴。四处蔓延的瘟疫就这样被驱散，草原恢复了往日的祥和。恶魔们的阴谋没有得逞，他们气急败坏地退缩回去，却依然在寻找破坏的时机。

嘉察夏格日更加坚定了自己当初的选择，他更加认真勤奋地入定禅修，他的修行也得到了进一步的精进、圆满。

有一年夏天，一直伺机施展邪术的恶魔又给环湖草原带来严重的干旱。已是道行高深的嘉察夏格日看着绿色浅显、几近荒芜的草原，把自己手中的佛珠随手抛向空中，佛珠在空中断线散开，108 颗佛珠瞬间化成 108 口泉眼，喷涌的泉水流溢而出，成为一条涓涓细流，滋润了整个草原，这条溪流便是海晏甘子河草原上的盖茫河。盖茫河的源头，如今已然星星点点分布着许多泉水，在阳光照射下，闪烁着如繁星一般的粼粼波光。

嘉察夏格日一心向佛，救度众生的善行感动了本土的一位神祇扎拉切增昂秀山神，于是，他经常在嘉察夏格日遇到困难时伸出援手，给予救助。嘉察夏格日也有意用善念感化他。在此以前，扎拉切增昂秀还仗着自己的法术和权威，做一些欺压百姓的勾当。自从跟随了嘉察夏格日，他痛改前非，潜心修佛，并喜欢上了抄写佛经，经常从嘉察夏格日手中借来经书认真抄录——在扎拉切增昂秀山脚下有一座平整如炕桌的小山，叫“登合觉岗”，传说就是当时扎拉切增昂秀用来抄写经书的炕桌。据说，扎拉切增昂秀利用自己对当地地形了然于心的本领，屡屡帮助嘉察夏格日斩妖除怪，降服恶魔，嘉察夏格日便与他结拜为兄弟，把他尊为兄长。

嘉察夏格日英俊潇洒，是一个美男子，加上他心地善良，广行善事，他的善举一时间在草原上流传开来，前来他修行的地方拜谒他的人越来越多，许多姑娘偷偷向他投去爱慕的目光，众山神也认为嘉察夏格日到了婚配的年龄，于是由山神阿尼雪辛做媒，把青海湖龙王的第七个女儿益西措姆许配给了他。益西措姆性情温和，不敢直视将成为自己夫君的这位少年英雄，总是躲在他们的媒人阿尼雪辛的背后，露出半张娇羞的面容偷窥着嘉察夏格日——这样的传说，其实也勾勒出了夏格日大山及其附近的几座大山之间的地理位置。

嘉察夏格日和龙女益西措姆成婚的第二年，有了自己的骨肉，取名为多杰。多杰自小顽皮，经常干一些顽劣之事，比如吞没牧人家散落丢失的牛羊，打死山神的看家狗，等等。为了让儿子改掉恶行，嘉察夏格日把他留在自己身边，让他与自己寸步不离，并时刻敦促他弃恶向善，修习佛法——在夏格日大山右侧，有一座不高的山峰，当地牧民称其为“赛多杰切阔尔”，“赛”是公子之意，“多杰”是它的名字，而“切阔尔”则是转经轮之意，意思是放下恶念，安心向佛。

夏格日大山，在藏语中的全名是“阿尼图丹年钦拉日夏格日”，大意是先祖威德大年神白脸神山。据说，居于这座神山的山神心地善良，是一位不论远近，只要有人来到这片草原，都会以笑脸相迎的山神。在藏语中，白色代表着善意、纯洁等，因此，也有民间人士认为，叫它“夏格日”，是有赞美其善良的意思。在环青海湖地区广为流传的民间故事，对这位山神有极其形象的描写：通体洁白，笑容可掬，右手握利剑，左手持瑰宝，头戴五冠帽，身着蓝琉璃素衣，坐骑是一匹青灰大马，被13位龙族大臣所围拢，既威武又慈眉善目。

传说还在继续。

传说夏格日大山是环青海湖藏族地区四方四大年神之一，这座山海拔 4385 米，顶峰常年积雪，白云缭绕。由于它凸起在平坦的草原上，所以显得雄浑壮观，巍峨陡峭。登上山顶，奇山异峰傲立在眼前，青海湖及周围的湖光山色尽收眼底，顿觉天高地阔，给人一种“人天合一”的感觉。

夏格日大山矗立的位置其实极其微妙，这里是环青海湖地区丰美的牧场，刚察、海晏两县的可利用草场面积达 9300 平方公里，也是河湟农耕文化开始的地方——这片草原是湟水河的发源地，湟水沿岸又是青海河湟农业文明的发祥地，当湟水汇入黄河，青海农业文化也就与中原地区的农业文明续接在了一起，因此，这里也受到了汉文化深厚的影响。这样的一种文化渊源，也体现在了夏格日大山的传说之中——传说，夏格日大山曾是西王母修行居住的地方，西王母石窟就在夏格日大山之中。

夏格日大山，山间多有天然洞穴——传说有 108 个洞，因此有“洞天福地”之称。在夏格日大山顶端，还有一根石柱，突出地面的部分有 3 米多高，粗细宛如殿堂的廊柱，表面光洁，敲击有铿锵的金属之声，好像是用含铜量很高的名贵石料人工雕琢而成的。石柱挺立在山顶上，当地藏族群众将此物称为“镇山神柱”，在汉文化语境的传说中，它是盘古开天时用来支撑天地的昆仑天柱，也是女娲以五彩石补天遗留的一块石头。晋人张华的《昆仑铜柱铭》上说“昆仑之柱，其大入天，圆周如削，肤体美焉”。如今，石柱上缠满了人们祈求吉祥如意的哈达。

夏格日大山就这样屹立在传说之中，穿越在神话、历史、现世之中，穿越在民族、宗教、地域之间，曾经在青海湖畔演绎过的风云变幻，一一遗留在了它的山体之上。它是自然的山，同时也是传说中威力无比的神灵。

在广袤无际的金银滩大草原，像夏格日大山一样，屹立在传说中的大山还有同宝山。“同宝”，藏语意为高大。这座其貌不扬的山峰，缘何以“高大”称之呢？民间传说回答了这一问题。

传说很早很早以前，同宝山是一座很高很高的山，山的峰顶耸入了三十三重天。有一天，一只硕大无朋的大鹏鸟口衔一条同样硕大无朋的巨蟒落在了同宝山的山顶，一下就把同宝山给压塌了，原本高耸入天的山峰轰然横倒在地上，成了一座峰峦绵延不绝的大山。同宝山就这样成为一座失却了高度却有了长度的大山，卧伏方圆几十里，又成为13座大山。藏语把这13座山叫“同宝吉松”，意思是13座同宝山。同宝山倒塌的时候，把那条巨蟒和那只大鹏鸟也摔在了地上。那条巨蟒在同宝山的东北方向化成了一座曲曲弯弯的山，这座山，至今被人们叫作“智纳土久”，意思就是横走的巨蟒。而就在离智纳土久不远处，有一座叫“阿尼吾果”的山，远远看去，形状就像是一只蹲在地上的大鹏鸟，据说它就是那只大鹏鸟跌落在地上化成的。

同宝山的传说，似乎遗留着发生在青海湖地区的那次造山运动的记忆——高高矗立着的大山倒塌，横陈在地上成了一座有长度而没有高度的大山，大鹏、巨蟒等原始生物在这次造山运动中绝迹。

在同宝山上，有格萨尔的马蹄印，还有第五世达赖罗桑嘉措进京途中在此处祭海时作为他的宝座的一块石头，叫“多鲁茂”。据说，五世达赖当年还把自己的头发剪下，抛撒祭祀了一个叫“阿加土”的山沟，使得这个山沟里长满了苍翠的柏树，只是后来由于天气变化，加上人为砍伐，如今这里已经看不到柏树了。往南，稍远处，在13座同宝山中，其中一座叫“夏吉卓拉”，汉语称作“将军山”。据说第六世班禅贝丹益西赴京时，这里森林密布，野兽出没，班禅一行人在此稍做休息，并生火煮茶，不想厨子被老虎拖走，班禅即刻向本地山神求援，不大一会儿，被老虎拖走的厨子便安然无恙地走回来了，山神也现身前来拜见班禅，并向他致歉。班禅大悦，于是他给山神赐名为“夏吉卓拉同宝”，并以自己的108颗佛珠灌顶加持这座神山，108颗佛珠散落在地，化成了108处泉水。传说中，同宝山是阿尼玛卿神山的儿子，是莲华生大师派他来这里守护青海湖的，所以，他也是青海湖四大护卫之一。

藏语中一般都把同宝山叫作“莫兰同宝”，“莫兰”的藏文有两种书写方法，也就有了两种不同的意思，第一个意思是祝福，第二个意思是女将。依照第二个意思，“莫兰”“同宝”两个词合起来就是“高大的女将”之意。据说，白佛寺的拉茂夏茸尕布活佛的经师雍增活佛曾经祭拜同宝山，在他写下的有关祭祀同宝山的颂词中，“莫兰”是女将的意思。有人就此询问缘由，他说，祝福之意的藏文书写的是民间的美好意愿，但偏离了本意，还是“女将”之意比较符合远古的传说。

有关“女将”之说，流传在环青海湖地区的民间故事认为，同宝山是一座女性山，在青海湖尚未形成前，这片草原的最高长官是一位女性，人称“阿乃宫曼嘉姆”，也就是汉族民间传说语境中的西王母。这座山，是整个达玉部落的寄魂山。

白佛寺寺管会主人阿克加华嘉措，生于达玉部落，他对自己的故乡有着恋恋不舍的深情，他曾写过一组诗歌，赞美同宝大山，为13座同宝山一一写了诗。

依照这组诗，13座同宝山分别是：确杰莫兰同宝、魂山夏格日同宝、银山同宝、具美吉祥同宝、清凉同宝、格萨尔同宝、吉祥切隆同宝、大力灭敌同宝、吾若同宝、吉祥雅日同宝、吉祥药山同宝、东方友神同宝、吉祥珠宝聚集同宝。

阿克加华嘉措在诗中如此赞美：

百花争艳胜似天界般，
芬芳扑鼻蜂蝶骊歌传。
时而云做裙带露妩媚，
峰顶破云直达九重天。

白象横卧莫兰同宝山，
登临极处举目远处看，
世界诸物宛似在掌心，
万众赞叹恰如花烂漫。

传说仍在继续。

在达玉部落的广大草原上，除了白佛寺等寺庙，还有许多庙宇，这些庙宇往往靠近有人居住的牧场或村落。当地牧人和农夫需要进行祭拜、忏悔、许愿等日常宗教活动时，便就近选择庙宇，在那里煨桑、转经、抛撒风马旗；当地汉族信众，也依照自己的信仰，焚香、挂红。如此，平日煨桑的桑台上，时时也焚燃着香烛，平时系着经幡的旗杆上，也经常挂着大片的红，呈现出海晏地区汉藏文化交融并与其他文化并存的和谐局面。在这些庙宇中，几乎无一例外地供奉着隆宝赛钦大山山神，亦即吐蕃王松赞干布的大臣禄东赞。

在汉族地区，有许多历史人物被供奉在庙宇中，享用着香火，如老子、孔子、关羽、岳飞、秦琼、尉迟恭等不同历史年代的文官武将，不一而足。这是汉族民间崇拜的一个重要组成部分，并且多涉儒释道，在藏传佛教中，汉地神灵同样受到了供奉和祭拜。而把禄东赞这位吐蕃大臣供奉在庙宇中，则仅见于环青海湖地区。

吐蕃大臣禄东赞的故事在环青海湖地区广为流传，并且与青海湖形成的故事紧密地联系在了一起。青海湖南岸的青海南山，藏语称为“隆宝赛钦”，直译便是黄金大臣山。关于此，还有个说法：据考证，吐蕃时期，依照官衔地位的高低不同，文臣武将佩戴着松石、黄金、白银、红铜、乌铁等不同材质的配饰，禄东赞达到了佩戴黄金的官衔级别，所以被称为“黄金大臣”，而这座山则因此有了这样的名字。

隆宝赛钦大山，在传说中便是禄东赞在青海湖形成、大水滔天之时逃到山顶的那座山峰。禄东赞因惹怒吐蕃王松赞干布而被发配到青海湖畔的说法虽然在环青海湖地区流传甚广，却没有任何历史依据。根据历史文献记载，松赞干布卒后，禄东赞又辅佐其子芒松芒赞治理国政，其间，也曾出巡到青海湖畔。那么这些宛似确凿事实一般的传说源自何处呢？有专家认为可能是传说将其与另一位禄东赞氏族的大臣混为一谈了——这位大臣叫禄东赞赞捏贡屯，被他侍奉的吐蕃王杜松芒波杰以谋反之罪处死。

尽管如此，禄东赞的故事根深蒂固地厚植于环青海湖民众的心间，一代代地流传到了今天。供奉在庙宇中的唐卡上的隆宝赛钦大山的山神，形象是一位身跨白马、全副武装的武士，全然不是禄东赞出现在唐卡、壁画上的形象。在民间，有关隆宝赛钦大山山神的描述更是五花八门：满头白发、绿色睫毛，左手持宝瓶、右手捧秘籍，抑或是左手挥舞着宝刀，右手甩动着绳索，上午身跨青龙、下午骑着白狮，等等，在民间有关煨桑的赞词中还这样赞美和呼唤着这位山神：

我召唤各方神圣，
愿能像我的手脚一样，
听我调遣安排；
愿能像我的影子一般，
紧随我的左右。
我召唤，
隆宝赛钦大山，
这父母般的神山，
愿您在我看不见时，
为我指明道路；

愿您在我不知道时，
为我出谋划策！
我祈求，
隆宝赛钦大山，
这父母般的神山，
愿您护佑您的草原，
永远肥美辽阔；
愿您护佑您的生灵，
永远安康幸福！

隆宝赛钦大山虽然地处青海湖南岸，但受到了环青海湖地区民众共同的崇拜和祭祀。它还被“邀请”到了青海湖北岸的刚察草原安家驻留——这也是藏地地名研究中的一个重要的研究范畴：地名伴随部落或族群迁徙，随之，原驻地的山神也被“请”到了迁徙者驻足的地方，并以原驻地的名字命名。

传说中守护青海湖的4员大将中，矗立在刚察草原上的扎玛尔神山同样也是这样一个“外来”山神。

扎玛尔大山位于刚察县境中部，伊克乌兰乡人民政府西南24公里，属祁连山系大通山脉，变质岩山体。“扎玛尔”藏语意为红石山。扎玛尔大山海拔4042米，被刚察部落视为守护神，受到刚察部落及周边寺院和民众的祭祀。扎玛尔大山与地处刚察草原的另一座大山瓦彦大山相距不远，两山之间的地貌极其特殊，遗留着多处造山运动时代的断裂构造和褶皱带。这种地貌的形成被民间描述成了一段形象化的故事：扎玛尔大山与瓦彦大山为争夺势力而不和，瓦彦大山便指使他统领的众山向扎玛尔大山进发——如此，这些大山无一例外地向扎玛尔大山方向倾斜着山头。而扎玛尔大山也做好了迎战的准备，他以石头作为兵马进行布阵，让漫山遍野的石头去迎击瓦彦大山派来的众山。从他们中间流过的伊克乌兰河看着他们剑拔弩张的举动，便出面调停，化解了一场一触即发的战事，也把一场战争的场面定格在大地上，成了这里特殊的地貌。

青海湖，荡漾在四围的大山之中，宛如一块宝石般，被大山捧举在掌心爱不释手。民间文化的智慧，也使她成为一位有着博大胸怀的女王，坐拥着大片肥美的草原，坐拥着取之不竭的财富，并被大山一般的将帅守护。他们永生永世站立在她的四方，守护着她的每一寸肌肤每一份美丽，直到恒久，直到永远。

而青海湖的传说仍在继续……

阳刚的河流

传说，青海湖形成之后，原本常年干旱的草原，由于这片浩大的水域而慢慢变得温润潮湿了起来，一时间，环青海湖地区的草原丰美无比，举目望去，四处草木茂盛、百花争艳、牛羊肥壮、骏马奔腾。莲华生大师看到一场自然的劫难变成了众生的福运，心生欢喜，脸上微微露出笑容。但他转念一想，这一大片水域，没有水源的补给，喷涌的泉眼也已经被堵死，如此下去，终究有干涸的时候。一旦干涸，这片草原又会遭受干旱的侵蚀。想到这里，他心生慈悲，决计想个办法，让青海湖永不枯竭。

莲华生大师知道，若要让青海湖永不枯竭，那就需要给它补给水源。他看到青海湖四围的大山，山顶上终年积雪、白雪皑皑。于是，他用意念让山顶的积雪融化，融化的雪水点点滴滴地汇集起来，形成溪流，溪流又一路蜿蜒着，汇流成河，注入了青海湖。

莲华生大师看着这一景象，知道青海湖从此不会干涸，心中喜不自禁。他数了数注入青海湖的河流，共计 107 条。他想，108 乃是佛家意念中象征对 108 种烦恼的断除，从此可达佛境，是一个极为祥和的数字，而如今却少了一条，不大圆满。于是，他想再寻得一条河流注入青海湖。谁想他在青海湖周边几番巡察，却再没有找到适合的河流，只有一条河流发源于青海湖东侧，流往东方大海。莲华生大师不让青海湖干涸以造福民众的宏愿感动了这条河流，它自愿改变流向，从东往西流入了青海湖，这条河就是倒淌河。

同样的故事，在流传过程中的“被改写”中，主人公又换成了文成公主。在这个故事里，文成公主在吐蕃使臣禄东赞的陪同下，翻山越岭，一路艰辛，终于到达了日月山的山麓。她看到日月山下大片的土地满目苍凉，不见人烟，便问身边的吐蕃使臣禄东赞是为何因，禄东赞回答，是常年干旱所致。文成公主听闻，深感这么阔大的一片地方如此荒芜闲置，足为可惜，于是便下令护送她到这里的 108 位唐朝将士，从四围的雪山挖出108条河道，让雪山融水和周边的泉水通过河道流入这里，让这里的土地在河水的滋润下肥沃起来。

108位将士得令，即刻从青海湖四围的不同方向开渠挖河，没过多久，107条河流便先后流入这里，青海湖也开始慢慢形成。但是派往东边的一位将士却没有找到水源，如此便少了一条河。文成公主无计可施的时候，她的善行感动了一条河流，这条河流改变了流向，从西往东汇入了逐渐变得浩渺的青海湖。

莲华生大师入藏传教和文成公主进藏成亲，两段不同的故事，一个说的是佛家的慈悲，一个说的是世俗的仁爱，却有着同样的结局同样的主题。在藏民族的历史记忆中，它们成了一种文化基因，代代相传，流传至今。

但从地理层面去说，如果传说中的青海湖缺少水源，那么担当起补给任务的河流，理当是湟水河，但湟水河却与青海湖擦肩而过，没有注入青海湖。

湟水河发源于青海海晏县包哈图山。据成书于1990年的《海晏县地名志》记载，湟水源头为包呼图曲沁，这条河在海晏境内，还分别称作“哇日曲”“群科曲沁”等。湟水在海晏内长92公里，离青海湖的直线距离不足5公里。湟水流出它的母体海晏草原后，经巴燕峡流入湟源县，又进入青海省会西宁市，再穿过青海几个农业区——平安、乐都、民和，最后从甘肃永靖县注入黄河，全长374公里，流域面积3.29平方公里。湟水流经的地方，峡谷与盆地相间，形成串珠状河谷，由它串联起的峡谷有巴燕峡、扎麻隆峡、小峡、老鸦峡等，盆地有西宁盆地、大通盆地、乐都盆地、民和盆地等。它穿过的地方水利资源丰富，灌溉便利，为农业的开发创造了极好的条件，如此，在它的两岸便出现了大片的农业风景，当它历经蜿蜒，流入黄河，它也便创造了极富青海农耕特色的河湟文化。可以说，它是青海农耕文明的缔造者。

——或许，这就是它没有注入青海湖的原因，因为它有自己的使命——如果说，青海湖对调剂环青海湖地区草原的温度、湿度和水分起到了至关重要的作用，改善了环湖草原气候，使这片土地成了青海省重要的牧业生产基地，那么，湟水河则满怀志向，与青海湖作别，把农业的色彩和芬芳带给了这片高原大地。

如此，湟水河在草原上汇流成河，逐渐壮大之后，她离开了她的草原母亲的怀抱，一路向东，穿山越岭，跨峰过涧，从海拔 3000 多米的高山草甸地区来到了在青海高原地势相对低缓、气候相对温润的山岭平川。湟水河的参与，使得这片原本就肥沃的土地，有了更加充沛的生机，单等着与“天降大任”的有缘之人的相逢。

这个有缘之人适时地出现了，他，就是无弋爰剑。有人说，他是史书中记载的第一个青海人。

由史学家范晔编撰，成书于南朝宋时期的《后汉书》中对无弋爰剑做了这样的记载：

羌无弋爰剑者，秦厉公时为秦所拘执，以为奴隶。不知爰剑何戎之别也。后得亡归，而秦人追之急，藏于岩穴中得免。羌人云爰剑初藏穴中，秦人焚之，有景象如虎，为其蔽火，得以不死。既出，又与劓女遇于野，遂成夫妇。女耻其状，被发覆面，羌人因以为俗，遂俱亡入三河间。诸羌见爰剑被焚不死，怪其神，共畏事之，推以为豪。河湟间少五谷，多禽兽，以射猎为事，爰剑教之田畜，遂见敬信，庐落种人依之者日益众。羌人谓奴为无弋，以爰剑尝为奴隶，故因名之。其后世世为豪。

这段记载，形象地描述了无弋爰剑的一段神奇经历，以及他的婚姻、功德等：

远古时期，无弋爰剑生活的河湟地区物产匮乏，为了温饱，他和他的族人经常进入物产相对丰富的秦国抢掠财物。有一次他们再次进入秦国抢掠时，被秦厉公的兵马抓获，从此他沦为秦国的奴隶。也就是在这个时候，他接触到了秦国的农耕技术。后来，他乘机逃出，逃往远在河湟的故乡，秦王派兵追捕，他藏身于一个岩洞之中，秦兵围住岩洞，并放火烧山。熊熊烈火中却出现了一个形似老虎的巨兽，保护着无弋爰剑，无弋爰剑得以存活，开始了逃亡的生活。逃亡路上，他遇到了一名被割掉鼻子的女人，两人便结为夫妻。这位女子自知容颜不美，经常以头发遮面，如此，羌人便有了披散长发的习俗。那时的湟水河谷地带农耕文明尚未开始，羌人以狩猎为业，无弋爰剑便把他在秦国当奴隶时学到的农耕技术传授给部族，慢慢地，跟随他从事农耕的人越来越多。

这便是湟水河谷地带农耕文明的发端。

这段文字里还特意提及他的名字，羌人称“奴”为“无弋”，由于爰剑曾做过奴隶，所以用“无弋”称呼他。自此以后，无弋爰剑的后代世世做羌人的首领。

有藏学专家认为，这里提及的羌语，其实是藏语。“无弋”，在藏语中便是奴隶、仆人之意，而“爰剑”则是藏语智者或有技能的人之意。从发音到含义，都有极强的说服力。如此，有关藏学家也认为，无弋爰剑，当是远古时期藏族先民某个部落的首领。

无弋爰剑，沿着湟水河的流向，一路向东，遇到黄河时，又沿着黄河南下。他进入秦国抢掠物产，被秦国抓获后沦为奴隶，却由此学到了农耕技术。逃脱后，他把学到的农耕技术教授给部族，从此，湟水河谷地带有了农业。如果说，这是一次历史的安排，那么，此后西汉时期湟水流域的军事屯田活动，则把中国中原地区的农业生产与青海河湟流域完全续接在了一起。

其实，与中原地区广大的平原相比，湟水河谷地区微不足道。在海晏草原蹒跚学步、蜿蜒流淌的湟水河，一路又吸纳了众多的支流，逐渐壮大起来，但她的力量还不足以在这山岭起伏的高原冲击形成连片的适于农业种植的大面积平原。被湟水河如佛珠一般串联起来的几个盆地，以及这些盆地构成的整个河谷地带，已经是她能够做到的极限。这样的一片农业耕种之地，与绵延千里的中原平原相比可以说不值一提。这也是西汉时期，赵充国提出在湟水河谷地带“寓兵于农”、屯兵耕田的主张后，即刻遭到西汉王朝上层拒绝的原因。

赵充国，西汉著名将领。字翁孙，陇西上邽（今甘肃天水）人，生于汉武帝建元四年（公元前137年）。历经武帝、昭帝、宣帝3世，以六郡“良家子”身份充骑士。善骑射，通兵法，为人沉勇有大略，官至上将军。汉宣帝即位后封其为营平侯。

有关赵充国屯田河湟的历史，在青海民间至今流传着一首委婉的“花儿”：

汉武帝修起了西平亭，
赵充国，
平川里开了个良田。

历史上，中原王朝与周边游牧民族之间战事不断，解决战事的办法，除了联姻，也就只有相互间你进我退、周而复始的拉锯战。而赵充国提出的屯田设想，则从战略上改变了这一局势。他建议朝廷屯田湟水两岸，就地筹粮，不仅可以“因田致谷”，“居民得并田作，不失农业”，将士“坐得必胜之道”，也可以“大费既省，徭役豫息”。但西汉王朝上层并不看重湟水流域这一弹丸之地，他们依然认为只要把周边以狩猎、游牧为业的部族挡在关外，有了中原的千里沃野，根本没有必要在那里屯田。在这样一种局势下，赵充国却看意识到了这片区域对整个西汉帝国的重要性——后来的史学家在评价湟水河谷地区在整个中国的战略位置时说：“在中央之国的形成过程中，从来没有这么小体量的地缘板块，对中央之国渗透、控制这么大的地理单元做出过这么大的贡献。”

赵充国是看到了这一点的，于是他不惜抗旨，一再奏请屯田。获准后，他在无弋爰剑以及其部族开启的小片区农业的基础上，开始了由小而大的、有一定规模的垦植，开始了与农业相关的水利、交通的开发。

此后的历代王朝及青海地方势力，先后采取“戍边屯田”“移民屯田”等措施，引进农耕技术和生产工具，兴修农田水利，进行湟水河谷地区农业的开发，使这片土地成为中国农业版图上一块不可或缺的农业要地。

湟水河就这样缔造了青海的农业！

而湟水河不只是缔造了青海农业，使这片肥沃的湟水河谷地成为青海人口聚集最多的地方——这片大概只有青海全境4%的土地，养育着青海全境60%以上的人口，成为青海的政治、文化中心地带，她孕育了灿烂的马家窑、齐家、卡约等文化，被称为是“青海的母亲河”。一种几乎跨越青海所有民族，流行传唱在各民族间的民间文化——河湟“花儿”，在这里应运而生。如此，她不但成就了“民族众多、文化多元、融会贯通”的青海文化，而且对青藏高原上发展起博大精深的藏文化起到了极大的推动作用。

就像是上天的特意安排，一个伟大人物在这里诞生了。

1357年，宗喀巴大师诞生在湟水河畔。大师法名叫罗桑扎巴，而“宗喀巴”是他著书立说时常使用的笔名，也是人们对他的尊称。“宗”在藏语中指湟水，“喀”在这里是河畔、水边之意，“巴”是藏语中表示男性或与某种地域的从属关系、某种行为的执行者的后缀词。如此，把这个词翻译成汉语，便是“湟水河畔之人”。大师的故乡在湟中塔尔寺地区，湟中，顾名思义是湟水河中部地区。在大师的后世，在他诞生的湟中，一座寺院拔地而起，这便是塔尔寺。

大师诞生在一户笃信佛教的藏族人家，他从小就天资聪慧。大师3岁那年，噶玛巴法王若必多杰应召进京，路经青海，大师的父亲便带着他去参拜，法王见大师虽然幼小，却表现出这个年龄少有的聪慧稳重，大为赞扬，并给大师授以近事戒，大师从此与佛法结缘。

大师6岁时，父亲把他送往夏琼寺，让他拜当时在藏族地区已经有着很高声望的顿珠仁钦为师，接受沙弥戒，正式出家为僧，顿珠仁钦为他取法号为罗桑扎巴。大师在夏琼寺潜心修法，精进不断，10年后，他从一个幼童成长为英俊的少年。也就在他16岁时，他向他的经师顿珠仁钦提出了想到西藏求学的意愿。

顿珠仁钦对大师的想法十分赞许，让他即刻开始做入藏的准备。临别之时，顿珠仁钦嘱咐大师："今后，你须把握一个基本的学习方法，就是无论学习什么，都应分3个步骤进行：首先是跟从名师听讲；其次是运用自己的智慧，通过自己思辨去掌握各种经论的深义；最后，还必须按经论所说，做修行实证。"

大师谨记顿珠仁钦的教导，在往后的学习过程中，大师时刻奉行着顿珠仁钦的教诲。

大师到了西藏，便开始了他的游学经历。他到过西藏许多寺院，博览显密经论，对不同宗派的各种教义都进行认真细致的学习。为了能够有更多的时间用在学习上，他甚至没有省亲。

1379年，大师22岁。这一年，他收到远从家乡湟水河畔寄来的一些日用财物，其中，还附有一封家书。他的母亲在家书中表达了对他的深切思念。大师看着家书，被字里行间的殷殷之情所打动，即刻决定回乡探望多年未见的父母。次日他便打点好行装，踏上了回乡的路。

他走在路上，看着眼前长路漫漫，天地苍茫，终觉得作为一个出家人，还是要放下凡尘俗世，以修法为重，于是又返身回头，只把一幅用自己的鼻血掺和着颜料画成的自画像通过一位在藏族地区做生意的富商带给了母亲。

有关这幅自画像，还有一个传说。传说这位富商叫琮宦·诺布桑布，大师把自画像交给他的时候，让他捎口信给自己的母亲：见到此画就如见到本人。据说，这幅画像原本可以与大师的母亲说三天三夜的话，但是，琮宦·诺布桑布拿到大师的自画像后，将其视其珍宝，唯恐交给大师父母后，因为保管不善而遭丢失，便找技艺高超的画师仿造了一幅画，把仿造的画像给了大师的母亲。

虽然这幅画像的仿品几近以假乱真，但毕竟是仿品，功力大为减退。大师的母亲拿到这幅仿品，画面上的大师对着母亲叫了三声“阿妈”，便不再讲话。

据说这幅仿品，如今藏于塔尔寺的金瓦殿中，而真品却被琮宦·诺布桑布带到了卡地卡哇寺珍藏起来。

据说，琮宦·诺布桑布是大师的一位施主，民间有许多有关他的神奇传说，认为他是财神转世，至今藏地的许多商人依然供奉着他。

大师自从去了西藏，就再也没有返回他的故里湟水河畔，也就是因为这种执着和坚持，使他成了“第二佛陀”——他创立了藏传佛教格鲁派，书写了佛教史上极为重要的著作《菩提道次第广论》，他和他的弟子创建了藏传佛教三大寺院——

甘丹寺、哲蚌寺和色拉寺。他与弟子贾曹杰、克珠杰被尊称为“师徒三尊”。克珠杰被追认为一世班禅。

在大师后世，他所创立的藏传佛教格鲁派在他的故里湟水河畔得到了广泛的传播，缘由之一，就是这里是他的诞生地。一时间，藏传佛教格鲁派寺院在湟水河两岸星罗棋布，如塔尔寺、佑宁寺、广惠寺、却藏寺、东科寺、瞿昙寺等，并成就了章嘉、土观、松布等宗师级人物。不少寺院接续大师创立的修习次第，由于在显密宗法的学习和修行上的精进，在传教释法、引领僧俗信众积极向善等方面的成就，蜚声整个藏地。

湟水河以及由她冲刷形成的湟水谷地，从地理上来说，在整个青藏高原有着特殊的位置，她是青海农业的缔造者；从文化上来说，她是河湟文明的重要发源地，是藏传佛教文化传播、发展的重要基地。她就像从她身边远走而再也没有回来的宗喀巴大师一样，一去不复返，但在她的身上，时刻闪耀着她的故乡山水的光亮和色彩，正如宗喀巴大师修成正果成为“第二佛陀”，但他依然自称为“湟水河畔之人”一样，湟水河，也始终带着她的故乡海晏草原带给她的清澈、执着和勇气。

湟水河虽然与青海湖擦肩而过，但她却成就了一番壮举。她把壮大浸润青海湖的善念，嘱托给了与她一样从草原高地出发的其他河流。

布哈河便是这样一条河流。

布哈河发源于海拔 5000 米以上的疏勒南山，是流入青海湖的最大的河流。在藏族民间传说中，布哈河与青海湖有着微妙的关系。

在藏民族朴素的认知理念里，青海湖是一位美丽妖娆的女神。的确，如果以藏族传说的视角从空中俯瞰，青海湖就像是一位绰约丰满的女子，毫不掩饰地仰卧在广袤的草原之上，她佩戴着蓝水晶般透亮的耳环（洱海）。透过女子近似透明的皮肤，还能看到她的心脏——海心山，以及她的脾脏——“才哇日”（藏语意为“脾脏山”）等。藏族民间传说对自然赋予性别，把山水分为雌雄，一般情况下，山为雄，水为雌，青海湖及流入青海湖的水系大多也是如此，而唯有布哈河在传说中成了一条雄性河流。传说，布哈河是疏勒南山的男性生殖器，而它流入青海湖的入口处，则是青海湖的私处。有专家认为，这个传说与藏族早期的生殖崇拜有关。也有人描述，从空中俯瞰青海湖的布哈河入口处，极其传神地呈现了这一神话传说。

据统计，除了青海湖地区喷涌的泉水，流入青海湖的河流约有 40 条，主要有布哈河、沙柳河、乌哈阿兰河和哈尔盖河等，这些河流也是每年湟鱼洄游产卵和鸟类集中觅食的地带。如此，这高原上的湖泊，偕同它四围的大山，以及这些蜿蜒的水系，成就了一片绮丽绝伦的自然人文景观。

西海郡：沧海桑田的缩影

始于百千万年前的喜马拉雅期造山运动形成了青海湖。在藏族有关青海湖形成的传说中，依然保留了人类早期对大山移位、洪水喷涌的记忆。藏族将青海湖称为“赤雪嘉姆”，意即吞没万户的女王，形象地表达了人类对江河湖海形成时巨大的破坏力的忌惮，同时也表达了对大自然的敬畏之情。

从青海湖形成，到人类开始在青海湖畔活动，又历经了多少沧海桑田的变故，那是一个人类无法想象的空白篇章。直至后来，距今1.5万年前，人类来到青海湖畔，在这里开始了狩猎没有驯化的动物和采集植物为食的生活。那时候，他们是如何称呼这片阔大的水域的，这同样是一个在人类想象力之外的事情。等到在有关历史记载中，偶尔出现青海湖曾经的名字，宛若是在浩瀚的历史星空中，偶尔闪现出的一颗光线微弱的寒星，那已经是“有史以来”以后的事情了。

那时候，青海湖的名字简单明了，遗留着古代人类直白的思维和表达方法：仙海。有专家认为是因为这里曾经是西王母的居所，而西王母或许是青海湖畔一个部落的女王，被视为神仙，所以有了这个名字；还有人说，“仙海”“鲜海”以及“先零”“西零”等都是藏语“赤雪嘉姆”中“雪”字的汉语古音，那么，“咸海”这个名字的由来，一定是一个好奇的古人从湖中掬了一捧水喝进了嘴里，尝出了海水的咸涩。“卑禾羌海”，这是最早居住在青海湖畔的古羌人以他们的族称来命名青海湖。

古羌人是构成中华民族的重要渊源之一，中国历史和民族学史的开篇里，古羌人都是举足轻重的角色。有关古羌人的形成，我国著名史学家任乃强先生认为是“由在亚洲南部和东南部热带森林地区活动的拉玛猿、南猿进化而来”，而在藏族有关人类起源的传说中，也提到了猿猴：

观自在菩萨给一只由神化成的猕猴授了戒，命它去雪域高原修行。这只猕猴来到雅砻河谷的扎若波岩洞中，潜修慈悲菩提心，却遭到一个罗刹女不时以种种媚态引诱。罗刹女请求他说：“我们结合吧！”猕猴答道：“我是观音菩萨的亲传弟子，受命来此修行，如若与你结合，就会破了我的戒行。”罗刹女说：“前生注定我此世降生为妖魔，如若你我今生成不了恩爱夫妻，日后我必定还是妖魔的妻子，并生下无数魔子魔孙。到那时，雪域高原妖魔成群，万千生灵将遭残害。”

罗刹女的话，让猕猴陷入两难境地——若与罗刹女结成夫妻就会破戒，若不与罗刹女结合，又会造成大的罪恶。内心矛盾的猕猴遂赴布达拉山，请示观自在菩萨。观自在菩萨听了猕猴的诉说，说道：“这是上天之意，是吉祥之兆。你能与她结合，在雪域高原繁衍后代，是莫大的善事。作为菩萨，理当见善而勇为，速去与罗刹女结成夫妻吧！”

猕猴领命，返回雪域，便与罗刹女结成伴侣。后来他们生下6只小猴，小猴子们性情与爱好各不相同，在果林中各自觅食生活。3年后，当猕猴前去探视子女们时发现，它们已繁衍为500只，因林中食物资源即将枯竭，生活凄惨。猕猴便再度返回布达拉山求助于观自在菩萨，观自在菩萨取出五谷种子，撒向雪域大地，大地不经耕作便长满各种谷物。猴子们得到充足的食物，尾巴慢慢地变短了，也能说话了，逐渐地变成了人类。

猕猴变人的故事，在藏族民间广为流传，并被记录在古老的经卷典籍之中，绘于寺院的壁画上。

藏族最早起源于雅鲁藏布江流域中部地区，也就是传说中的雅砻河谷地带。据考古发现，早在4000多年前，藏族的祖先就在雅鲁藏布江流域生息繁衍了。据汉文史籍记载，藏族源于两汉时西羌人的一支。藏族的先民们像许多经历石器时代的先民一样，他们经过群居采集、狩猎生活阶段，逐步学会了饲养和农耕。雅鲁藏布江南岸雅砻地区的藏族先民后来又分成6部，即六牦牛部，雅砻部落首领做了部落联盟的领袖，号称赞普。

如今的藏族是中国的少数民族之一，主要分布在西藏、青海、甘肃、四川、云南等地，中国境内有600多万人。

如此，我们似乎也可以推断，最早来到青海湖畔繁衍生息的古羌人，也许就是藏族的先民。

青海湖地区存在建置始于汉代。汉宣帝神爵元年至二年（公元前61年至公元前60年），西汉军队进击湟水流域的先零羌等部落，部队曾西进到青海湖附近。《汉书·赵充国传》记载："治湟狭以西道桥七十余处，令可至鲜水左右。"

这是中原王朝与青海湖古羌人之间来往、交手的早期记载。

西汉末年，大司马王莽掌握了朝中大权。汉平帝元始四年（公元4年），王莽派中郎将平宪等人来到青海湖地区，以财物利诱卑禾羌首领良愿献地内属。良愿等人慑于西汉武力，又贪图财物，于是率领本部12000人迁出青海湖及周边地区，将环湖地区献给了汉王朝。

有关这段历史，在班固所著的《汉书》的《王莽传》中有详细记载：

莽既致太平，北化匈奴，东致海外，南怀黄支，唯西方未有加。乃遣中郎将平宪等多持金币诱塞外羌，使献地，愿内属。宪等奏言："羌豪良愿等种，人口可万二千人，愿为内臣，献鲜水海、允谷盐池，平地美草皆予汉民，自居险阻处为藩蔽。问良愿降意，对曰：'太皇太后圣明，安汉公至仁，天下太平，五谷成孰，或禾长丈余，或一粟三米，或不种自生，或茧不蚕自成，甘露从天下，醴泉自地出，凤皇来仪，神爵降集。从四岁以来，羌人无所疾苦，故思乐内属。’宜以时处业，置属国领护。”

王莽是一个颇有争议的人物，有人认为他是篡权为王，也有人认为他是民选皇帝；有人认为他是昏君，也有人认为他是明君。《汉书》是我国历史上第一部纪传体断代史，其著者班固，显然是站在“正统”的立场之上记述史事的。单从《汉书》的记载来看，王莽是一个极会玩弄手段、擅长借助某种“神力”——超自然的神灵力量达到个人目的的人。

在《汉书》之《王莽传》一章中，记载王莽借助“神力”行事的记录就有好几处。

例如，越裳氏辗转进献白雉，便是其一：

汉平帝元始元年（公元 1 年），正是新春时节，王莽率百官给皇太后贺节。此时，越裳国使臣请求晋见。

太后传见，一个异乡打扮的人便走进大殿，把一只白雉献给了太后。王莽见状，即刻笑逐颜开，他急忙对太后说：“古书曾载越裳国献雉的事，乃国家祥瑞的兆示！今日又献白雉，我汉王朝大喜大庆必将来临！”

送了白雉，使者又奏道：“小国之君欣闻大汉皇帝新立，大司马王莽辅政，感奋莫名。敝国地小民贫，无以为献，谨以白雉一双，聊表敬意。”

太后大为感动，赐予王莽“安汉公”称号，王莽坚辞不受，但经过几番推让之后，还是欣然领受。可又有谁知道，那不远万里送到京师的白雉，其实是王莽令地方官花了重金招诱越裳人所献，连那信使所说的一套，也是按照他的意思准备的。

诸如此类的记载，在《王莽传》中屡见不鲜，这也是史书记载王莽“托古改制”的一些事例。

卑禾羌首领良愿等献出青海湖后，王莽也以同样的手法，说这是“四海一统”的祥兆，奏报临朝的太后王政君，谓当时全国已有东海、南海、北海三郡，请在良愿等所献的地区设西海郡。准奏后，于元始四年（公元4年）冬设置了西海郡，治龙夷（又名龙耆）。

这便是西海郡的来历。

朝廷设立西海郡后，又在环湖地区设置五县，归西海郡管辖：“时西海郡设修远、监羌、兴武、罕虏、顺砾五县。”五县以后屡经废建。西海郡的设置，使汉帝国西部疆域深入到了青海湖，以及青海湖以外的广袤草原。

王莽建立西海郡后，在国内增立新法50条，违犯者被强行迁徙到青海湖地区。被迫迁徙的内地百姓数以千万计。这些被强行迁来青海湖的人，后来的命运如何，在史书上不见任何记载，或许，他们融入了羌人之中。

居摄元年（公元6年），羌人首领庞恬、傅幡等不满王莽夺地设郡，并兴兵围攻西海郡，太守程永弃城而逃，被王莽处死。王莽于翌年春天派护羌校尉率兵击败羌人，恢复西海郡。新莽地皇四年（亦即更始元年，公元23年）王莽政权崩溃，西海郡随之废弃。

如今，这座曾经被臆造出来的辉煌笼罩过的城池，静卧在金银滩草原上，曾经高大的城墙伏倒在地上，生长着纤维粗硬的芨芨草，远远看去，已经和草原上的一个自然草坡没有太大的区别。这里的人们，把它叫作“三角城”，据说是因为解放初期修建公路时，公路从西海郡古城遗址上横穿而过，古城的一个角被挖去而得名。遗址附近，一个小镇也应运而生，并且不断发展壮大，如今就叫三角城，紧挨着遗址有个小村落，也以三角城命名。

西海郡遗址距离青海湖东北侧大约 30 公里，在它刚刚修筑在这里的时候，青海湖湖面浩大，它是紧靠在湖畔的。那时候，在这所有的景观皆为自然物的地方，忽然兀立起这样一座人工的建筑，看上去是那样的不协调。它厚重的墙体似乎散发着一种强硬、蛮横的气息，带着某种象征意味，就这样出现在了这里。

西海郡南北两侧是两座山峰，在当地藏族的民间传说中，他们都是威力广大的神山。然而，随着这座城池的出现，两座神山似乎也是收敛了自己曾经的威武，乖巧地成了它的护卫。

西海郡的东西方，皆是金银滩草原极为肥美的地方，自然风物一泻千里地铺展而去。幻想当年，站在西海郡城头的卫兵举目远眺，在他的眼里，金银滩草原广袤绵延，不远处的青海湖波浪滚滚。这里一览无余，任何一个来犯的敌人，都不可能逃脱他的眼睛。

湟水河从西海郡的东北方潺潺流过。这条河流，似乎是带着自己的使命，它没有被青海湖所吸引——在青海湖形成的传说中，法力高强的莲华生大师把青海湖周边的 108 条河流引入了青海湖，而这条紧靠着青海湖流淌的河流，却没有听从青海湖的召唤，它独自奔流，一路蜿蜒，最后与黄河汇合，在它流经的地方，冲刷出一片片肥沃的土地，在这高处，创造了青海农业。或许，它还携带着那些发配到此的将士们对故乡的思念，它翻卷的波涛声，有着几分凄凉和辛酸。

勘测人员曾对这座城池遗址进行勘测，发现它是依地势向着正东方向而建的，规模宏大，以正北、正南方向建筑，东墙长621米，南墙长602米，西墙长593米，北墙长622米，近乎正方形。城东、西、南、北墙正中各开一门，门宽不等。墙体夯土筑成，夯层达8厘米。厚重的墙体，如今在岁月的磨砺中塌陷，呈斜坡状堆土，但依然能够让人感知到它曾经的雄奇高大。

20世纪80年代初，三角城村的几个小孩在西海郡城池遗址里玩耍，他们在疯长于遗址墙体上的芨芨草丛中玩捉迷藏游戏，一个叫尕仓的半大小孩捡到了一块瓦当——他并不是刻意把它捡起来的。他藏起来后，一起玩捉迷藏游戏的同伴怎么也找不到他，他已经三次看见寻找他的同伴从他身边跑过了，于是，他蹲下身子，随手一摸，就把那块瓦当捡了起来。他把瓦当放在他手里放羊用的抛石器里，想用它去击打伙伴——在他眼里，这个瓦当和草原上遍地可见的鹅卵石并没有两样。就在他要把瓦当抛出去的时候，伙伴发现了他。瓦当还没有来得及抛出去，他就把它随意地装在裤兜里，带回了家。

尕仓到了家里，他的阿妈看到他浑身是土，脏兮兮地整个成了一个土猴，便指责他不爱惜衣裤，令他把衣服裤子脱下来，要给他洗掉。就在尕仓脱衣服的时候，那块瓦当从他的裤兜里掉了出来。当时，尕仓的阿爸就站在他身边，便顺手捡起了那块瓦当。

尕仓的阿爸小时候曾在他父亲的老家湟源县城里上过学，在三角城村也算是个识字人，他看到瓦当上有一行字，辨认了一下，认出了其中一两个字，但对文字内容毫无了解。在此之前，他在西海郡城池遗址中也捡到过瓦当，但没见过有字的，于是，他把瓦当存放起来。

有一天，他到海晏县城去办事，特地带上了这块瓦当，并把它拿给了海晏县群艺馆的一位工作人员。

这块瓦当如今就收藏在海晏县博物馆，瓦当上的字是一行铭文——“西海安定元兴元年作当”。

西海郡故城原名叫“龙夷城”（龙耆城）。当年，王莽得到青海湖及周边地区，设立了西海郡。

王莽于公元9年称帝，同年秋，派五威将王奇等出使各地，收回汉室印，授予新政新印，并颁布四十二篇符命昭告天下。十月，西海郡正式移归“新政管辖”，并立虎符石匮，以此来巩固政权。

王莽称帝后，爆发了绿林、赤眉起义，新政权无力顾及边疆郡县。新莽地皇四年（公元23年），王莽政权崩溃，卑禾羌趁机夺回了故土，西海郡随之废弃。东汉时，郡城曾一度为金城西部都尉治所。汉永元十三年（公元101年）护羌校尉周鲔又击败烧当羌。永元十四年（公元102年）和帝拜金城西部都尉曹风，带兵屯龙夷。《后汉书·孝和孝殇帝纪》记载：“徙全城西部都尉以戍之。”《十三州志》记载：魏正始九年（公元248年）卢水胡首领治无戴在龙夷城与曹魏大将郭淮兵戎相见，为郭淮所败。

西海郡故城的发现，不仅证实了古代的青海在中西交通上占有相当重要的地位，而且为考证当时东西交通的走向也增添了实物根据。据文献记载，在南北朝时期，吐谷浑人占据青海之时，势力曾西抵新疆的且末、于阗（今和田县）。北宋之时，西夏人占据甘肃河西走廊，而吐蕃人活动于青海并鼓励贸易，这样，位于青海省西北部的柴达木盆地在当时就已成为主要的中西交通路线了。沿柴达木盆地行进的交通线有南北两条。南朝宋武帝永初元年（公元 420 年），昙无竭西行时选择了北路，他由现在的乐都经西宁、湟源一带进入柴达木盆地。北魏神龟元年（公元 518 年），宋云西行时则选择了南路，“初发京师（洛阳），西行四十日，至赤岭（今青海日月山）……发赤岭，西行二十三日，渡流沙，至吐谷浑国……从吐谷浑西行三千五百里，至鄯善城”（《洛阳伽蓝记》）。从中可知，他是由现在的乐都、西宁经湟源过日月山进入柴达木盆地的。可见西海郡是通经柴达木盆地的主要交通要道，为证其为丝绸南路的主要组成部分提供了有力依据。

西海郡故城内曾采集到卡约文化夹砂粗陶片，王莽时期的五铢、货泉、大泉五十等货币及“小泉直一”钱范、“五铢”钱范，东汉时期的“西海安定元兴元年作当”铭文瓦当、“长乐未央”铭文瓦当，唐代的莲花纹瓦当，以及宋代的崇宁重宝、圣宋元宝等钱币。这些文物为研究各时期的政治、军事、文化和西海郡的建置沿革提供了重要的实物例证。西海郡出土的虎符石匮，不仅是青海乃至全国首次发现的石雕铭文文物，而且是一件有很高水平的艺术品，为研究青海地区汉代政治、经济、交通和政权建置，提供了重要的实物例证，也为研究当时的雕刻、书法艺术提供了珍贵的实物资料。

西海郡是汉王朝在青海西部最远最早的政治中心。据文献记载，西汉末，为营造四海归一的盛世景象，朝廷在今海晏修筑西海郡城。《后汉书·西羌传》记“至王莽辅政，欲耀威德，以怀远为名，乃令译讽旨诸羌，使共献西海之地，初开以为郡，筑五县，边海亭燧相望焉”，《水经注》疏证谓“汉平斋时，王莽秉政，欲耀威德，以服远方，讽羌献西海之地，置两海郡，而筑五县焉。周海亭隧相望”。故西海郡城治龙夷城，设太守府，辖五县，将汉王朝郡县制扩大到西海，即青海湖地区，成为中原王朝在今青海境内设置的第一个郡级行政单位，相关历史为研究边疆少数民族与中央王朝之间的关系提供了宝贵资料。

西海郡的存在虽然短暂，但其设置把汉代西部疆域和郡县制扩大到青海湖地区，把青海广大西羌活动地区划入了当时汉帝国的政治统治区域之内，对以后整个青藏高原逐步归入祖国的版图，有着深远而重大的意义。西海郡又是青海地区早期城镇的雏形，它在发展边疆地区的生产力、开展商品交换、繁荣经济方面起了重要的作用，加强了各民族之间的联系。这里的一切政治、军事活动，都成了多民族国家走向统一的自然发展过程中的重要组成部分，从而推动了我国多民族统一国家雏形的形成。

青海湖畔有只虎

遥想当年，在广袤的草原上尚没有出现人类的建筑，一派天苍苍野茫茫的自然景象。春天，青草发芽，一些早春的野花在尚未变绿的草地上绽放，急不可待地宣布春的消息。一只冬眠醒来的林蛙从被冻土覆盖了一个寒冬的洞穴中探出头来，它的眼睛，被一朵蒲公英的金黄灼耀得睁不开来，它只好闭上眼睛，慢慢适应着在它眼前豁然洞开的自然天地。夏天，百花盛开，野花们好似相互攀比一般，把赤橙黄绿挥洒一地，好似是天上的彩虹碎裂在了地上。野花弥漫着芬芳，吸引着蝴蝶和蜜蜂流连忘返，它们在一朵朵色彩不同的野花上起起落落，贪恋着花蜜，忘记了回家。秋天，碧绿的草地过多地吸吮了阳光，阳光的色泽便注入了每一株青草的体内，使它们通体金黄。于是，一片黄金大草原便漫无边际地铺展开来。冬天，这广袤的草原最先目睹了青海湖被寒冰封冻，失却了原有的碧蓝。草原似乎也没有了往日的亢奋，它舍弃了季节给予它的所有斑斓色彩，与那些冬眠的小动物一起，沉入了一个灰色的梦里。

然而就在这片草原上，兀自出现了一座城池。

那时，原本驻牧于这里的古羌人已经远走，他们坚守承诺，把这片草原“出让”给了原本并不需要它的另一个主人。一夜之间，这片草原上的牧帐搬走了，牛羊也被带走了，肥美广大的牧场显得有些空寂。而那另一个主人来了，带来了许许多多兵士和囚犯，他开始在这里筑造一座城池。

城池建成了，高大雄奇，突兀在草原上，总是让人觉得它不属于这里。从远处去看，青海湖折射着它的倒影，随着波浪的起伏，那倒影走了形，不断地在湖面上扭曲着，碎裂着。

然而，青海湖却不知道，它有了一个新的名字，叫“西海”，在它之畔的这座城池，就是为它而建的。

但城池的主人知道，这与周边的自然总是有些不协调的城池，其实非同小可。它象征着中原皇帝的威仪，意味着那个远在长安的君主。

他们专门用采集于当地的花岗岩雕琢了一只石匮，石匮上蹲伏着一只老虎，以此象征和行使着他们的权力。

这便是虎符石匮。

在谈及虎符石匮之前，有必要说说从我国古代开始，迄今还残存于民间的虎崇拜文化。

最早的虎崇拜恐怕要追溯到古羌人那里。《史记》和《山海经》中的西王母，应是一个羌族部落的女性首领，这一部落也以母虎作为始祖的图腾形象。《山海经·西山经》中有“昆仑之丘……神陆吾司之。其神状虎身而九尾，人面而虎爪”的记载，均是虎文化最早的体现。有专家认为，从社会地位上说，龙文化处于中华民族文化的核心地位，但虎文化应有的地位长期以来被忽视。其实虎崇拜应早于龙崇拜，因为虎图腾取材于原生动物，是早在狩猎和游牧时期出现的；而龙则是取材于几种动物综合而成，传说它能兴云布雨，是在植物种植需要水的认知下，在农业社会中兴起的。虎文化与龙文化互为纽带，贯穿于整个中华文化，象征着中华民族龙腾虎跃的文化气质。

专家认为，虎文化的出现，伴随着中华文明的繁衍发展，甚至可以说是与中华文明同步伴生。我们的先祖认为，“虎者阳物，百兽之长也，能执博挫锐，噬食鬼魅”。在这样一种认知下，出现了以虎的形象镇宅、守墓及驱邪辟灾等文化现象，同时，也给虎文化赋予和寄寓了祈祷护佑吉祥幸福的观念。至此，驱邪与祝福，便成为民间习俗中虎的形象的全部含蕴。

虎文化是中国文化传统的一个极其重要的组成部分，长期以来，虎一直被当作是权力和力量的象征，为人们所敬畏。据说，汉字中的“王”字便是从老虎前额上的褶皱花纹中得到意象演化而来的。在中国民间，出生于虎年的人常被认为是天生具有福禄之人，在一些仪式、节日中，被赋予一定的职位。

伴随着文化的发展演变，如今，虎文化中原本的宗教色彩和仪式感逐渐淡化，随之又被赋予了一些世俗的意义。在汉文化语境里，老虎可以驱除家庭的三大灾难：火灾、失窃和邪恶。虎的形象经常被挂在墙上并正对着大门，以使恶魔因恐惧而不敢进入。就是在时下，依然可以看到虎文化在民间的遗存：儿童戴着虎头帽、穿着虎头鞋用以驱邪，睡虎头枕以使自己更加强壮。在虎年，大人们给孩子们的头上写上红色的“王”字，期盼能够增强他们的精力与活力。

在藏族民间，也有虎文化的遗存。

老虎的形象被绘制在风马旗上。风马旗是用来在自然山川中祈求福运的“神符”。风马旗正中是一匹驮宝的骏马，四围分别绘制着老虎、狮子、金翅鸟和龙。从事西藏唐卡艺术研究的英国著名艺术家罗伯特·皮尔认为，风马旗受到了汉族四灵文化的影响，只是其中的玄武被传说中长着松耳石鬃毛的白狮所替代。他认为其中的老虎是藏传佛教神灵谱系中那些怒相神灵和好战神灵的坐骑，骑在暴怒的老虎身上，象征着大成就者或神灵的无畏以及凌驾于他人之上的意志。显然，这种虎文化现象，依然有着人类早期虎崇拜现象缘起时的原始含义。

在人类早期，生产力水平低下，人类对自然力和自然现象十分敬畏，对老虎这种威猛无比的猫科动物十分恐惧，于是便以老虎为图腾，将虎的形象描画在自己的皮肤上、服饰上以及生活用具、武器、房门等之上，也以虎的形象作为自己氏族的名称、特殊标志和神圣护符，把虎视为整个族群共有的保护神而顶礼膜拜，甚至还给虎画上了双翅，使之比此前更加不可一世。

在原始社会，我国中原黄河流域部落联盟的首领黄帝（轩辕氏）就曾联合以虎为图腾崇拜的部落，在阪泉（今河北涿鹿东南）打败了另一个部落首领炎帝。司马迁在《史记·五帝本纪》中对此记载："轩辕乃修德振兵……教熊罴貔貅貙虎，以与炎帝战于阪泉之野。三战，然后得其志。"由此可见，实力强大的虎图腾崇拜的部落在当时是阪泉之战中以黄帝为首的部落联盟军的主力部队之一。

将青海湖封为西海，并在湖畔建筑了西海城，将这一地区并入中原管辖区域的王莽，曾以"九虎"为号拜将。《汉书·王莽传》中记载："莽拜将军九人，皆以虎为号，号曰'九虎'，将北军精兵数万东……"其中的将领被称为"虎将"，据说这也是后来人们把一些骁勇善战的将领称为"虎将"的由来。

也就是这位王莽，据说还建立了一个以虎、豹、象、犀牛等真野兽组成的部队。但这支奇特的部队并没有使他的政权得以巩固。当王莽与汉室亲族刘秀在昆阳城外决战时，刘秀率领的3000人敢死队将王莽的军队杀得大败，等王莽放出野兽部队时，却又遇到狂风大作、暴雨倾盆，出笼的猛兽不仅无法发挥作用，还把自己的阵脚弄得大乱，最后全军覆没。

也许便是因为王莽有着这样的老虎情结，当他篡位称帝后，便在西海郡刻造了一尊蹲伏着一只老虎的虎符石匮。

这里再说说虎符。

我国古代对虎的形象的崇拜，逐渐演化为一种战争文化，运用在军事上，比如用以调兵遣将的兵符上，雕刻着老虎的形象，这便是虎符。

虎符最早出现于春秋战国时期，当时，兵符为铜制，铸成一只老虎的形象，分为两半，一半存于朝廷，另一半交与统管地方要务的统兵将帅或地方首领。兵符的背面有铭文。调兵遣将时，将两半合二为一，且铭文符合，如此，由这个兵符发出的命令方能生效。

在中国国家博物馆里，藏有一枚西汉堂阳侯错银铜虎符，虎作伏状，平头，翘尾，左右颈肋间，各镌着两行篆书——连读为“与堂阳侯为虎符第一”。在西安的陕西博物馆里，也藏有一枚虎符，这是在西安西郊古墓中发现的。据考，这枚虎符是战国时期的文物，制成时间约在公元前 475 至公元前 221 年间，被称为“秦代错金‘杜’字铜虎符”，只有 4 厘米高，作猛虎挺立状，象征军威。虎符的身上刻有错金铭文 40 字，记述调兵对象和范围。制作极为精巧。

虎符在古代战争中曾发挥过重要的作用。在史籍中，有关虎符用于战争的记载屡见不鲜。新中国成立初期，著名作家、剧作家郭沫若先生创作的话剧《虎符》，曾由北京人民艺术剧院演出，这部话剧，便是根据《史记》中的一段记载改编而成：战国时期的公元前 257 年，秦国发兵围困赵国国都邯郸，赵平原君因夫人是魏国公子信陵君的姐姐，便求援于魏王及信陵君，魏王指令老将晋鄙率十万大军救援赵国，却因畏惧秦国的强大，令晋鄙只在外围观望。信陵君为了救援邯郸，采纳门客侯嬴的计策，与魏王夫人如姬密谋，把魏王寝宫中的虎符偷盗出来，并以此虎符命令晋鄙的军队击退秦兵，救了赵国。

历史上，兵符的形状、数量、铭文纹刻的部位等都有过较大的变化。初为虎符，较为小巧，一般为铜质，也有金铸的，骑缝刻铭以右为尊。后改为麟符。唐朝因为讳虎，改用鱼符或兔符，后来又改用龟符。南宋时恢复使用虎符。元朝则用虎头牌，后世演变为铜牌。

虎符石匮是在西海郡故城遗址内出土的附属文物，现安置在海晏县文化图书西海郡博物馆内。

虎符石匮由虎符和石匮上下两部分组成，高达 2.03 米，正面有铭文“西海郡虎符石匮始建国元年十月癸卯工河南郭戎造”。这件组合成套的带铭石刻可说是我国迄今发现时代最早的大型石刻，为研究王莽改制、青海省古代郡县的建置以及当时的雕刻、书法艺术等提供了珍贵的实物资料。

这尊虎符石匮的发现，发生过一些奇异的事件，如今被当地群众演绎成为故事，四处流传。

1942 年，青海军阀马步芳的幕僚冯国瑞听闻在青海湖畔的金银滩草原上发现了一尊石虎，便亲自前往青海湖，去看这尊石虎。冯国瑞到了青海湖，来到发现石虎的三角城内，围着石虎左观右看，琢磨了半天，依然不知道这尊虎形的庞然大物是个什么东西。他蹲下身子，擦去黏在石虎上的一些泥土，底座上隐约露出几个篆字，大体还能够辨认：“西海郡始建国工河南”。冯国瑞即刻意识到这尊石虎非同小可，不是凡物，于是，便对陪同他的几个当地官员说：“找个时间，把这东西送到西宁吧，让我好好研究研究！”

当地官员得令，急忙点头称是。没过几天，便找了一辆马拉的木板车，找一个车夫和几位陪送者驾着马车，向着西宁出发了。马车一早从三角城出发，沿着当时粗通的公路行进，下午到了现在的东大滩水库附近。由于这尊石虎庞大笨重，拉着马车的几匹马都累得气喘吁吁，满身是汗，而木板车也因为负重过多，难以承受。就在车夫打算休息一下时，车轴忽然断裂，石虎滚落在地。

而就在此刻，方才还万里无云的晴朗天空忽然间狂风大作、雷电交加，车上的众人大惊失色。其中一位是个能断文识字的先生，他认为这是一个征兆，预示着这尊石虎实乃神物，不想离家。众人听他这么一说，便不敢再往前走，加上滚落地上的石虎无法撼动，便将石虎放在原地。

从此，这尊石虎便在这路边水岸，裸露在荒野之中，一晃十几年过去。

1956年，青海省文物管理委员会对这尊石虎进行调查，并把它列入了第二批省级重点文物保护单位。为了把它再“请”回去，海晏县委、县人民委员会组织干部百余人，并邀请当时正在勘测青藏铁路的一个勘测队，在这个勘测队的协助下，将石虎移到了当时的县文化馆。

为了结束它“风餐露宿”的命运，当时的省文管会还拨划专款，在当地建造了一座保护亭，把石虎保护了起来。

石虎算是妥善安顿了下来。它在这座保护亭里，又度过了30年的时光。

1987年9月，海晏县文化馆有了自己的展览馆，要把这尊石虎馆藏起来，同时，他们还发现在西海郡遗址中还有一块有人工雕凿痕迹的石块，石质与这尊石虎相似，于是，想把它也“请”到展馆内。就在他们用大型吊车等机器把这块石块竖立起来时，一个惊人的事件出现了：在这块石块倒地的一侧，也刻有三列篆字铭文，从右到左分别为“虎符石匮　元年十月癸卯　郭戎造”。

经鉴定，这块石块与以前发现的石虎，不仅平面尺寸、所用材质相同，而且上下各有三列字，行距、字距、字离两侧边沿距离都相同，铭文的体例风格也完全一致。看了上面的铭文，再与此前石虎上的铭文对照，当时在场的人们即刻断定，这两件石刻为同一时期所作，并为同一组石刻的不同组成部分，将两件石刻的三列字分别相连后，字意相通，为“西海郡　虎符石匮　始建国　元年十月癸卯　工河南　郭戎造”。意为：西海郡的虎符和石匮，于始建国元年十月癸卯日，由河南郡工匠郭戎制造。由此可知，石虎原来为“虎符”，“石块”则是“石匮”。

从被发现算起，历经了这样一个长达40余年的岁月风云，虎符石匮这才完整地组合到了一起：它由虎符和石匮上下两部分组成，以一整块花岗岩雕凿而成。而上部的虎符又是由石虎和基座组成，并相当于石匮的匮盖。石虎呈蹲伏状，高0.46米，长1.32米。由于造型局限，作者将虎尾巧妙地由股间穿进，又从腹部一侧露出搭在腰部。虎头微吊，张嘴露牙，四足趴地，双目怒视。雕刻技术大胆采用写实手法，其布局简洁明快，造型雄健优美。石虎下的基座（匮盖）长1.37米，宽1.15米，高0.65米。匮盖两侧凿有长13厘米，宽8.5厘米的方洞两组，以便穿系绳索作揭盖之用。组合下部的石匮（匮身）长1.39米，宽1.17米，高0.92米。石匮顶部正中有凹坑，长 60 厘米，宽 39 厘米，深 28 厘米。四周有凸沿，高 2 厘米。凸沿与石匮四边距离相等，皆为 38 厘米。

2005 年 9 月，海晏县文化图书西海郡博物馆新馆建成，人们将虎符石匮运至新馆时，发现石虎底座（匮盖）中央也有宽厚 2 厘米的四方形凹沿，凹沿与石匮四边距离相等，皆为 38 厘米，正好能和石匮一上一下榫卯结合，组成一件完整的虎符石匮。当虎符和石匮铆合以后，石匮顶部的凹坑正好在虎符石匮的正中心部位形成一个中空石室。由此可断定虎符石匮有作为石柜的用途，也就是说中间的中空石室是用来放置重要文书之类的，因为虎符石匮体大、笨重，不易揭盖，起到了一个保险柜的作用。

虎符，是虎崇拜文化影响下产生的兵符，是古代帝王授予臣属兵权和调发军队的信物，调动兵力时必须两半合符，所以虎符也是王权的象征。传世品有战国新郪虎符、秦朝阳陵虎符、王莽新政时的河平虎符、压戎虎符、敦德虎符、武亭虎符等。战国时魏国的信陵君偷窃魏王的那半虎符，矫命夺取兵权救赵国，就是一个有关虎符的故事。西海郡虎符石匮的用途显然不同于上述虎符。它体形大，质量重，不能随身携带。

据考古专家分析：西海郡虎符石匮的建造年代是始建国元年（公元 9 年）十月，这正是王莽新朝与西汉王朝的地方政权更替交接之时。王莽是靠阴谋诡计篡夺了西汉政权的，这就决定了他的建政方式必然是自上而下的——先建立起中央政权，而后才能逐步地更换地方政权。王莽新朝地方政权的确立，是在始建国元年秋到始建国二年（公元 10 年）春二月这段时间内完成的。西海郡虎符石匮的建造年月是始建国元年十月，恰在这一时间内。因此，建造它的目的之一，无疑是为了正名分，彰新政，昭告人们西海郡已归王莽新朝管辖，不再属于汉王朝。而且，西海郡虎符石匮中空有室，以石为室，与石室金匮有着同样的用途，据推测是用来盛放五威将颁布于天下的符命四十二篇等重要文书的。因放有符命，所以有“符”之名，其虎符的概念由石虎和符铭而来。因是盛具，所以有“匮”之名，石匮的概念由石室金匮而生，两者结合最后才产生虎符石匮的完整概念。西海郡建造虎符石匮的目的之二，无非是要告诉人们，王莽政权“受命于天”，非人力所能动摇，同时也标榜了他在西陲边疆拓地建郡，宣扬西羌向化、四海归一的政治功绩。

伏俟城里的大人物

在青海湖西岸，有一片草原，叫“铁卜加”，草原上有一个小小的牧村，也叫“铁卜加”，全村只有七八户人家，我是其中一户人家的小孩儿。

那时，我五六岁的样子，已经开始记事儿了。我总是一个人在独自地玩耍。清晨，当我走出家门，看着自己在阳光下歪歪斜斜地躺在地上的影子，小小的心里便装满了孤独。我总是在眺望远方，幻想着从我自己的脚下开始，从我家没有院落的黄泥小屋开始，从我出生的这个小牧村开始，向着四周铺泻而去的草原的尽头，是什么样子，有什么东西。

在我眺望的视野中，我总是看到有一个地方，在平缓的草原上是那样的显眼——在小牧村的正前方，有一抹黛青色的影子。那影子，就像是我阿妈手指上月牙儿一样的指甲，抑或，就像是一撇眉毛。

那一撇眉毛，就那样静卧在不远处。我总是在幻想，如果它真的是大地上的一撇眉毛，那么青海湖就是一只眼睛吧，如果是这样，那么，另一撇眉毛和另一只眼睛又在哪里呢？

那一撇眉毛，是一种诱惑。

有一天，村里有户人家的一头小牛犊丢失了——正是挤奶季节，母牛和牛犊开始分群放牧了，为的是不让贪吃的小牛犊把自己母牛妈妈的奶吮咂得一点不剩，导致我们这些人类喝不到牛奶。小牛犊自然是交给家里的半大小孩们去放牧的。那户人家的小牛犊不见了，放牧小牛犊的男孩儿挨了打，他哭着去找他家小牛犊的时候，从我家门口经过，而我正在我家门口无所事事地沉浸在孤独之中，男孩儿哭着说了他的遭遇，于是，我决定陪着他一起去找他家的小牛犊。

我们从小牧村出发，走了好久好久，便一步步地走近了那一撇眉毛下面。这里应该是大地的眼睑吧——眉毛与眼睛之间的地方——从这里，可以看到远处的青海湖，淡淡的一抹蓝，随着我脚下路途的高低不平时隐时现，就像是它在不时地眨着眼睛。这是我记事儿以来，走得最远的一次。

我和男孩儿立在那撇眉毛下，屏住呼吸，高高地仰起了头——从近处看，它已然不是一撇眉毛了，而是一座山，很高很高，芨芨草一丛丛地生长在这座山上。

那一天，我和男孩儿爬上了这座山——我们已经懂得登高望远的道理，我们是想从高处眺望，看看能否找到那头丢失了的小牛犊。

小牛犊最终没有找到。因为太阳就要落山了，我们便又走了好久好久，回了家。

那一天，吃晚饭的时候，我兴奋地告诉我阿爸，我走到那座山那里了，而且爬上去了。

我阿爸告诉我，那不是一座山，而是一座城。

“阿爸，您是说，是一座城市吗？”我惊愕地问阿爸。

“是啊，那里曾经有过一座城市。”

“就像西宁一样吗？”

“可以这么说吧。”

“也有像西宁那样很多的人吗？”

“可以这么说吧。”

“也有像西宁那样很多的汽车？”

阿爸停下手中正在忙碌的活儿，看着我说：“那时候没有汽车，那时候全是马拉着的或者牛拉着的木车。”

“有很多吗？”

“应该有很多。”

哦，远处的那一撇眉毛，在近处是一座山，阿爸却告诉我那是一座城市！

阿爸的话，更是引起了我无限的幻想，我望着窗外，感叹地说：“这座城市要是现在还有那多好啊！”那会儿，夜色已经降临，窗外一片漆黑。

记忆中的这段情景，后来被我写进了我的一篇小说里。

当我真正开始对这座“城市”有所了解时，我已经是一个少年了。

有一天，阿爸不知道从哪里带来了一本书——在当地，我阿爸已经是个大知识分子啦——这本书的名字叫《青海历史纪要》。

“这本书里提到了那座城市，它叫伏俟城。”我阿爸说。我欣喜地从阿爸手中接过了这本书，立刻读了起来。

那时候，我上小学五年级，由于家乡的小牧村没有学校，我每天需要走 5 公里的路，去当时的公社小学上学，也就每天都要路过伏俟城，我也慢慢明白，在我儿时眼里那一撇孤独的眉毛，在近处之所以是一座山，是因为一座高大城市在岁月中坍塌，早已和草原浑然一体了。每次路过这里，我都会停留片刻，幻想着这座城市的繁华与喧闹，就像我阿爸向我描述过的西宁一样。在我的想象里，这个叫伏俟城的地方，就是遥远的西宁穿越了时空，像海市蜃楼一般映射到了这个地方。

其实，有关这座城市，严格说，有关这座古城遗址，这本书里的记载并不多，但它却明确提到了这座城市的主人——一个叫吐谷浑的人。

很早以前的西晋之时，吐谷浑是鲜卑慕容部落的一个王子，他和部族居住在遥远的辽东半岛，以养马为业。由于和自己的弟弟打了一架，吐谷浑便决定带着自己的部众西迁，经过了 30 多年的长途跋涉，来到了青藏高原。在他死后不久，他的孙子叶延建立了一个政权，并以爷爷的名字命名了这个政权。

而使这个政权真正雄起，始称可汗的，是他们的后裔夸吕，正是这个人修筑了我家乡的这座城池，并给它取名叫伏俟城。据说，“伏俟”是鲜卑语“王者”的意思，伏俟城，便是一个鲜卑语和汉语复合的地名，亦即“王者之城”。当地藏族牧民把这座古城遗址叫“铁卜加嘉卡尔”，“铁卜加”是我家乡那片草原的名字，而“嘉卡尔”则完全保留了鲜卑语“王者之城”的意思。

据考，这个政权，存在了350年，可说是我国存在时间最长的少数民族政权。

上了大学，我依然关注着家乡的这座古城遗址，对它的了解也就越来越多了。我发现，这座古城，一经建成就“有城郭而不居”，所以，城中并没有像西宁城那么多的人，而在这里时时能够看到的，却是一群群的骏马！

秦汉时期，辽东一带还是广袤的原野，慕容部落作为与秦汉王朝交好的少数民族部落，他们为秦汉王朝培育战马，通过纳贡的手段，与强盛的中原王朝保持友好往来，经过一代代的积累，具有了丰富的育马经验。吐谷浑带着他的部众开始西迁时，除了马匹和财产，还带上了他们精湛的育马技术。迁徙的路上，他们先后游牧于内蒙古河套地区和甘青河西走廊一带。这些地区，同样是中国历史上著名的育马之地。在这些地区的游牧经历，使得他们的育马技能更趋完美。到达青海草原后，他们又吸收当地羌人和吐蕃人的育马经验，培育出了著名的良马——青海骢。

到了隋朝，他们培养出的这种良马已经盛名远播。

关于青海骢的来历，史书有明确记载：“青海周回千余里，海内有小山，每冬冰合后，以良牝马置此山，至来春收之，马皆有孕，所生得驹，号曰龙种，必多骏异。吐谷浑尝得波斯草马，放入海，因生骢驹，能日行千里，世传青海骢者是也。”

综合考察这段话可知，吐谷浑以有“龙种”之名的当地牝马为母本，以外来的波斯马为父本，杂交改良培育出了著名的良马青海骢。为了保证其纯正度，他们把母马放在青海湖中的岛屿海心山上，不让这些母马与其他的公马“有染”。出于保密的需要，也出于宣传的需要，他们还故意借“龙种”之名制造神秘效应，说青海骢有蛟龙血脉，也是“龙种”——海心山古称“龙驹岛”，便是这个原因。

可笑的是，有关龙驹的这则“虚假广告”，居然把隋朝的皇帝炀帝给骗了。隋炀帝对这则“广告”深信不疑，便入雌马于青海湖海心山，以求“龙种”，后因无效而罢。这也许是历史上的一宗虚假广告受骗案吧，受害者不是一个普通消费者，而是一国之君！

到了唐朝，青海骢更是成为一种传奇，单单从诸多声名显赫的诗人的诗词中，就能看出这种马种凸显出的优秀和无与伦比。诗人杜甫在他的诗歌《高都护骢马行》中，是这样描述青海骢的：

安西都护胡青骢，
声价欻然来向东。
此马临阵久无敌，
与人一心成大功。

李商隐在他的诗中更是频频提到青海骢，如“运去不逢青海马，力穷难拔蜀山蛇”“服箱青海马，入兆渭川熊”“舞成青海马，斗杀汝南鸡”等，诗里所说的胡青骢、青海马，便是青海骢。

或许是儿时那种幻想的惯性所致，我虽然已经不再是幻想的年龄，但依然要用幻想去勾勒在我的家乡静卧千年的这座古城。

在唐代贞观年间，吐谷浑的后裔诺曷钵可汗迎娶了大唐弘化公主，她是比嫁到吐蕃的文成公主早一年出嫁的，而去往吐蕃，一定要路过吐谷浑的地界。于是我想象，当文成公主翻过日月山，沿着青海湖一路向西，路经我的家乡时，在耸立着眉毛一样淡然、大山一样沉稳的伏俟城的地方，这两个来自唐朝皇族的姐妹相聚在这里，她们用长安官话说起了故土，说起了父母家人。她们一定还相互勉励，来日定要返长安回娘家，让乡愁释怀，令父母心安。13 年后，弘化公主真的实现了她回娘家的夙愿，与她的夫君诺曷钵一起到达了长安，朝见了皇上高宗。据说，弘化公主是唐代外嫁的十几位公主中唯一回过长安的。

家乡的伏俟城，还是古丝绸之路的枢纽。历史上，沿着河西走廊延伸的丝绸之路河西道在不断受到诸多地方割据政权的阻隔时，吐谷浑王朝却乘势开辟了青海道，并着力经营，使这条古道成为当时国际贸易的中心路线。

如今，我偏远的家乡，我出生的那个小牧村愈加小了——出于青海湖生态保护的原因，不允许在这片草地上过度放牧，更不允许开垦种地，曾经是小牧村许多人家赖为口食的青海湖湟鱼，也成为濒危保护动物，小牧村的人们于是一家家地离开了这里。在人们搬离的废墟上，至今还居住着几户人家，他们在自家附近种植着小片的青稞油菜，在牧村周边的草原上放牧，自给自足，怡然自得。他们中有汉族也有藏族，但没有人可以从他们的语言、服饰、行为、习俗上辨别出来。

小牧村，依然如我小时候那样荒远，然而它却拥有一座至今尚未被开发成旅游景点的古城遗址，因为有了它，我的家乡，也就与那么多的历史大人物有了关系，他们中有帝王、有公主、有名传古今的诗人。我的父亲过世多年，我也要把他列入这些大人物之列。正是由于他的启蒙，使我在那个似乎与书籍无关的远村里学会了阅读，并且依照着书籍所指引的路走了很远，去了许多地方。

寻找父辈的踪影

——小记可可西里巡山队队员普措才仁

每次进入可可西里，普措才仁总是有一种奇怪的感觉：翻过一座山，或者绕过一片湖泊，在某一处安静的拐角处，他的舅舅杰桑·索南达杰和他的阿爸奇卡·扎巴多杰就会出现在他的眼前。在他的想象里，他们盘膝坐在地上，轻松愉快地聊着什么，不时发出爽朗的笑声，就像是他最后一次见到他舅舅的那个晚上——那天晚上的情景，定格在他的记忆里，永远无法抹去：白炽灯下，他的阿爸和舅舅相谈甚欢，他们不断举起酒杯，一饮而尽，一种快乐的气氛氤氲充溢在整个屋子里，也感染了和弟弟一起玩耍的普措才仁。那年他 15 岁。

或许就是因为这样一种错觉，每次要去可可西里巡山，普措才仁总会主动要求加入，如此，他也成了可可西里管理局巡山次数最多的人。

2021 年 5 月 16 日，可可西里管理处组成一支 7 人的巡山队，准备进入可可西里腹地巡山。临行前，他们邀请我和著名电影导演万玛才旦及他的助理才多 3 人加入了这个团队，跟随他们一起完成这次巡山之行。可可西里管理处之所以邀请我们参与到这次巡山工作中，是因为自从可可西里没有了枪声，他们的屡次巡山都是在悄无声息中完成的，逐渐地，他们自己觉得这样的巡山似乎少了点什么，虽然每一次都圆满地完成了巡山任务，但并没有让巡山的意义广泛地传播出去。“可可西里的枪声已经消失了十多年了，但我们依然在坚持巡山，保护着可可西里，因为我们知道，可可西里有着丰富的野生动植物资源和矿产资源，一些贪婪的不法分子时刻窥视着这里丰厚的宝藏，只要我们稍微有些松懈，他们就有可能乘虚而入。所以，我们依然要以巡山这种最为传统也最为有效的方式，给他们以震慑，也希望这样的震慑作用，能够通过媒体、网络等传播得更远更广，让犯罪分子闻风丧胆，让更多的人知道这里的野生动植物和矿产资源依然需要得到人类的保护，需要更多的人加入到这个行列中来。这也是我们邀请你们加入我们的巡山队，和我们一起完成一次巡山任务的原因。”临行前，可可西里森林公安局局长阿旺旦巴对我们说。

我们和普措才仁，就是在这个由 10 人组成的巡山队里认识的。5月17日，为了适应此次巡山之行的气候、海拔等，我、万玛才旦和才多先期到达海拔4600多米的索南达杰保护站，在这里度过一夜。18日，我们便和巡山队其他人在青藏公路通往可可西里腹地的路口会合，开始了一次真正意义上的巡山之行。而在此之前，普措才仁一直做着这次巡山之行的准备工作：为车辆准备汽油、零配件、备胎，为人马准备食物、饮用水、药品等。出发时，阿旺旦巴局长一路陪同，普措才仁重任在身，担起了巡山队队长的责任。这便是我们与普措才仁的相遇相识。他和我们打过招呼，依照藏族的习俗行过贴面礼后，便开始交代进山后的注意事项。他的第一句话是："我们一路上所产生的垃圾，全部留在车上，等我们完成巡山任务，出山之后再处理！"那天是5月18日，我们离开索南达杰保护站，准备前往库赛湖保护站。

或许就是因为这句话让我们看到了他和他的队员们极好的生态理念和环保素质，他给我留下了深刻的印象。在后来的行程中，他们的行为也不断证明了这一点。走在巡山的路上，我才知道他是"改革先锋""环保卫士"杰桑·索南达杰的外甥，也是被誉为"青藏高原野生动物保护神"的奇卡·扎巴多杰的儿子——索南达杰和扎巴多杰是承担过可可西里野生动物和矿产资源保护任务的玉树藏族自治州治多县西部工委前后两任书记，也是我国第一个武装反盗猎组织"野牦牛队"的带头人。普措才仁这样的特殊身份，使得我一路上都在关注着他，在闲暇时刻，便找他闲聊。但他是巡山队里最忙的那个人，我们每天的行程、吃喝、晚上住在哪里、每一个队员各自要做些什么，都由他来安排调度，于是，我和他之间的聊天便时断时续，一直到了整个巡山任务结束，依然没有聊出一个完整的话题。

我最关心的一个话题是：他的舅舅和阿爸先后为保护可可西里的生态环境献出了生命，他为什么依然要做这份危险系数极高的工作？

“除了去工作，去保护可可西里，我也是在去寻找他们。”我提出问题后，普措才仁思忖片刻说。

普措才仁的回答，让我大吃一惊，也更加促使我想去弄清楚其中的缘由。

普措才仁至今清楚地记得他最后一次见到舅舅的那个晚上。那一天，舅舅到他家里来做客，他的阿爸迎出大门，把舅舅请到了客厅，让舅舅坐在了上座的位置。郎舅相见，亲密有加，一起闲话吃饭，自然而然要喝两杯。很快，俩人就把一斤白酒喝完了，但都觉得意犹未尽，阿爸便打发普措才仁去买酒，他从兜里掏出几十块钱给了普措才仁，并且答应剩下的零钱归他所有。

普措才仁欢欣无比，拿着钱便到离自家不远的小卖铺里去买酒。等他买了酒回来的时候，他的阿爸和舅舅正说着什么，他听舅舅说：“如果我死了，我不要天葬，也不要诵经念佛，我是共产党员，我要火化，再把骨灰撒到可可西里，那里才是我愿意留下的地方！”

那时候的普措才仁，还不知道死亡意味着什么，对可可西里，也只有一个模糊的概念。他知道那里是一片荒野，海拔很高，他的舅舅为了保护那里的野生动物和矿产资源，成立了一个西部工委，可可西里是他们经常要去出差的地方。

舅舅似乎是有预感的，就在他给普措才仁的阿爸留下那句话后不久，再一次进入可可西里巡山时，就永远地留在了那里，再也没有回来。

普措才仁在治多县城长大，他小的时候，他的舅舅索南达杰在治多县索加乡（当时叫“八一二队”）工作，每年到过春节的时候，他的阿爸阿妈就会把他送到舅舅家里，在牧区过年。这似乎成了他们家的一个传统，也成为他童年时期最快乐的一段时光。1988 年春节前夕，治多县发生特大雪灾，牲畜伤亡惨重，然而那年，普措才仁才 9 岁，在他的记忆里，满满是家人团聚的温馨。他记得舅舅把他的双脚放在怀里，为他焐脚，他把自己冰凉的小脚紧紧贴在舅舅温热的胸口上，一股暖意便在他小小的心里升腾起来。但这样美好的情景总是短暂的。他的双脚暖和过来，他还没来得及给舅舅说一声谢谢，舅舅便披上军大衣，戴上厚重的雷锋帽，走进了房屋外白茫茫的雪野之中。舅舅担任着抗击雪灾总指挥的工作，回家的次数越来越少，直到春节来临，他也没见舅舅几面。

在普措才仁后来的记忆里，舅舅便和可可西里紧密地联系在了一起。那时，他也从一个儿童长大成了一个懵懂的少年。舅舅离开索加乡，到治多县上担任治多县委副书记的职务，不久后，治多县西部工委成立，舅舅担任工委书记。

直到后来，普措才仁才慢慢知道，自己的舅舅和他的西部工委是多么了不起。西部工委组建了我国第一个武装反盗猎队伍，而他们的战场，则是平均海拔近 5000 米、面积达 4.5 万平方公里的可可西里！

5 月 18 日，由 7 名巡山队队员和我们 3 人组成的巡山队乘坐3辆皮卡车，正式向可可西里腹地挺进，越过一道河时，我和万玛才旦乘坐的汽车便陷入了河道一侧的沼泽之中。这是一辆北汽勇士皮卡车，由巡山队中经验丰富的辅警尼玛扎西驾驶。陷车后，我和万玛才旦都有点紧张，巡山队队员们却淡定从容。另一辆车上的普措才仁停车下来，卷起裤管，蹚入泥泞之中，几个巡山队队员也跟着他蹚入了泥泞中。他指挥队员们给我们的车挂好牵引，用钢丝绳与另一辆皮卡车连接在一起，没多费功夫，就把我们的车拖了出来。直到此次巡山之行结束，我这才明白，陷车，其实是可可西里巡山途中的家常便饭，可以说，整个巡山之行，就是在探路、陷车、拖车、修车、接着再出发，开始第二轮探路、陷车、拖车、修车的周而复始中完成的。

当晚，我们从索南达杰保护站移至库赛湖保护站。这是一个无人值守的保护站，或者说是一个季节性的保护站，到了藏羚羊等野生动物迁徙、繁殖的季节，可可西里管理处就会派人来值守。我们到达时，这里还没有人值守，到达后，普措才仁示意我们先不要下车，他带着几名巡山队队员进入保护站，开始在保护站内搜寻检查。后来我才知道，由于保护站无人值守，里面的温度又相对高一些，棕熊、雪豹等野生动物往往会把这里当成它们栖息的地方，有时，一些非法穿越者和盗猎分子也会在这里过夜休息。为了我们的安全，他们便先行进入，在各个角落搜寻检查了一番。

入驻库赛湖保护站，队员们在普措才仁的安排下开始各自分工，打扫房间，烧水做饭。他们把室内最暖和的一间屋子留给我们3人。晚上11点，当大家准备休息时，乘着些微的闲暇，我去找普措才仁聊天，问了他一个或许对他来说有些残酷的问题："记不记得你的舅舅牺牲的消息传来的那一刻？"

"记得很清楚！"普措才仁沉吟了半晌后说。

20 世纪 80 年代开始，可可西里的藏羚羊遭受了前所未有的杀戮，这种疯狂杀戮的渐起，全是因为藏羚羊的绒毛可以制作出一种叫"沙什图"的天价奢侈品。这种披肩，一条需要用三四只藏羚羊的绒毛方能织出！而猎杀藏羚羊的成本却很低廉，一些贪婪的犯罪分子便走上了这条血腥之路！仅仅几年，可可西里藏羚羊的数量，便从 20 万只锐减到了不足 2 万只！

可可西里腹地上演的残酷杀戮，让时任地处可可西里边缘的治多县的党委副书记杰桑·索南达杰心急如焚，寝食难安。

如何遏制这样的罪恶？索南达杰想到了武装保护，在他的推动下，治多县西部工委应运而生，于 1992 年 7 月正式成立了，中国有了第一支针对野生动物保护的反盗猎武装队伍，索南达杰就是这支队伍的领头羊。他们自称是"野牦牛队"。

到 1994 年元月，在不到两年的时间里，索南达杰带着他的"野牦牛队"，先后 12 次深入可可西里腹地，驱赶和抓捕潜入可可西里盗猎藏羚羊的犯罪分子。正义的枪声震慑了猖狂的犯罪分子，而正义与邪恶的对峙，在可可西里才刚刚拉开帷幕。

那是 1994 年深冬的一天，正在上高中的普措才仁放学后回到家里。当他推门走进屋里时，屋里的气氛十分凝重。阿爸坐在沙发上沉默不语，从一侧的卧室里传来阿妈嘤嘤哭泣的声音。

“怎么了阿爸？”

“你的舅舅出事儿了……”

那一年，普措才仁16岁，正在上高中，有关舅舅在可可西里勇斗盗猎分子，最后壮烈牺牲的故事，他是后来才知道的。那是舅舅的最后一次巡山。舅舅带领着4名巡山队队员，抓获20名盗猎分子，缴获7辆汽车、1800多张藏羚羊皮，在押解盗猎分子走出可可西里之时，遭到盗猎分子的反抗，舅舅带着巡山队队员与盗猎分子殊死搏斗，直至壮烈牺牲……舅舅去世后，普措才仁的阿爸便给玉树州委州政府写信，要求辞去当时州人大法制委员会副主任的职务，调回治多县，负责西部工委的工作，“继承索南达杰的遗志，完成他未完成的事业”。

舅舅壮烈牺牲的事迹和阿爸毅然决然做出的决定，给这位懵懂的少年留下了深刻的印象。那时候，他就决定，等高中毕业，一定要报考一所警察学校，将来做一个像舅舅一样、像阿爸一样的人，最好去可可西里工作，哪里有困难艰险，就去哪里奋斗贡献！

当普措才仁把自己的想法告诉父母时，阿爸并没有表示什么，阿妈却极力反对：“你的舅舅走了，你的阿爸也不顾这个家，要求去那里工作，这还不够吗？”

阿妈的态度是决绝的，她觉得普措才仁性格急躁，遇事容易冲动。“要磨磨你的性子！”阿妈这样说着，执意让他报考财务会计等需要耐心的专业。那时候，阿爸已经调回了治多县，继任了舅舅西部工委书记的工作，少年普措才仁深知失去了哥哥，又要为丈夫担惊受怕的阿妈的悲伤与失落，经过一番掂量，最终遂了阿妈的心愿，也如愿考入了当时的青海省财经学校。

5月19日，我们在库赛湖保护站度过一夜，天刚刚放亮，巡山队队员们就已先后起来，经过简单的洗漱，便开始准备早餐。普措才仁指挥大家自行其事，并特别交代把喝完水的矿泉水瓶全部收拾起来："等到了有淡水的地方，再把它们灌满！"我这才知道，这是巡山队巡山时的一个惯例：车上不能带太多的饮用水，他们便想出了这样的办法，那就是重复利用矿泉水空瓶子，每到一处有可以饮用水的水源地，便把空瓶子再灌满。出于优先考虑满足饮用水的前提，巡山队队员们每天的洗漱，也就是漱漱口、刷刷牙，洗脸洗澡全免了。在跟随巡山队巡山的那几天里，我们也学着巡山队队员的样子，不洗脸不洗澡。

那一天，我们一直沿着狭长的库赛湖，向豹子峡的方向行进。库赛湖虽然被冰雪覆盖，但季节的风已经吹开了冰面，巨大的冰块堆积在湖畔，冰雪消融处露出了湛蓝的湖水。我们坐在车上，正在欣赏着车窗外的美景时，忽然，一只狼出现在了我们的视野里。

"大家看，狼！"我高叫了一声，为我们开车的尼玛才仁师傅便善解人意地停下车来问我们："要拍照吗？"

我匆忙下车，拿出相机朝着那只狼跑去的地方不断按着快门。这时，普措才仁也从他们乘坐的那辆车上走下来，对我们说："遇见狼，依照我们藏族的说法是祥瑞之兆啊，刚刚出发就遇见了狼，说明咱们这一趟巡山之行会非常顺利！"

大家谈笑着，在库赛湖畔合影留念。按照计划，今天的行程有点远，我们不敢再多逗留。在普措才仁的招呼下，大家上了车，重新出发了。没走多远，我们就发现了一具野牦牛的尸体。

"去看看！"坐在副驾驶位置上的阿旺旦巴局长说道。尼玛才仁师傅便示意跟在我们后面的两辆车也停下来。巡山队队员们都下了车，向着野牦牛的尸体走去。

近年来，盗猎藏羚羊的事件虽然销声匿迹了，但偶尔还是会有人猎杀野牦牛，再用野牦牛肉冒充家牦牛肉倒卖。这也是巡山队队员下车查看野牦牛尸体的原因，看它是不是被不法分子猎杀的。

经过仔细查看，巡山队队员确认这是一头自然死亡的野牦牛。野牦牛有个习惯，当自己行将死亡时，会独自离开牛群，一直向高处攀爬，直到找到一处寂静险峻的高地，才会停下来，等待死亡的来临。这头野牦牛，显然是死在山上后，被狼群从山上拖拽到了这里，草地上留下了被拖拽的印痕。

就在巡山队队员们放下警惕，准备再次出发时，我们的眼前又出现了一只狼！

"大家看！"普措才仁抬手指着，喊了一声，大家朝着他手指的地方看过去，一只狼近在咫尺，就在离我们几步远的地方，围着我们跑动着。

"今天真是福上加福啊，又看到了一只狼！"普措才仁说笑着，引得大家也笑了起来。原来，这只狼看到我们走近了野牦牛的尸体，以为我们会把它的食物带走，便冒险靠近我们，试图让我们离开。巡山队队员们明白狼的心思，大家心照不宣地上了车，离开了。

那一天，我们看到了许多野生动物：野牦牛、藏野驴、棕熊、斑头雁、赤麻鸭……当遇到一大群野牦牛，大家都下车拍摄时，普措才仁沉静地看着野牦牛群，对我说："我有时候觉得，我的舅舅和父亲，他们也许化成了可可西里的野牦牛。每次进入可可西里，看到野牦牛，我就会有一种肃然起敬的感觉。"

他的这句话打动了我，我把这句话记在了手机的备忘录里。

依照计划，那天我们应该到达卓乃湖，由于一路风雪，加上路况与我们出发前的预判大相径庭——与全球气候变暖有关，可可西里腹地的沼泽地解冻的时间提前，使得我们在去往卓乃湖的路上多次发生陷车。行程才走了一半的时候，天色暗淡下来，我们便在豹子峡找了一处向阳背风的山谷，扎下帐篷，露营下来。那里的海拔 5000 米以上，伴随着夜晚的来临，四周一片漆黑，我们用汽车的前灯照明，平时刺眼的灯光，在这个荒野的黑夜下，显得小气微弱，只在眼前打亮了一小片地方。那一天，我一直怀揣着一个疑问，那就是：普措才仁上了财经学校，怎么还是成了一名警察？

那天，大家吃完饭，乘着睡觉前的闲暇，我向普措才仁问了这个问题。

"这事儿还是和我的舅舅、阿爸有关。"普措才仁说，"我的舅舅，在我记事的时候，就是基层的一名党员领导干部，一直到他壮烈牺牲。他是英雄人物，也是优秀党员。我的阿爸，不计级别，不计报酬，从条件、待遇都不错的州上单位调到县上工作，也是因为他是党员。”

“这与你成为一名警察有关系吗？”

“我要像他们一样！”

普措才仁考入省财经学校，第一学期，他就写了入党申请书，积极申请入党。第二年，他被批准为预备党员，那是1998年。也是在那一年，他的阿爸奇卡·扎巴多杰为了实现杰桑·索南达杰成立可可西里自然保护区的遗愿，继续坚持杰桑·索南达杰开创的巡山之路。驱逐和抓捕潜入可可西里的盗猎分子的同时，他四处奔走、呼吁，积极与相关单位、个人联系。他保护可可西里的决心和真诚的态度打动了许多人。在自然之友会长、梁启超之孙梁从诫等著名人士的帮助下，扎巴多杰专程奔赴北京，通过在北京各大高等院校和大型企业的演讲，得到了社会上的支持与捐助。

从北京回来，到了西宁，他把普措才仁从学校叫出来，和他一起吃饭，给已经渐渐懂事的儿子说起了成立可可西里自然保护区的事儿。普措才仁记得，那天阿爸很高兴，吃饭的时候还喝了几杯酒。

“可是，就是在那一次，他回去后不久，就出了意外，去世了……”

普措才仁的阿爸，为推动可可西里国家级自然保护区的建立做了不少工作。纪录片《平衡》，以朴素真实的镜头记录下了他在可可西里工作的情景。纪录片也反映了他不畏各种复杂的人际关系，以保护可可西里为要务，只要有违环保，对谁都不留情面，得罪了一些人。他和环保人士杨欣之间结下了深厚的友情。他们在可可西里巡山时，刚好赶上杨欣的生日，他们便在简陋的帐篷里为杨欣庆生，扎巴多杰带头唱起了那首广为传唱的《一个妈妈的女儿》：

太阳和月亮是一个妈妈的女儿，
他们的妈妈叫光明；
汉族和藏族是一个妈妈的女儿，
我们的妈妈叫中国……

舅舅的牺牲，阿爸的去世，让少年普措才仁意识到，他要做一个像他们一样意志坚强、心怀信念的人，而他将来要从事的财务工作，难以实现他心里渐渐强大起来的抱负。于是，他决定，财校毕业之后，再去报考警察学校。后来，他便考入了当时的南京森林公安高等专科学校，毕业后，直接来到了当时的可可西里国家级自然保护区管理局工作。

自从到了管理局工作，巡山，便成了普措才仁和可可西里巡山队最最重要的工作方式。普措才仁不记得他已经是第几次巡山了，但他记得，他也遇到了像他舅舅那时一样惊心动魄的与盗猎分子狭路相逢的事件。有一次，他们在巡山途中，与一群盗猎分子遭遇，他们机智地与盗猎分子周旋，最后成功把盗猎分子全部抓获。之后，在搜查盗猎分子的车辆时发现，这群人不但有充足的柴油，还有几支半自动步枪和小口径步枪，光子弹就装满了一只50升塑料桶。审问时，其中一个盗猎分子说出实话：“我们的小口径是留给藏羚羊的，半自动是留给你们的。你们人少枪少，我们用子弹耗你们也能把你们耗死！”

这样的故事，在普措才仁身上发生过很多。“2010 年，我们在雁石坪抓获了一个七八个人的盗猎组织，没收了七八十张藏羚羊皮，这也是可可西里最后一次响起枪声。”普措才仁有些自豪地对我们说。我们也从其他巡山队队员那里得知，他还曾经是著名的“帐篷队长”，每每进入采挖黄金的季节，他便带着一名巡山队队员守候在青海新疆交界处进入可可西里的一个沟口上，搭起帐篷，阻止非法采金团伙进入可可西里。他严厉、认真，检查、登记绝不马虎，“帐篷队长”的名号便先从那些试图进入可可西里非法采金者的口里传开了。在他的腰部，有一道很深的伤痕，那是在一次巡山途中，车辆陷入泥泞之中，当他用牵引绳把陷车与另一辆车连接起来，准备拖出陷车时，牵引用的钢丝绳突然绷断，就像一条钢鞭一样狠狠抽打在他的腰上造成的，他当时就昏厥过去了。等队员们把他送到格尔木的医院检查后才发现，他的肠子从伤口中露了出来。由于错过了最佳手术时间，手术后，便留下后遗症，他时常会肠胃不适，每每犯病，便疼痛难忍。

5 月 20 日，我们到达了卓乃湖保护站。这里被巡山队队员称作可可西里的“五星级宾馆”，是因为这里有带有暖气的房间，有比较齐备的厨房设施，晚上睡着暖和，还能做可口的饭菜吃。

我们到达这里时，是凌晨 3 点，由于一路颠簸，大家简单地吃了几口饭就躺下休息了。强烈的高原反应，让我一夜未眠，第二天一早，我起床走出保护站，打算去看看保护站外面的卓乃湖，去拍卓乃湖上的日出时，看到普措才仁也起床了。互相问过早安，看着他的脸色很难看，问他怎么起来这么早，才知道他的后遗症犯了，肠胃不舒服，拉肚子，胃口也坏了，不想吃饭。我让他赶紧回去休息，他指着远处的一个小山包说："舅舅去世后，依照他的意愿，他的骨灰撒在了可可西里，那个小山包，还有索南达杰保护站、他牺牲的太阳湖畔都是撒了他骨灰的地方。"说完，他深情地望着小山包的方向，沉默下来。我看着他的目光，似乎感觉到他在寻找着什么，看见了什么。

后来的几天，由于大雪封路，我们滞留在了卓乃湖保护站。普措才仁的病一直没有见好，几天时间里，他就明显地消瘦了下来。

5 月 24 日，大雪终于停了下来，天空放晴，但我们此行的物资已经不够我们继续前行：汽油已经所剩无几，3 辆汽车的备胎也已经全部用完。为了安全起见，阿旺旦巴局长决定让我们向索南达杰保护站后撤，遗憾地提前结束了我们的巡山之行。

普措才仁的病情好转起来。当我们后撤到索南达杰保护站时，他告诉我，这一趟，他瘦了 15 斤。整个巡山途中，他一直佩戴着党徽，我便问他："已经有几年的党龄了？"他面带羞涩，说："我在省财经学校上学时，就已经是预备党员，那是 1998 年，但我成为一名正式党员，还是 2005 年的事，比其他党员的考察期长，说明我还要继续努力，还要严格要求自己。"后来我才知道，自从成为一名公安干警，他工作努力，成绩突出，荣立二等功一次、三等功一次，受到国家林业局森林公安局和青海省森林公安局的表彰嘉奖。

第二辑

雪线上的异香

浪花里飞出动人的歌

神话与歌声里流传爱情

高原之上，大湖波光荡漾。这蔚蓝的湖泊，好似是滴落在大地上的一片蓝天，那样静谧，那样深邃地仰卧在草原荒漠之上，围拢在一片美丽和梦幻之中。这，就是青海湖。青海湖，承载着历史的沧桑荣辱，淘沥着生命的悲欢沉浮。从它汹涌的浪涛之间，飞溅出了一曲曲充满浪漫诗意的动人歌谣。

而金银滩草原，傍依在青海湖畔，目睹着青海湖浪涛汹涌，潮起潮落。绵延铺泻的草原，就像是青海湖演绎悲欢荣辱的历史过往的一个天然舞台，许多许多的故事就在这里生发，许多许多的云烟就从这里飘散。

金银滩草原，这片方圆千余平方公里的草原，历来以牧草丰美、牛羊肥壮而驰名。夏秋季节，草原上野花烂漫，姹紫嫣红，芳香四溢，给这片草原增添了别样的色彩。有人说，金银滩是一片富庶的草原，也有人说，金银滩是一片孕育情歌的草原。这话不无道理，这里的人们，向往生活的美好，作为天性自由的游牧民族，也追求爱情的浪漫。去追溯这句话的渊源，还要从藏族古老的情歌拉伊说起。生活在金银滩上的达玉部落，完整保留着演唱拉伊的传统。

情歌在藏族地区广为流传，并且形成了各自不同的地域特色。在康区一带，流行着一种大体为六言三顿、四行一首的情歌，当地人谓之“杂鲁”或者“泽鲁”，均是情歌之意，这种优秀的民间文化，造就出了一个伟大的浪漫主义诗人——第六世达赖喇嘛仓央嘉措，他书写的那些凄婉清丽的诗歌，基本采用了这种民间情歌的格式。而在以青海为主的广大安多藏族地区，有一种被称作“拉伊”的情歌更是风靡农村牧区，几乎达到了有口皆唱的地步。

“拉伊”，藏语意为山歌，它与杂鲁不同，在句式和形式上更为自由活泼，语言朴实，比喻形象，不拘一格。基本形式为两段体，第一段用一些相似、相近的事物做比喻，借以开头和起兴，第二段则为本意。句数一般不等，主要取决于歌者的表现能力和内容多寡，少则三或四句，多则十句或更多，普遍为每首六至九句。字数亦未统一规定，有六言、七言、八言不等，但同一首拉伊中，一般每句字数一样多。少数为杂言。唱腔有 40 多种，场合不同，条件不同，唱腔不同，即兴编词，即兴吟唱。

拉伊，又名“拉鲁”“鲁甘”等，是广泛流传于安多藏族地区的一种民间艺术形式，表达着藏族儿女对生活的热爱和赞美、对爱情的向往与追求。

拉伊最早的缘起，与游牧生活有关：游牧民族，居住分散，青年男女间，平时少有见面的机会，于是，在游牧文化背景下便出现了一种特殊的民间文化现象——当夏季来临，抑或是在藏历年、民间佛事活动等重大活动期间，四散而居的牧人聚集在一起，年节或佛事活动的流程结束，另一个不受节日仪轨约束的活动便悄然开始，这就是情歌对唱。往常很少聚会见面的男女们便在这里以歌会友，结识，相好，成缘。

有关资料认为，拉伊在藏族民间的流传，已有千年的历史。拉伊以口承的形式流传，男女对唱是拉伊最为广泛的表达形式。

由于是在众人聚会的场合演唱，拉伊便也有了一些禁忌，首先，拉伊的演唱要避开村落和帐篷；其次，要避开长辈和有着血亲关系的人群。为了做到这一点，年轻人们会选择聚集在远离村落、帐篷的草地、树林里。起先唱的是一些赞美家乡、回顾历史等为内容的酒歌。随着天色渐渐暗淡，夜幕降临，歌唱拉伊的时机到来，于是，其中的一位歌手便以酒歌的曲调唱起一首“请示”之歌：

如果有高山请低下头，
如果有河流请绕道走！

在场的长辈以及与青年男女们有血缘关系的人们即刻明

白了歌中的意思，于是，假意去忙别的事情，陆续走开，于是，一个独属于情歌的世界便豁然开启。

大家围坐在一起，把一对男女围在中间。这一对男女，手持哈达，被各自的伙伴们所簇拥着，他们是智囊团和助阵团，这对男女对歌时一时想不起怎么应对，伙伴们会立刻出手相助，耳授歌词。在人们的叫好声和起哄声中，这对男女一来一往，开始了情歌拉伊的对唱。只听那男青年唱道：

寂静的青海湖畔，
听到了天鹅的鸣唱。
放眼去看的时候，
却不见天鹅的身影。
青海湖的阔大啊，
让人感到了寂寥。

山下的小树林里，
听到了姑娘的歌声。
抬眼望去的时候，
却不见姑娘的身影。
小树林的空寂啊，
让人感到了忧伤。

男青年唱完，把手中的哈达献给女青年，女青年接过哈达略加思索，便也唱了起来：

天鹅聚首在青海湖畔，
比翼齐飞时多么快乐，
如今要各自远飞，
心里是多么不舍。
天鹅请不要悲伤，
等到了冰雪消融，
还会相聚在湖畔！

你我聚首在林木丛中，
一同嬉闹时多么愉快，
如今要分手离别，
心里是多么留恋。
少年请不要悲伤，
等到了对歌会时，
还会相聚在林中！

拉伊采用比兴的手法，语言朴实，比喻形象，形式活泼，不拘一格。

流行在安多藏族地区的拉伊，起源于何时，最早兴盛于何地，这些问题已无从考证，但就拉伊的演唱形式——对唱，和拉伊的表达手法——比兴这些特点来说，似乎可以上溯到远古的西王母时期——在《穆天子传》中，记述了一段西王母与周穆王瑶池相会的故事，有人考证认为，故事中的瑶池当为青海湖，而西王母则是活动于青海湖周边的部落女头人。他们在瑶池边的相会，便是以对唱开始，在对唱中结束的。

周穆王年少时喜好云游，在穆王三十三年（公元前944年），他亲率七萃之士，驾八骏之乘，以柏夭为先导、造父为御者，长驱万里，开始了一场说走就走的西巡。一路上，他经历了许多奇妙有趣的事情：在渗泽狩猎，他捕获了皮毛纯白如雪的银狐和纯黑似墨的黑貉；在黄河边上，他以玉璧和牛羊祭奠了水神河伯；登上昆仑，他观览了黄帝曾经住过的宫殿。就这样，他逍遥自在，一路向西，远涉流沙，越谷翻山，来到"昆仑之丘"的"西王母之邦"的青海湖畔，见到了美丽绝伦的西王母。

据说，周穆王特地选了一个良辰吉日，来见西王母。双方相见，行礼相拜，周穆王向西王母奉送了堪称奇珍异宝的贵重礼物——白圭、玄璧、丝绸等，西王母"再拜受之"。而此时，信使传报，徐偃王叛乱，周穆王不得不告别西王母，御驾东征。于是，西王母赋诗一首，悠悠深情地吟唱了堪称河湟第一诗的《白云歌》——

白云在天，
山陵自出，
道里悠远，
山川间之。
将子无死，
尚能复来？

在这样一个行将别离的时刻，美丽端庄、雍容大度的西王母，与周穆王同席而宴，载歌载舞。周穆王为西王母的优雅风韵所倾倒，居然“乐而忘归”。他听着缠绵惜别的歌，也依依不舍地唱和道：

予归东土，
和治诸夏。
万民平均，
吾顾见汝。
比及三年，
将复而野。

在离别时分，他们约定了重逢的时间，也把彼此的思念深深留在了彼此的心里。

从此山重重水茫茫，他们各居一方，而这样的一个约定，却定格在传说里流传至今。对见证了他们的相约与惜别的青海湖来说，这只是它悠远过往中的一瞬，就像是在它水面上翻卷起的一朵浪花，虽然灵动、透亮，但也只是片刻的闪现，几乎未做任何停留，便又隐没在水中不见了踪影。

但爱情依然在流传，歌唱爱情的情歌，也依然在流传。

拉伊与世界的默契私语

虽然已是初夏季节，青海湖却仍是一片萧瑟的冬日景象。大雪纷飞，寒风劲吹，但这并没有阻挡住这片蔚蓝的湖泊对游客们的诱惑。人们纷纷冒着风雪来到青海湖畔，都想一睹这片“中国最美湖泊”的容颜。

在众多的游客中，有一位特殊的游客，她来到这里，并不仅仅是想看看青海湖的美景，在她心里，还藏着一份思念和寻觅。

朱扶疏，青海广播电视台记者，当她循着当年父亲的脚步来到青海湖畔，登上游览青海湖美景的游轮的时候，她的心里充满了激动和感慨。

她的父亲，名叫朱丁，生前也是一名记者，经常深入到青海的农村牧区采访。青海湖环湖地区，作为青海最美的草原和重要的畜牧业基地，时常让他流连忘返。驻足于青海湖畔举目远眺，他看到了明镜一样的湖面，也看到了湖中那座神秘的小岛——海心山。

海心山，耸立在青海湖中心偏南的一座岛屿，四面临水，岛上环境清幽，登顶眺望，海阔天空。或许就是因为这里的清净和美丽的吸引。自古以来，这里就是人们净化心灵的佳境，只是如今，海心山已被列为生态保护地区，不让游人涉足。而当年，正是这里美不胜收的风景，吸引了这位多才多艺的新闻记者。

1949 年，新中国刚刚诞生，朱丁从上海华东新闻学院毕业，就和他的新婚妻子徐沛霖一起兴冲冲来到了青海。他们带着阳光、青春、朝气和理想，踏上了这片对他们来说完全陌生的土地，没去顾及这里高寒的气候，也没有在意他们身体的不适，就把自己的热情和汗水毫不吝啬地抛洒在了这片土地上。

他们分别在青海日报社和青海人民广播电台从事新闻工作，在深入农村牧区采访过程中，他们学会了骑马、搭帐篷、大块地啃食牛羊肉，与农牧民群众打成一片。

有一次，朱丁来到青海湖金银滩草原，跟随放牧的藏族牧民进行深入采访。也就是在这一次，他听到了在青海藏族地区广为流传的情歌拉伊，他立刻被这种旋律所感染，并通过当地懂汉语的翻译，记录了一些歌词。

回来后，他写下了一篇通讯，并在这篇新闻通讯中，写下了《金瓶似的小山》这首歌的歌词，歌词是在藏族拉伊的基础上进行再创作的。

这篇通讯见报以后，引起强烈的反响。我国著名作曲家冰河先生也在报纸上看到了这首歌，并为这首歌谱了曲。

冰河，我国著名音乐家，曾为《草原上升起不落的太阳》等脍炙人口的歌曲编曲。他还致力于在国内推介外国经典音乐，也把许多中国民歌翻译成了英文。出版有中英文对照《中国民歌选》《外国抒情歌曲选》等专著。

《金瓶似的小山》创作于 20 世纪 50 年代，一经创作完成，就得到广泛传唱。但谁都不知道，这首歌，其实是脱胎于藏族的情歌拉伊，在久经传唱的经典拉伊中，依然能够找到这首歌的原型。

中国民间艺术家协会副主席、藏学专家索南多杰认为，《金瓶似的小山》这首歌，虽然是创作歌曲，但在形式上依然保留了藏族民歌的许多特征。基本可以认定它是根据藏族民歌，特别是环青海湖地区草原上的藏族情歌拉伊改编创作的。把小山比喻成金瓶，把湖面比喻成镜子，这些形象生动的比喻带有浓厚的藏族民歌特色。

最早演唱这首歌的，当属我国著名抒情男高音歌唱家朱崇懋先生。

朱崇懋，20 世纪 50 年代我国蜚声中外的著名歌唱家。他以学习西欧传统唱法为基础，并向我国民族民间传统声乐艺术学习，形成自己的风格。他的演唱含蓄内敛、细腻深情、音色甜美、吐字清晰，特别是在高声区的弱音控制和延长分外动人。他演唱的《草原之夜》《金瓶似的小山》等抒情歌曲风靡几代人。

20 世纪 80 年代初，朱崇懋先生去了美国，但他依然执着于音乐事业，在美国纽约组织华人合唱团演唱中国歌曲，在美国华人界影响广泛，各媒体竞相报道。2000 年 10 月 11 日，朱崇懋先生病逝于纽约。

朱崇懋先生和我国著名音乐家吕远先生交往甚密，吕远先生曾应朱崇懋先生的约请，答应为朱崇懋先生量身创作一首歌曲。不想时代风云变幻，两位音乐界的泰斗有着不同的遭际，这首歌一直没有完成。时隔 50 多年，恰逢朱崇懋先生 90 岁诞辰在即，吕远先生欣然决定完成这半个世纪前的约定。于是他不顾 80 高龄，专门来到了青海，来到《金瓶似的小山》所描述的青海湖。

他特地去了金银滩草原，在坐落于西海镇的王洛宾音乐纪念馆中流连忘返，在这里他特别邀请我为青海湖写一首歌，我虽然深感压力，但还是写出了一首歌：

大地上的一片天，

有着蓝天一样的容颜，
那是蔚蓝的青海湖，
荡漾在人间，
如云如烟。

大地上的一片天，
有着蓝天一样的深远，
那是浩渺的青海湖，
美丽着高原，
似梦似幻。

哦，青海湖，
天高云淡，
哦，青海湖，
宁静致远，
那是大地上的一片天，
那是大地上的一片天！

吕远先生也很快完成了谱曲，他说：完成这样一首与青海湖有关，也与演唱了《金瓶似的小山》这首歌的朱崇懋有关的歌曲，也算是履行了他 50 多年前的那次约定。

与 20 世纪 60 年代《金瓶似的小山》这首歌在全国广泛传唱一样，如今，这首老歌又在全国重新传唱开来。目前已经有郁钧剑、阎维文、腾格尔、谭晶、降央卓玛、黑鸭子组合等知名歌手及音乐团队以不同的演唱风格演绎，唱出了不同的情韵。有一次，与著名歌手腾格尔相遇在北京，我向他说起《金瓶似的小山》这首歌的来龙去脉，他很感叹，并且说，希望有机会能到青海湖边，傍依着青海湖来唱这首歌。如果有机会，希望在青海湖边拍摄这首歌的MV。

在那个初夏的午后，我们来到海晏县城，特地去了县歌舞团，演员们正在排练节目。当他们得知朱扶疏女士就是创作了《金瓶似的小山》这首歌的作者之女的时候，全向她围拢过来，他们盛情邀请朱扶疏女士和他们一起唱这首诞生在青海湖畔的经典老歌。

歌声在飞升，从它诞生的地方，向着更远的世界……

草原与爱情的天籁抒情

一个梦想着远赴重洋，到巴黎去学习西洋音乐的人，是什么原因，让他放弃了梦想，心甘情愿地留在了中国西部的大漠荒野中呢？

谁能相信，只是因为听到了一曲民谣，这位时刻准备远行的年轻人停下了脚步，从此，他就开始迷恋上这片土地，痴迷于从这片土地上生根发芽的音乐和歌声之中，从此，他的足迹遍及青海、甘肃和新疆。

1938年早春，一天，王洛宾和他的几位朋友乘坐一辆马车途径六盘山，大雨突降，他们便跑到路旁去躲雨。一曲凄婉的民歌忽然让这个怀抱音乐梦想、一心想出国深造的年轻人震惊了。

这是 1939 年的秋天。中国电影的创始人之一郑君里先生前往青海拍摄影片《民族万岁》，外景地就在青海湖北岸的金银滩草原上。他邀请当时在西宁工作的王洛宾扮演片中的藏族男青年，这片草原上部落头人的女儿卓玛扮演牧羊姑娘。

这段经历，如今已经成为一段凝固的历史，屹立在青海湖畔的王洛宾音乐艺术纪念馆把这段历史永远地珍藏了起来。

王洛宾音乐艺术纪念馆开馆于 2009 年，是迄今为止国内规模最大的集中体现王洛宾音乐文化和西部音乐艺术的纪念馆。馆内以王洛宾的音乐历程为线索，以王洛宾在青海的创作和生活经历为重点，通过展陈图片、音乐、艺术品、影视资料和近百件未经面世的歌曲、歌剧手稿等详细、准确地介绍了王洛宾的音乐历程。其中一些珍贵的图片、影像资料、手稿等都是青海省海北藏族自治州人民政府从王洛宾先生生前好友及后裔中征集得来的。

王洛宾音乐艺术纪念馆，记录着这位音乐艺术大师的一生，记录着《在那遥远的地方》这首歌诞生的过程。说起这首歌，这里的许多老人就会记起青年时代的王洛宾在青海的那些经历。

谢承华老先生一直致力于青海民间文化的搜集、整理、抢救，年轻的时候，他与王洛宾先生交往甚笃。说起王洛宾，他充满深情。他说，新中国成立前夕，洛宾先生在青海有过 12 年的音乐文化活动，在青海各地留下了他的足迹，也在这里创作了许多音乐作品，一些流传广泛、传唱至今的歌曲就是在这里搜集素材或创作的，比如《掀起你的盖头来》《阿拉木汗》《半个月亮爬上来》等这些脍炙人口的经典歌曲。

在车水马龙的西宁闹市中，耸立着一座气势恢宏的城墙。这里就是当年的北城门原址，城门下的香水园是西宁的一处风光胜迹。这里的一草一木如若有知，当还记得60多年前的一幕。王洛宾先生与西宁的香水园有着不解的缘分，他在这里搜集整理了许多的哈萨克族民歌。

1939年，一个哈萨克部落从新疆流落到青海，希望通过当时统治着青海的马步芳，看在他们是穆斯林兄弟的分上，能够让他们在青海居住、游牧。为此，他们中的一些人便居住在了西宁香水园，等候当局的接见。

当局迟迟没有派人来见他们，他们依然固执地守候在西宁。哈萨克民族生性热情，能歌善舞，每天夜幕降临，他们便开始载歌载舞，表达对自己故乡的思念，表达对未来生活的迷茫与向往。这一情景吸引了年轻的王洛宾，他以一个看客的身份每天都去看他们跳舞，听他们唱歌。他还请了一位维吾尔族商人给他做翻译，记录搜集了许多哈萨克族民歌。

谢承华老先生说，《在那遥远的地方》这首歌，就是王洛宾先生根据搜集记录得到的一首哈萨克族民歌创作的，这首民歌的名字是《羊群里躺着想念你的人》。当时，王洛宾先生在著名导演郑君里的邀请下去了金银滩草原，在这里的一次遭际，激发他创作出了《在那遥远的地方》这首歌。

天才与庸人的不同之处，就在于天才常常会迸发智慧和灵感的火花。丰厚的民族音乐积淀，金银滩草原浪漫的经历，神奇地交织在一起，碰撞出了璀璨的光华。《在那遥远的地方》这首歌，优美舒展的旋律来自哈萨克族民歌，而情真意切、朴实纯真的歌词则源于青海湖畔的美好邂逅。

青海湖畔的辽阔草原，氤氲于拉伊的缠绵与留恋，使得这片草原总是与情歌结缘。在300多年前，这里也曾留下另一个有关爱情与情歌的传说。

传说，第六世达赖喇嘛仓央嘉措遭人陷害而被押解进京，经过数月的长途跋涉来到了青海湖边。他被青海湖的碧蓝和宁静所吸引，于是，他决定驻留在这里。有一天，青海湖风和日丽，宁静安详。蓝天、白云、碧海、银沙，宛若把一块块色彩艳丽的巨大色块拼接在了一起。这大自然的造化，就这样装点着这片高原大湖，似是迎迓这位高僧大德的驾临。

传说，就在仓央嘉措到达青海湖的那天深夜，忽然间风雨大作，风声中夹杂着忽隐忽现的佛乐。仓央嘉措就在风雨之夜消失了。后来人们才知道，在那个夜晚，他在华丹拉姆女神的牵引下，踏浪而行，走过青海湖，从此浪迹天涯，开始了他的游浪生活。

美丽的湖畔草原，有了仓央嘉措的传说，有了王洛宾的美丽邂逅，便成了一片情的草原、歌的草原，许多情歌从这里传扬，久久被人们传唱。

经典的音乐作品具有无比强大的生命力。《在那遥远的地方》一经问世便不胫而走，唱遍了世界各地。它那悠扬抒情的旋律和比兴简洁的歌词传唱不衰，成为跨越地域、时代、语言与种族的华人声乐艺术精品，也成为王洛宾最知名的代表作。

著名诗人吉狄马加先生曾在青海工作多年，他非常喜欢《在那遥远的地方》这首歌，在与亲朋相聚的场合，他还会高唱起这首歌。他说，王洛宾的一生是坎坷的，云游与羁押、被缚与抗争，演奏着他磅礴悲凉的生命交响。正如他谱唱的处女作、徐志摩的《云游》中所说的：“那天你翩翩的在空际云游，自在，轻盈，你本不想停留。”王洛宾自己也曾畅抒胸臆，说“我青年时向往着青海草原，向往着哈萨克，有两个因素：一，我自幼是一个以停滞为苦，以流动为乐的孩子；二，我自幼爱唱歌”。正是这种流浪情怀和自由信仰，培育了他钟情民族音乐的浪漫气质，成就了著名的西部歌王。

也正是这片总是与神圣和浪漫相关联的湖水，造就了一个举世瞩目的盛会——青海湖国际诗歌节，造就了一个独属于诗人的荣誉——金藏羚羊国际诗歌奖，更是造就了一座独具特色的诗歌纪念墙。

在青海湖畔修建这样一座诗歌纪念墙，与当地民俗风情、自然融为一体，以高原文化传统中最为神圣的形式，铭刻诗的庄严和诗人的心声，记载历届诗歌节的风采。这是时任青海省委宣传部部长、著名诗人吉狄马加的动议，著名雕塑家舒勇根据他的设想完成了设计制作，诗歌纪念墙质朴、庄重、简洁、大方，既突出诗歌与人类精神世界的精神特质，又强调浓郁的民族文化气息；既表现诗歌的国际化，又便于当地群众了解和接受，同时提升当地民族文化的品位。

当热闹和喧嚣退潮，寂静的诗歌纪念墙默默耸立在青海湖畔，独自拥着大自然赐予它的孤傲和高贵。有人说，诗歌纪念墙有着诗人的个性，也有着诗歌的气质。或许是因为把众多的诗人的形象镌刻在了这里，使得它有了诗人的个性；或许是因为它表达了这个时代对诗歌的敬重和纪念，所以它才有了诗歌的气质。

诗歌纪念墙就这样与王洛宾音乐纪念馆遥相呼应，各自耸立于青海湖的南北两端，让诗意的青海湖沉醉在诗意的吟唱之中，向世界，向人类诠释着生命的坚韧，诠释着爱情的浪漫。

就让我们倾听这部永远也唱不尽的交响曲，她的袅袅余音，正越过高山，飘过海洋，响彻世界的每一个角落：

在那遥远的地方
有位好姑娘
人们走过她的帐房
都要回头留恋地张望
……

遗落在藏地的蒙古牧歌

河曲草原在哪里？

其实这是一个无须回答的问题，作为中国三大名马之一河曲马的产地，她的名字，与她孕育的名马一样响亮。在任何有关河曲马的资料中，都会提及其地缘：青、甘、川三省交界处。显然，这是一个丰美的“金三角”地带。

有关这片草原的丰美，有着诸多的传说。

今年盛夏季节，我去河曲草原采访，巧遇一部叫《河曲马》的电影在河南蒙古族自治县开机，一打听，才知道电影的编剧正是我的好友，蒙古族作家次仁顿珠。这部电影讲了这样一个故事：一匹在河曲草原的各种赛马会上屡夺魁首的河曲马，在以效率为前提的经济利益追求中惨遭毒手，被一些急功近利的人打了兴奋剂，以期它能得到更多的冠军，赢得更多的金钱。

历史上战功赫赫的河曲马，在如今的市场经济大潮中，竟有了如此的遭际，不禁让人感叹。

蒙古族作家次仁顿珠，在他的多部作品中提及他的故乡河曲草原，电影《河曲马》改编自他的同名中篇小说，在这篇小说里，他这样描述了这片草原："不熟悉草原的人眼中，这里和其他地方的草原没有两样，都是绿油油的一望无际。但是如果你是一个生在草原，长在草原，又去过其他草原的人的话，就一定会发现河曲草原的牧草和花朵无论是种类还是密度和高度，都与其他草原有着天壤之别。甚至可以说别的草原跟这里比起就不称其为草原了。"

文字明显透露出作者对自己故乡的偏爱，一股深浓的故乡情结就满含在这段文字里，不无主观色彩。在地处河曲草原中心地带的河南蒙古族自治县人民政府所在地优干宁镇集市上，我见到了来自赛尔龙草原的牧民杨杰扎西，他是来这里采购一些日常用品，并将自己从草原来镇上的路上顺手捡来的蘑菇出售的。我问他："河曲草原为什么这么美？"当他听到我的问题时，先是笑了，接着不假思索地说："如果你有本事从飞鸟的高度去看这片草原，你就会发现一个奇迹。"

"什么奇迹？"

"当你从一只飞鸟的高度去看草原，并且具备透视能力的话，你会看到在这片草原的底层深处，有一层红土层。"

"红土层？"

“是的，”杨杰扎西不无骄傲地说，“这层红土层和我们的草原一样大小，它让这里的草木坚实地扎根在这里，并且起到了水土保持的作用。”

这个回答虽然不能采信，但掩含其中的想象力、理想主义色彩和那种无条件的对故乡的爱却令人感动。

那么这片平均海拔超过了4000米的高寒地带，何以如此丰美？我在官方的文字里并没有找到一个有科学依据的答案，但显然，这与杨杰扎西提及的水土保持有极大的关系。蒙古族作家次仁顿珠，在他的小说《河曲马》中，是这样描述他的故乡与水的关系的：“一股无比清澈而湛蓝的小溪，自诞生的那一刻起，她就昼夜不停地一路向东，同时又吸纳百川，茁壮成长，奔向大海。当她即将离开故土的时候却越来越犹豫了，越来越惆怅了。于是她突然掉头又朝故乡奔去。”

次仁顿珠形象地描述了河曲草原的地理图画：诞生于雪峰冰川的黄河一路蜿蜒在青海大地，从蹒跚学步到出落成美丽的少女，当她走出青海，行将远去之时，却如眷恋着故土母亲的远嫁姑娘一样，又转身回到了故乡，就在她且行且停恋恋不舍的步履之下，河曲草原诞生了。河曲草原，顾名思义，就是坐落在黄河远去又回首所形成的弯曲的“S”形大转弯中的草原。

也就是说，因为有了黄河的依依眷恋，在它走出青海又回首故土，再次走出的时候，给这片草原提供了充足的水分，而洮河和泽曲又网织在黄河之间，水的参与，使得这片草原相对于这里由于长期干旱而显得植被稀疏的其他草原，有了更加密集、厚实的植被。广袤的河曲草原，主要由山地草甸类和高寒草甸类、沼泽类、灌丛类、疏林类草场构成。这些草场上生长着小嵩草、矮嵩草、垂穗披碱草、线叶嵩草、四川嵩草、藏嵩草、早熟禾、紫羊茅、圆穗蓼、珠芽蓼等数十种优质牧草和数不清的形状各异、万紫千红、香气扑鼻的花朵。

草原的丰美，自然而然成为牲畜的天堂。在这里，马有河曲马，牛有藏牦牛，羊有欧拉羊。

河曲马：飞扬在马鬃上的草原

河曲马，与内蒙古三河马、新疆伊犁马被誉为中国三大名马。河曲马旧称“南番马”等。据史料记载，这种马已有1300多年的历史，它以青、甘、川三省交界处的青海河南蒙古族自治县、甘肃玛曲县、四川若尔盖为主要产地。因其分布区处在黄河河曲地带，1954年由西北军政委员会正式定名为“河曲马”。

河曲马与青海河南蒙古族自治县的蒙古族有着深厚的历史渊源，可以这样说：河曲马，是河南蒙古族历史的活态形象，河曲马在青藏高原上的诞生与繁衍，在某种程度上，就是河南蒙古族进驻高原，在这片高原上发展生息的历史写照。

一种具有1300多年历史的优秀马种，直到1954年才被定名，这其中自然有许多的历史渊源。河曲马，最早被称作“吐谷浑马”，从这个称谓中，我们可以揣测到这样的信息：河曲马，与吐谷浑人在青海湖环湖草原培育出的著名马种青海骢应同属一个马种，正是这个原因，使得人们用这个古老族群的名字，命名了这个马种。

钩沉往事，这里需要说说青海骢的历史。

秦汉时期，辽东一带还是广袤的原野，慕容部与秦汉王朝交好，他们为秦汉王朝培育战马，通过纳贡的手段，与强盛的中央王朝保持友好往来，经过一代代的积累，具有了丰富的育马经验。据考证，西晋末年，属于鲜卑慕容部的吐谷浑一支，因为内部不和开始西迁，除了马匹和财产，他们还带上了他们精湛的育马技术。迁徙的路上，他们先后游牧于内蒙古河套地区和甘青河西走廊一带。这些地区，同样是中国历史上著名的育马之地。在这些地区的游牧经历，使得他们的育马技能更趋完美。到达青海草原后，他们又吸收当地羌人和吐蕃人的育马经验，培育出了著名的良马青海骢。

从史料来看，青海骢一经培育出，就得到了迅速的传播和繁育，而河曲草原作为青藏高原上少有的优良牧场，自古有“香汤沐浴地”的美誉，也立刻成为青海骢的理想培育基地。

据《河南蒙古族自治县志》记载，南宋宝祐元年（公元1253年），忽必烈率军南征大理，随军南下的蒙古土默特达尔吾部在河曲草原设立马场，保证军需和后方安全。这是第一批到达这里的蒙古骑士，从这段简短的历史记载中我们可以揣测，这些整日里以马为伍、爱马如命、对马的一切都了如指掌的蒙古骑士，当他们见到青海骢的那一刻，立即被这种优秀的马种所吸引。可以说，正是这种良马使他们留在了青藏高原，成为最早进入河曲草原的蒙古族。此后，他们就在这里定居下来，自此开始书写了青海蒙古族艰难而又辉煌的历史。

第一批蒙古骑士来到河曲草原之后，明朝万历年间又有一批蒙古铁蹄进驻此地。而最大的一批，也就是现在当地蒙古族的直接祖先，是明末清初进入青海、西藏地区的卫拉特蒙古，他们进入河曲草原后，兼并了上述两批蒙古族。河南蒙古族主要有四旗：和硕特三旗，土尔扈特一旗——和硕特前首旗（又称亲王旗）；和硕特南左翼中旗（又称拉加旗）；和硕特南右翼中旗（又称达参旗）；土尔扈特南前旗（又称土尔扈旗）。

自此，蒙古族先民就打马驰骋在河曲草原上了。有关他们统领的区域，在各种文字记载中甚至远远超过了这一范围，延伸到了目前行政区域上的青海省海南藏族自治州、黄南藏族自治州、果洛藏族自治州，以及甘肃、四川的大部分地区。

在不断的经略中，他们培养出了著名的河曲马。有关河曲马的培养，在河曲草原的民间传说中可以找到一些蛛丝马迹：忽必烈指挥大军在水草丰美的河曲草原大量牧养军马，采用了良种繁育的技术，河曲马，就是当地著名的古老马种青海骢与打马而来的蒙古族先民的坐骑蒙古马杂交的后代，是两个优秀的马种完美结合的产物。

在今天，提及河曲草原，一般则指地处河曲草原中心地带的河南蒙古族自治县。

河南，谁都知道这是中国中原大地上一个声名显赫的省份，但谁也不会想到，这个耳熟能详的地名，会与草原、蒙古族、河曲马、藏传佛教这样的一些词有关。但事实的确如此，一个叫河南的蒙古族自治县，静静地仰卧在青藏高原腹地，这里的牧民是蒙古族，他们与这里的藏族交错而居，却依然能保持着他们的先民爱马如命的习性，使得这片草原依然是河曲马的天堂。而这片草原的丰饶和美丽，的确就像天堂一样。

河南蒙古族自治县，其县志资料里这样介绍这片土地：地处青藏高原东南隅，九曲黄河第一弯，青甘川三省交界处，接甘陇、壤川康，是青海省的南大门。1954 年成立河南蒙族自治区（县级），1955 年设立河南蒙族自治县。1964 年更名为河南蒙古族自治县。全县总面积 6250 平方公里，总人口 4.4 万人，蒙古族占 93%，俗称“河南蒙旗”。

这是一个生活在青藏高原上的蒙古族聚落，在河曲草原的中心地带，这个蒙古族聚落坐拥着一片丰美无比的草原，悠然自得，与世无争，一如现实版的世外桃源。在官方的有关文件中，是这样介绍这片草原的：这里是全国面积最大的有机畜牧业生产基地，也是青海省生态保护最好的草原，堪称“亚洲第一，青海最美”。

作为河曲草原的中心位置，这里的草原更加丰美，用次仁顿珠的话说，简直无与伦比。

我曾问一位牧人：这片草原如何如此丰美？他虽然没有正面回答，但他的回答却充满哲理：“我们的祖先，那么厉害的人，他们肯定会住在最好的草原！”

次仁顿珠在他的小说中是这样描述河曲马的：“身材虽然没有欧洲马那样高大，但在青藏高原你绝对找不到比它更高大的马儿；双耳差不多有兔子耳朵那么长，而且像矛尖一般坚硬；双目像鹰一样锐利，鼻尖有点弯曲，像是人类中的鹰钩鼻；全身乌黑的毛发像苏州极品丝绸那样光滑……”

河曲马在历史上战功赫赫，立下了汗马功劳，在如今的河曲草原，骑着河曲马飞驰在草原上，依然是这里的蒙古牧民的光荣与梦想。一年一度的河南蒙古族自治县那达慕大会上，赛马依然是大会的主场戏。这里的蒙古牧民，就像是铭记着曾经征战沙场、奋力拼杀的英雄的名字一样，能说出那些赛马冠军和他们的坐骑的名字。除了那达慕大会，这里的每个乡镇几乎都会举办规模大小不同的赛马会，因此这里还有“民间赛马之乡”的美誉。

藏牦牛：掩藏在牛背上的草原

牦牛，古作“犛牛”，草食性反刍家畜，是世界上生活在海拔最高处的哺乳动物。主要产于中国青藏高原海拔3000米以上地区。适应高寒生态条件，耐粗、耐劳，善走陡坡险路、雪山沼泽，能游渡江河激流，有“高原之舟”之称。野牦牛是濒危动物。

牦牛，是青藏高原的标志性牛种。有关牦牛的分布，有人非常准确地给出了这样的结论：伴随藏族的分布，跨省区分布。的确，牦牛，似是上天对高原藏民族的赐予，只要是藏族居住的地方就能看到它们的身影。这里的人们吃牦牛肉，喝牦牛奶，烧牦牛粪；用它们的毛做衣服织帐篷，用它们的皮做容器或绳索；同时还让它们驮运货物，参加农业生产。

在河南蒙古族自治县，经常可以看到这样的景象：在蒙古包周围，围拢着一群群的牦牛，炊烟袅袅，犬吠不断，一个蒙古族姑娘正在为一头母牦牛挤奶。这或许是这支蒙古族在这片高原上呈现出的一个极具象征性的景致。

一个民族，不论有了什么样的遭际，在内心深处，依然会坚守一种精神。蒙古包就像是这种精神的象征或是心灵的投影，在这种文化的变迁中，依然被这里的蒙古牧民接续下来，与它一起留下来的，还有搭建蒙古包所用的各种材料的蒙古语名字。

看着这样的景致，我不禁想起在这片草原上采风时的一次经历。几年前，应河南蒙古族自治县县委宣传部的邀请，我曾与青海部分作家和摄影师到县里采访，县委县政府极其重视这次采访，他们希望借助文学作品和摄影作品达到宣传河南河曲草原的目的，对我们的采访做了具体精细的安排。我已经记不起例行公事似的采访中的所感所悟，但却记得一个细节，甚至可以说，这个细节深深打动了我，使我对此至今记忆犹新——当每天的采访工作结束，晚餐时间总是安排得隆重热闹，每晚都会有当地的歌手前来为大家献歌。每晚几乎都是不同的歌手，但我们每晚都能听到同一首歌——《父亲的草原母亲的河》：

……

啊，父亲的草原
啊，母亲的河
虽然已经不能用母语来诉说

请接纳我的悲伤我的欢乐
我也是高原的孩子啊
心里有一首歌
歌中有我父亲的草原母亲的河
啊，父亲的草原
啊，母亲的河
……

我深信，正是这首歌的歌词，触到了这些蒙古牧民内心最柔软的部分，那些纷繁的历史，那些代代相传的故事，此刻一定在他们心中开始演绎，那些沉浮在悲欢离合之中的先祖们的身影，此刻一定在他们的脑际闪现着。

明末清初，青海藏族先民部落“役于厄鲁特（卫拉特），纳租错牧，惟知有蒙古”（《西宁府新志》），而当时迁入的蒙古人，在人口数量上远远少于当地的藏族人。为了适应这种环境，他们主动融入当地生活和传统文化中，几乎是全盘接受了当地的语言文字、服饰、饮食文化等，与藏传佛教有关的风俗习惯更是被他们普遍接纳。

在一系列相关事例中，修建拉卜楞寺，迎请高僧大德，则是其中最为重要的历史案例。据历史文献记载，清康熙四十八年（1709 年），藏历第十二饶迴土牛年，这一年是宗喀巴创建黄教本寺甘丹寺 300 周年。在这个吉祥的年份，河南亲王察罕丹津出资、出地，开始在夏河地区修建拉卜楞寺，他特别敦请原籍夏河的嘉木样大师从拉萨返回故乡，并为嘉木样大师举行了盛大的欢迎仪式，敬献金曼荼罗一幢、马 500 匹、牛 500 头、羊 4000 只、黄金 100 两、白银 4000 两、绸缎 500 匹，另有珍宝用具多件，作为献礼和供养。为了一边建寺一边开展宗教活动，察罕丹津等蒙古贵族不仅奉献建寺土地，而且敬献能够容纳 800 人的帐房一顶，暂代经堂，并选派 300 名蒙古青年入寺为僧，成为拉卜楞寺首批僧人。清康熙五十年（公元 1711 年），察罕丹津又将 500 户蒙藏牧民转交给拉卜楞寺作属民。由于受察罕丹津的影响，其他青海蒙古封建主也纷纷效法，如堪保诺门汗和额尔德尼台吉将各自所属的宣旁拉嘉（今青海同仁）和撒尔地方（今甘肃迭部）的土地和人民都捐献给了拉卜楞寺。嘉木样大师持戒严谨，品行高尚，为此察罕丹津上表康熙皇帝请求诰封。康熙五十九年（公元 1720 年），嘉木样大师被封为“护法禅师班智达额尔德尼诺门汗”，赐金敕金印。康熙六十年（公元 1721 年）一世嘉木样圆寂，察罕丹津出资为他修建顶部为金质、下部为银质的舍利塔，并举行盛大的佛葬仪式，以示尊崇。察罕丹津与一世嘉木样形成的良好关系为后来的历代河南亲王和嘉木样活佛所继承。由于察罕丹津以及当地其他蒙古族上层在拉卜楞寺建立发展过程中的功绩，河南蒙古亲王一直被拉卜楞寺称为该寺的“根本施主”。

由于当地蒙古族上层的推崇，拉卜楞寺成为当地蒙藏民族共同的宗教活动中心，拉卜楞寺在藏传佛教信众中日渐显赫隆盛的地位也使蒙藏两族人民感到骄傲和自豪。

到了民国九年（公元 1920 年），这支蒙古族已经在青海繁衍生息了近 700 年，距离拉卜楞寺的正式建立也已经有 200 余年了。拉卜楞寺作为河南亲王府的家寺，因为周边蒙藏信众的尊崇，地位越来越高，势力也越来越大。这一年，五世嘉木样丹贝坚赞坐床，成为拉卜楞寺最高权力的继承人，他是黄氏家族黄正清的胞弟。黄正清曾在拉卜楞任番兵司令、拉卜楞保安司令部保安司令、国民党军事参议院少将参议等职，在拉卜楞及整个甘南地区有着强大的势力，大有凌驾于王府之上的趋势，如此，河南亲王府对拉卜楞寺的实际控制权逐渐失去。

蒙古族作家次仁顿珠把亲王府与拉卜楞寺之间的关系形象地比喻为家长与家庭教师之间的关系，有这样一个故事，或许可以说明当时这种关系的微妙变化。民国二十九年（公元1940年），河南亲王更尕环觉去世，王府上下悲痛举丧之际，恰逢五世嘉木样赴西藏完成学业返寺之时。按惯例，嘉木样活佛经过王府时，理应保持静穆、下轿步行通过，因为刚刚去世的这个人才是拉卜楞寺真正的寺主。但是，这一天，嘉木样活佛及其随从却大张旗鼓，吹吹打打喧闹而过。这令亲王府和周边蒙藏信众痛心疾首，而又无可奈何。

亲王辞世，亲王府在一片风雨中摇摇欲坠，年方二十的亲王妹妹扎喜才让继任了亲王之位。但真正临危受命，承担亲王一切往来事务的，是更尕环觉和扎喜才让的母亲兰曼措。这位两任亲王的母亲，用她的母爱和宽厚的胸膛阻挡着一切艰难和不幸，为自己的儿女张罗、运筹着这个庞大家族的政务。

河南亲王府与拉卜楞寺之间发生了这种微妙的变化，为了抗衡拉卜楞寺，牵制和防止拉卜楞寺的权力扩张，保全王室及其部族的安宁，兰曼措极力主张在河曲草原兴建一座新的寺院，作为退步之基。

民国二十六年（公元1937年）这座寺院开始创建，这就是现在曲格寺的前身。

曲格寺原名“曲格桑昂曲宗朗”，后改名“曲格扎喜宗朗”，意为曲格吉祥法寨，位于河南蒙古族自治县县城以西31公里处的宁木特镇浪琴山下。寺院坐北朝南，泽曲河从寺前流过，河流两岸的草原开阔平坦，水草丰美。寺院以西200米处原来就曾建有亲王府，在有拉卜楞寺院之前和有曲格寺之后的日子里，这里就是河南蒙旗的政治、经济和文化中心。曲格寺初建时为帐房寺院，只有8个阿卡，没有固定寺址，寺院随前首旗的活动圈子不断搬迁，亲王府为寺院提供布施和给养。民国三十年（公元1941年）寺院正式选址浪琴山下。民国三十四年（公元1945年）兰曼措决定将6个帐房寺院并入曲格寺，正式开工兴建寺院，并要求帐房寺院阿卡都必须到曲格寺驻寺。民国三十七年（公元1948年），经亲王扎喜才让呈请，行政院秘书处为寺院颁发了蒋介石题写的“灵护西陲”匾额。同年，定曲格寺为拉卜楞的下属寺院，并认贡唐仓活佛为主寺喇嘛。从此，曲格寺得以空前发展，到1958年，寺僧已有400余众。

而紧邻的亲王府在这一时期也进行了扩展和修缮。但是，兰曼措感觉到这还不足以和夏河的势力抗衡，于是，她又有了一个更大胆的设想——她要和夏河的黄氏家族联姻。在当时看来，这样做不但可以使河南蒙旗王室的根基得以巩固，而且，还可以进一步牵制黄氏家族的势力。对这种古老的做法，我们都会有似曾相识的感觉。和亲或者政治联姻不是兰曼措这个草原女人的创造发明，在人类文明的历史长河中，我们到处都能看到这种做法的先例。民国二十九年（公元1940年），河南亲王府招赘，拉卜楞保安司令黄正清之子、拉卜楞寺五世嘉木样之侄黄文源为“额附”，成为河南亲王扎喜才让的夫君。

经历了80余年的风雨，经历了“文革”期间的破坏与拆除，如今的曲格寺和亲王府遗址经过翻修后焕然一新。主体建筑在原亲王府遗址基础上修建，灰色浆砌石基座，汉白玉栏杆，汉、蒙、藏建筑风格相结合的三层宫殿，重檐飞翘，斗拱交错，雕梁画栋，山脊中央有鎏金莲花宝幢一座。主体建筑基座高25个台阶，象征九世亲王更尕环觉年轻的25年人生；宫殿东西阔46米，象征十世亲王扎喜才让46岁人生年华；宫殿建筑通高12米，象征十世亲王扎喜才让领衔12年。大殿一层为文史陈列室和工委早期办公处，二层为亲王府邸及和硕特蒙古先祖与历辈亲王祠堂、佛堂等。这里成为一座集“河南蒙古族自治县文史陈列馆”“中共河南蒙旗工委早期办公处”和“曲格亲王府”于一体的纪念馆。

亲王府真实地记录了那段令人难忘的岁月，是新型的爱国主义教育基地。

河南蒙古族，自从进入这片高原厚土，便开始了一个漫长的，却也是主动的适应过程，这个过程，包括对环境、气候的适应，也包括对文化、政治气候的适应。他们就像是在这片高原上一种生命力极其顽强的野生花卉，为了生长和绽放，也为了把属于自己的艳丽和芬芳充分释放出来，一方面坚韧地保留着自己最核心的美好，一方面也让环境改变着自己。他们的先民进驻这片草原已有700多年的历史，在与周边藏族的长期共同生活中，文化和习俗已逐渐融入，但在他们血脉中，从远古先民那里沿袭下来的民族情结依然在。迄今他们并没有完全丢弃自己的语言和文化，早在20世纪80年代，河南蒙古族自治县就开始致力于蒙古语文教育，自治县还成立了蒙古语文学会。近年来，这里的蒙古族开始兴穿蒙古族服饰。从这片草原上成长起来的蒙古族歌手斗格才让为他的家乡创作的歌曲《美丽的河南我的家》在河曲草原广为流传，并且传播到了内蒙古地区，这首歌，就有着鲜明的蒙古族长调的风格。

欧拉羊：镶嵌在羊角上的草原

欧拉羊，是早期经过野生盘羊和藏系羊不断杂交，繁育后形成的皮肉兼用型优质羊种。体格高大粗犷、头狭长，多肉髯。四肢及颈、胸部多为黄褐色，纯白个体极少。欧拉羊突出的特点是体大膘肥肉多，成年公羊活重约75公斤，母羊约58公斤。成年羯羊屠宰率约50%，胴体重约35公斤，内脏脂肪约3.50公斤。

在藏系羊之中，河曲草原上的欧拉羊是最好的品种之一。这种羊耐高寒，生长快，肉质细腻，对高寒草原的低压、严寒、潮湿等条件适应力很强。识别欧拉羊，最鲜明的特征是那一对略微呈螺旋状的羊角。

有关欧拉羊这一名称的来历，在当地民间有这样一种说法：在以牛羊数量为发展目标的头数畜牧业年代，当某个牧民家的羊群达到了1000只，这家牧民就会在头羊的羊角上镶上一只银圈，以示他家的富有。“欧拉”，藏语，羊角镶有银圈之意。

近年来，河南蒙古族自治县大力开展欧拉羊的繁育工作，把欧拉羊作为该县大力推行有机畜牧业的一个优良畜种。之所以选择欧拉羊，主要基于这样一个基础：欧拉羊在河南的县境内饲养历史悠久，群众认可度极高，是这片草原上的蒙古牧民经过几百年的摸索，用自然放养的方式培育出来的，极其适合当地自然条件的畜种之一。

在谈及欧拉羊之前，要说说前文提到的女亲王扎喜才让。“扎喜才让”，吉祥长寿之意，这个名字一般见于藏族男性，而这个家族，却把这样一个男性的名字赐给了一个女孩子。或许就是因为有了这样一个男性的名字吧，在她还是个少女的时候，河南蒙古亲王这样一个原本属于男性的权势的重担就落在了她的肩膀上。很难想象，在她自己还处于一个幻想着青春的美好和爱情的浪漫的年纪，她的哥哥忽然过世，她的母亲也日渐老去，这个男性的重担毫无征兆地落在她的肩上的时候，她的内心和身体所承受的那份恐慌、紧张和难以承受的重量。

扎喜才让就这样成了河南蒙古亲王体系中唯一的女性亲王。之所以在提及欧拉羊的时候，要说说这位美女亲王，是因为这位亲王为了能够保全自己的部族所做的种种选择和努力。无疑，她传承了这个王族血统中的那种隐忍和克制。就像是这里的蒙古牧人，在这片高原牧场上经过了几百年的游牧生涯后，选择了欧拉羊，选择了有机畜牧业一样，适者生存的自然法则面前，他们采用了顺其自然的最原初的方法。

“贞静娴雅，温文恭顺”，这是有关历史资料中对扎喜才让的描述。在她儿女的印象里，她还是一个多才多艺的人，爱好也非常的广泛，除了会拉手风琴之外，她还精通和擅长笛子、马头琴、扬琴等多种乐器的演奏，他们经常看到他们的母亲和祖母在一起演奏各种好听的乐曲，那些欢乐的时刻曾留给他们很多温暖和美好的记忆。他们的母亲还是一位摄影艺术家，有好几架相机，其中的一架只有打火机那么大，她曾拍摄过很多有关草原、有关河南蒙古族的照片，那些画面令人心醉。那些照片装满了几大箱子，都在“文革”抄家时被付之一炬。

扎喜才让在不到 20 岁时就继承了亲王之位。当时虽然有母亲兰曼措的辅佐，也会得到丈夫黄文源的协助，但作为亲王，许多事情还是要亲力亲为。

1949 年全国解放，绝大部分少数民族地区都已建立了人民政权。在这种大形势的推动下，扎喜才让和她的母亲审时度势，表现出非同一般的智慧和远见卓识，用热情和真诚顺应着时代的潮流。

1949 年 8 月，兰州解放了。政治上逐渐成熟的河南女王，对国家政局已有一定见识，女王母女决定派黄文源为代表，随甘南地区民族上层人士组成的致敬团，赴兰州向中国人民解放军致意，表示拥护共产党、解放军。在兰州，致敬团得到西北野战军参谋长张宗逊等领导的接见。通过黄文源，扎喜才让与中国共产党有了初步的接触。

夏河县解放时，扎喜才让便亲自率领河南蒙旗部分扎萨克和部落头人，前往夏河县城欢迎人民解放军。当时，国民党马元祥股匪一直盘踞在河南地区，甚至到了1952年，那里的牧民群众还被马匪的谣言所煽动。马匪制造民族纠纷，破坏正常社会秩序。在这种情况下，深明大局的扎喜才让，带领蒙古各部落头人和数百名群众，前往河南、泽库两县交界地拉莫汉滩，专门迎候西北军政委员会派往河南地区的工作委员会人员。8月6日，中共河南蒙旗工作委员会及工作队随西北军政委员会青海省南部牧区访问团，到达河南亲王府夏季草场纳木翁滩。

扎喜才让女王率众迎接。她同当地群众杀牛宰羊，赛马鸣枪，表示对河南工委的热烈欢迎。在会上她首先讲话，表示拥护共产党的领导，欢迎解放军解放河南蒙旗。根据当时河南地区的情况，扎喜才让女王细致地考虑到工委机关的安全，也考虑到便于工委人员和各界人员接触，协商工作，便将工委安排在王府所在地曲格寺暂住。扎喜才让的这种表现和举动，对全区群众的影响是很大的。群众说："我们听女王的，女王说怎么办就怎么办。"

1952年8月11日，河南蒙旗在扎喜才让夫妇的积极配合和努力下和平解放了。10月20日，在河南工委和王府的共同主持下，召开了河南蒙旗民族宗教中上层代表人士团结大会，成立了治安委员会，扎喜才让任主任，通过了兰曼措代表扎喜才让及各界部落头人给毛主席、西北军政委员会和青海省人民政府的致敬电。

1953年，由于建政工作迫在眉睫，扎喜才让毅然离开生活了33年的王府，和丈夫黄文源，怀着对新中国的希望，以热诚的心，积极投入到河南县城的筹建工作中。

1954年6月26日，河南工委召开河南蒙旗各族各界人民代表会议，成立河南蒙族自治区筹备委员会。由于扎喜才让所做的工作和她在蒙古族、藏族群众及当地宗教界享有很高的声望，她当选为筹委会主任，作为代表出席省人民代表大会。10月，河南蒙旗第一次人民代表大会召开，正式成立河南蒙族自治区人民政府，扎喜才让为政府主席（1955年7月，河南蒙族自治区人民政府改称河南蒙族自治县人民委员会，扎喜才让任县长）。从此，共和国的行政建制中增添了一个蒙古族自治县。

自此，扎喜才让结束了蒙古贵族亲王的生涯，彻底脱离了一个封建主旧王爷的身份，转变成为一名人民公仆，在革命工作中开始了新生。

这一年，扎喜才让应西北军政委员会的邀请，到西安参观访问，受到时任西北军政委员会副主席习仲勋、时任西北军政委员会民族事务委员会主任汪锋的亲切接见和热情勉励。

据知情者的回忆，在当时，扎喜才让已经是竭尽所能了。在任何事情上，她都坚持一个原则，那就是对共产党的绝对支持。她不仅为那个时代注入了全部的热情，还将这种热情变成了自觉的行动，使自己从一开始就以一个缔造者的身份参与到那个时代的潮流当中了。人们都还记得她当时欣喜激动的样子。她常常给所见到的人们说，她已经不是一个封建女王，而是一个革命工作者，一个人民政府的女县长。说这些时，她的脸上洋溢着骄傲和自豪。所以，在随后的牧业合作化运动中，她的表现称得上是一个社会主义事业的彻底拥护者，她在很多场合都表示要带头走牧业合作化道路，为此，她带头将王府的5万多只羊、2万多头牛、1000多匹马全部捐了出来，参加公私合营牧场。拥有1000只羊，就可以在头羊的羊角上戴一只银圈，那么我们可以想象，在她带头捐出的这些牲畜中，不时就能看到一只在阳光下熠熠闪光的银圈。

她的举动在河南蒙旗上层人士中产生了极大的反响，起到了很好的带头作用，推动了全县牧主经济的社会主义改造。

在近10年的自治县县长生涯中，她以崭新的精神面貌和极大的工作热情，恪尽职守，积极协助县委建立各级人民政权，利用一切机会宣传党的各项方针政策，努力维护社会安定和民族团结，狠抓县乡两级基本建设，狠抓畜牧业生产和民族教育，使河南的经济和社会事业在建政初期就得到迅速恢复和发展。这期间，她还在县委的支持下，保送60名当地青少年到西北民族学院学习深造，还经常到学校了解他们的学习生活情况，给他们带去家乡亲人的问候和嘱托，不但给了他们许多的关心和温暖，而且还鼓励他们发奋努力，早日成为建设社会主义伟大事业的有用人才。这些人后来都成为自治县乃至自治州的领导骨干。

无论是作为个人还是作为一个阶层的代表，扎喜才让为那个时代做出的杰出贡献，日月可鉴。

1962年5月，扎喜才让离开河南草原前往西宁。她是从河南蒙族自治县县长的岗位上调任省政协常委、副秘书长的。到了1966年，她又回到了河南草原——她昼思夜想的故土。

但这一次，她是被“揪”回草原的。“文革”开始后，河南蒙古族自治县县委做出决定，并向黄南州委报告，要求“给扎喜才让戴反革命帽子，撤销一切职务，依法没收财产”。这时，她已经在省上工作，而且还是个副厅级的干部，但是，以当时的形势，黄南州委还是同意了河南蒙古族自治县县委的决定。直到党的十一届三中全会之后，黄南州委才对她的问题进行了复查处理。1979 年 2 月，她含冤去世 13 年之后才得以平反昭雪。

河曲草原上的河南蒙古族自治县，以一种天然的方式饲养和放牧在广大牧民中有着极高的认可度的欧拉羊，这是大力发展生态畜牧业的一个必然选择，同时，也是历史的必然、自然的必然。欧拉羊，似乎昭示着河南蒙古牧民在这个新时代的浪潮中，对历史、文化和现实生活的变迁已经完全适应，并真正开始迈开了走向时代辉煌的步伐。

今年盛夏季节，河南草原草长莺飞，繁花似锦。我陪同我国著名蒙古族作家郭雪波老师前往河南采风，与蒙古族作家次仁顿珠在这里相遇，于是，我们结伴到赛尔龙草原去采访。在路上，我向郭老师说起有关欧拉羊名称的来历，他听了，立时饶有兴趣地和我攀谈起来。

“不过，甘肃省玛曲县欧拉乡，是欧拉羊的发源地。所以，也许是因为地名才有这个名字。”我说。

“或许，那里曾经是一个千只羊的牧户层出不穷的地方呢！”郭老师道。

河南蒙古族自治县是纯牧业县，有 6471.81 平方公里的天然草场，5998.29 平方公里的可利用草场，占草场总面积的93%。有各类牲畜73万只，其中，欧拉羊占全县牲畜头数的74%。几年前，县里就专门成立了阿托苏呼欧拉羊繁育场牧民专业合作社，并与牧户签订了有机养殖合同，被省农牧主管部门列为全省第一个有机畜牧业产业化示范基地。

有机畜牧业，就是在牲畜的饲养过程中，禁止用化学饲料或含有化肥、农药成分的饲料来喂养。当牲畜生病时，也尽量不使用带滞留性的药品，以免人们食用牲畜肉类及其制品之后危害健康。

目前，河南蒙古族自治县有机畜牧业产业已颇具规模。该自治县以苏呼欧拉羊、河曲马通过农业部农产品地理标志的认证，在基地、生产、贸易3个环节获得相关方面有机食品认证，成为全国面积最大、参与有机养殖牧户最多、存栏牲畜最多的有机畜牧业生产基地。2007年3月，环保部批准河南蒙古族自治县为“国家有机食品生产基地”。

我和郭雪波老师在用藏文写作的蒙古族作家次仁顿珠的陪同下到了一家牧民家里。主人家叫郭多，人高马大，他向我们展示了他从草原上采摘的一些中草药，这些中草药是用来治疗牛羊疾病的，这种简单有效的药物治疗方法，都是游牧民族在千百年的游牧生活中提炼总结出来的。他还拿出一些用木材和铁器加工而成的民间医疗器械给我们看。郭雪波老师立刻用蒙古语说出这些器械的名字，并深有感慨地说，这些器械，大都是蒙古牧民的发明。历经八九百年，他们依然保留着。从这些简单的器械上，也能看到这些与藏族杂居的蒙古后裔的民族灵魂。

在郭多家里，我们谈及历史，谈及草原上的末代女王。

忽然间，郭雪波老师、次仁顿珠、郭多这3个才认识不久的蒙古汉子抱头痛哭起来。对曾经经历的苦难、流血和牺牲的他们的前辈、他们的先祖，表达了一种深沉的追思。看着他们，我心潮澎湃。是的，我看到了一个民族的心跳。

有关撒拉尔的几个关键词

撒拉族，自称“撒拉尔”，这个词的词根，据说与14世纪土库曼人的一个部落有关。

我和撒拉族诗人韩文德交往甚笃，隔三岔五就要小聚一下。我们常去的地方，一个是西宁大西门清真餐饮城。这是一个老字号的饭馆，传统清真菜肴，雅间的装饰简约古朴，每一个雅间都以花卉命名，诸如“牡丹亭”“菊花间”之类，透着浓郁的汉文化色彩——我发现，西宁街头的建筑装饰体现出当地穆斯林对中国传统文化的注重；清真饭馆，不论大小，墙上总会挂几幅字画，不一定精美，却也有着些许的古意氤氲。我们常去的另一处地方，名叫“撒拉尔家宴”，是一家由一个家族经营的中低档饭馆，也有雅间，则以青海循化撒拉族自治县所属的几个乡镇命名，比如“清水”“孟达”之类。孟达乡因青海著名景区、国家级自然保护区孟达天池而得名，而这个乡在几年前和清水乡合并，自此，这个地名从行政区划意义上来说已经不存在了。但是，我仍然认为，孟达是有关撒拉族的第一个关键词。

孟达这个地名，不仅因为孟达天池，从撒拉族迁徙历史去看，也是一个非常具有地标意义的地名。传说，很久以前，撒拉族先祖在尕勒莽、阿赫莽两兄弟带领下，牵着一峰骆驼，骆驼背上驮着一部《古兰经》，一路迁徙，从中亚撒马尔罕进入新疆，继而经天山南路来到青海，在黄河畔的循化地区停下了脚步。他们在循化的街子安顿下自己疲累的身心，稍有安稳，便又向着孟达开荒垦地。“孟达”，是撒拉语“就在这里”的意思，这个地名，是撒拉族终于停止迁徙的脚步，把自己的命运完全交付于这方土地的第一现场。一个漂泊的部族或者逃难的人，当他们终于可以停下脚步，那一定是他们到达的地方，让他们那颗飘浮不定的心终于可以安定下来，于是，他们脱口而出的第一句话，就成了这个地方的名字。1000 多年前，同样的事情，也发生在一个藏族人身上。这个藏族人叫拉龙·贝吉多杰。由于藏王朗达玛采取血腥的灭佛暴政，指派兵马杀戮僧侣，拆毁寺庙，阻断了佛教在藏族地区的传播。为了重振佛法，拉龙·贝吉多杰伺机刺杀了藏王朗达玛，一路潜逃进入青海，同样来到现今的循化地区。当他看到这里前有黄河咆哮，后有岩峰奇崛，他知道他终于逃脱了藏王兵马的追杀，那颗逃难的心平静了下来。“丹斗”，他说，从此开始在此静修佛法。“丹斗”，是藏语“就在这里”的意思，与撒拉语的“孟达”是同一个意思。后来，在拉龙·贝吉多杰修行的地方，有了一座寺庙，就叫丹斗寺。

有关撒拉族的第二个关键词，是骆驼。这个词，透露出了这些背井离乡的人们的 3 种心绪或情态：一、对故乡的怀念；二、对迁徙的记忆；三、对先祖的纪念。

撒拉族的故乡撒马尔罕是个什么样的地方？撒拉族人对那里的地理、风物、气候的怀念，几乎都可以寄托在骆驼身上。撒马尔罕，据说是突厥语“肥沃的土地”之意。玄奘在他的《大唐西域记》中有“土地沃壤，稼穑备植，林树蓊郁，花果滋茂。多出善马。机巧之技，特工诸国。气序和畅，风俗猛烈”的记载。撒马尔罕地区日照充足、炎热、干燥，是明显的大陆性气候。这里荒漠蔓延，因此骆驼便成了重要的交通、运载工具。撒拉族便是通过骆驼这样一种特殊的生物，回望着故乡，感受着故乡的气息。骆驼有着极好的耐力，适于长途跋涉。撒拉族先民迁徙的路途很长，有万里之遥，这样的远途，也就只有在骆驼的陪伴下才能完成。因此，在有关自己族人东迁的记忆中，撒拉族永远记住了一峰白骆驼的形象，并且以民间舞蹈的形式，还原了那段东迁历史的记忆——在循化孟达地区，流传着一种朴素的民间舞蹈，撒拉族称之为“骆驼舞”，均是在婚礼现场表演，内容所表现的，便是撒拉族先民与骆驼一起长途跋涉来到青海的故事，表演者以问答形式诉说着一路的艰辛。

他们最终到达并定居的地方，是骆驼消失的地方，这是一个充满隐喻的说法。撒拉族是这样描述他们的家园的——左边是黄河右边是崖。其实，这也是拉龙·贝吉多杰来到这里后看到的情状——前有滔滔黄河，后有岩峰列阵。简单的一句话，透露出了这个地方的静僻和肥美。叠嶂的岩峰所形成的天然屏障，可以安抚那一颗颗逃难路上惶恐不安的心，而黄河之水浸润的土地，能生产出可以让他们果腹安生的粮食。在他们有关先祖的传说中，骆驼消失了，他们也停止了漂泊。骆驼，则成为他们的一种纪念——在一眼清澈甘甜的泉水边，化作一块石头，永远守护着他们新的家园。

在撒拉族有关先祖迁徙的传说中，骆驼是驮着一部《古兰经》而来的，如此，古兰经，便成为解读撒拉族的另一个关键词。

这部《古兰经》，珍藏在循化县街子镇的清真寺内，分上下两函，函封为犀牛皮，印有精美图案，函内每册封面为天蓝色丝绸装裱，其字体工整圆润，笔锋流畅，书体规范，具有早期阿拉伯书法木哈盖体的风格。据了解，这部《古兰经》是国内迄今为止发现的最早的《古兰经》手抄本，世界上仅存3册。

撒拉族先民，遥遥万里迁徙，一路的艰辛可想而知，他们风餐露宿，忍饥挨饿，为了轻装出行，也一定舍弃了许多东西，但这部《古兰经》却一路伴随他们，成为照亮他们前路的精神明灯。这部《古兰经》曾在海外展出，轰动了整个伊斯兰世界。

撒拉族笃信伊斯兰教，同时与信仰藏传佛教的藏族交好。

与撒拉族诗人马丁小聚，他喜欢唱一些撒拉族小调，这些小调，大多是采用了藏族民歌的旋律，内容却完全用撒拉族语言表达。每每遇到藏族同胞，马丁便口称“阿祥”，以示尊重。“阿祥”是藏语，岳父抑或舅舅之意。之所以如此称呼藏族，是因为撒拉族到达青海，并定居在循化地区后，为了发展壮大自己只有百余人的部族，主动与当地藏族联姻，娶藏族姑娘为妻，藏族人自然成了他们的岳丈和所生子女的舅父。在中国历史上，也曾将循化地区的撒拉族称为“唐古特撒拉尔”。“唐古特”，是历史上对藏族的叫法，将两个民族的名字相连缀，成为一个民族的称谓，其中所包含的文化内涵显而易见。

如此，“阿祥”也是关于撒拉族的关键词之一。

正如马丁喜欢唱的那些小调，撒拉族在学习吸收他族文化上表现出了强大的兼容并蓄、为我所用的能力。“花儿”是流传于青海河湟地区各民族间的民间歌谣，表达男女间的爱恨情愫，曲式调令众多，如牡丹令、尕马儿令等。撒拉族接受了这种文化，并且变异、独创出了自己的调令，“花儿”研究者将此归类为“撒拉令”“孟达令”。这种对他族文化进行“撒拉化”的现象，见诸撒拉族生活的许多方面，比如完全用撒拉语表现的婚礼宴席曲，原本流传于回族；比如已在他族几近失传的口弦琴，却在撒拉族中间保留了下来，并被赋予了撒拉族自己的形式。

撒拉族是一个性格开朗、风趣幽默的民族。不论是在田野，还是在牧场、在淘金的路上，或是在生意的途中，他们都唱“花儿”。拨口弦，打闹嬉戏之间，表现出了这个民族与生俱来的浪漫情怀和诗人气质。这样的生活情趣，也培养出了一批优秀的撒拉族诗人。撒拉族作家中，诗人居多，目前加入省级以上作家协会的撒拉族作家，几乎都是诗人。诗人韩文德，中国作协会员，已出版诗集四五部，他以撒马尔罕为笔名，书写了许多关乎撒拉族历史、文化、信仰等主题的诗歌作品。

他在诗歌中写道：

想起祖先
就想起茫茫旷漠
想起一对对骆驼辉煌的风景
想起寻泉者焦灼的呼唤

想起血泊中久荡不息的歌
祖先啊，你是沙漠与骆驼的儿子
挟着漠风的粗粝挟着红柳的信念
带着漠野的坦荡带着交响的驼铃
从峡谷从横躺着白骨的沙丘
从夯歌从欲求生存的吆喝中
艰难地爬起
在日落的悲壮中向东逶迤而行

想起祖先
就想起掌手诵经的长须老人
想起篝火旁疯狂的麻秀尔之舞
想起低旋的鹰王挺举的猎枪
当鹰种的桂冠闪熠于祖先的头顶
当坎坷的跋涉凝固成山脉
在我祖先的血管里
流淌着黄河流淌着合族的血汁
崛起雄峰崛起民族的耳朵
就这样
繁——衍——子——孙

有人评价他的诗歌“有一种书写史诗的冲动”，我认为，这种“冲动”正是源自这个民族深及骨髓的浪漫和诗意。当他们追念先祖、吟诵自己民族历史的时候，浩荡的史诗便如波澜一般开始在他们心头汹涌，澎湃。

所以，诗意，也是有关撒拉族的一个关键词。

第三辑

雪莲花的姐妹们

一朵花眼里的可可西里

一片像海天那样宽广的土地

在一朵花的眼里，可可西里该是什么样子的呢?

那是在2016年的7月，我与几位《格萨尔》研究专家一起去玉树藏族自治州曲麻莱县麻多乡，参加刚刚修葺一新的格萨尔王赛马称王登基台的开光仪式。麻多乡素有“黄河源头第一乡”之称，乡政府所在地离黄河源头约古宗列清泉只有80多公里的路程。这里也是藏族英雄史诗《格萨尔》的主要传播区域，在许多与《格萨尔》史诗传说相关的遗迹中，登基台便是其中一处。传说少年时期的格萨尔在赛马比赛中一举夺魁，成为大白岭国的君主，这片草原就是他登基称王的地方。

到了麻多乡，我们被这里独特的自然风貌和浓郁的格萨尔文化氛围所吸引。这里属于可可西里自然保护区东缘，平均海拔4500米以上。走在路上，不时能看到成群结队或三三两两觅食的藏羚羊，偶尔，还会见到高大健壮的藏野驴迈着绅士般的步伐从路边经过。我们还看到一只全身金黄的藏狐狸，它匍匐在地上，正在窥视离它不远的几只草原鼠兔。鼠兔们互相追逐着，嬉戏着，丝毫没有察觉到危险的存在。藏狐狸利用地形，躲在低矮处，就在鼠兔们玩得正欢的时候，猛地扑上去，随之便传来一只鼠兔吱吱的惨叫声，其他鼠兔惊慌逃窜，藏狐狸嘴里咬着一只鼠兔，安然自得地向着远处飞奔而去。

除了野生动物，在这里，随时随地还能看到色彩斑斓的野花：叠裂银莲花、甘青铁线莲、斑花黄堇、云生毛茛……我们到达时，格萨尔王登基台的开光仪式还没有开始，我在附近的草原上闲散地行走，就在登基台周边，便看到了许多高山野生花卉。此时，牧民们开始向这里赶来，他们身着盛装，打马奔驰，聚拢在登基台周围。因为开光仪式结束后，将是一场赛马活动，牧民们早就翘首以待了。他们骑在马上英武洒脱的样子，让我不由遥想远古时代格萨尔带领兵马出征降妖的场面。当地干部说，这里的赛马传统传承至今，格萨尔赛马称王的故事在这里流传甚广，人人皆知。

就在这时，我看到了一枝多刺绿绒蒿。在登基台一侧的沙砾中，它孤傲地站立着。从这枝多刺绿绒蒿所在的地方放眼望去，平缓的草原铺展而去，各色的野花们像碎裂一地的彩虹点缀在四处，红黄蓝白，色彩艳丽，它们有一个共同的特点：都是低低地匍匐在地上。这是因为它们要随时面对从高地上吹来的劲风，自然法则让它们学会了生存的真理，那就是：低下头，低到尘埃之中，让风不能得逞。然而，唯独这里的多刺绿绒蒿，总是挺拔地站立着，让自己的身躯高于周边的牧草。

我走近这枝野花，在它的身边坐下来，仔细地看着它。它的茎脉坚硬，裹拥着一身细小的尖刺，让人不能随意碰触。据说它的根系深扎在土地里，皆在20厘米以上，它便是以这样的生存方式，向这个世界表达着它的坚韧，使它有一种凛然之气。它的花瓣是与众多野花不同的蓝色，清湛纯净，好似是因吸吮了蓝天的颜色而变得与天同色，抑或是对上古时期高山隆起之前，对蔚蓝古海洋的记忆。

从这一枝多刺绿绒蒿所在的地方极目远望，在它的东面，便是广袤辽阔的可可西里，多刺绿绒蒿也是那里的宠儿。这枝绿绒蒿似乎就像是站在这里，远望着可可西里，向往着那里的天地，它知道，那是一片像蓝天大海一样宽广的土地。

于是我想，在一朵花的眼里，可可西里该是什么样子的呢？

一场奋不顾身的生态战役

我们当晚就住在了麻多乡。也许是高原反应，使我久久不能入睡，思绪便飘回第一次走进可可西里的回忆之中……

我依然记得第一次走进可可西里，站在索南达杰自然保护站时的情景。那时，我是一家媒体的记者。我们的剧组为拍摄一部反映河源地区格萨尔文化的电视片而前往可可西里。在它的腹地，隐藏着几处格萨尔传说遗迹。我们沿着青藏公路一路向西，在经过昆仑山口时，特地绕道去了索南达杰自然保护站。那是一个冬日的午后，天气晴朗，阳光呈现出温暖的橙色。我们静静地站在保护站的红房子面前，向着那座兀自出现在那里的人类建筑行注目礼。是的，在当时，在这广袤的荒野，它的出现显得有些突兀，但它是人类开始注目可可西里野生动物生存状况的第一只眼睛，抑或，它是民间环保人士不畏生死，自觉加入可可西里生态保护行动的一座凝固的纪念碑。阳光照在红房子上，一种感动在我的心中流溢，我看到阳光的红与红房子的红相遇，一种暖暖的红色渲染在这里的天地之间。我知道，这是太阳的赤橙黄绿与人类的无私善念相遇的结果。

就像我们到达时一样，我们又静静地离开了。但那天的情景成了我脑海中一个永不褪色的记忆。此刻，当我再次想起它，便也想到了站立在风中的那枝多刺绿绒蒿。或许，那座红房子就是一枝多刺绿绒蒿吧，它是红色的，它以一种坚毅的姿态站在那里，成为治多县西部工委和杨欣志愿者团队在可可西里这片天地之间，以保护自然生态、保护藏羚羊为使命，书写的一个惊叹号！

那座以索南达杰命名的保护站，是向这位环保英雄表达着一种怀念和敬意，也是把这位英雄的壮举屹立在了那里，还是对这位英雄未竟的事业的继承和接力。记得索南达杰牺牲时报章上的宣传，说他在最后一刻依然保持着瞄准射击的姿势！是什么样的信仰和力量可以让一个人的生命在最后一刻化为一尊雕塑，岿然不动？

那时的可可西里是什么样子啊？

那时候，这片广袤的土地是真正的“无人区”，甚至不为外界所知，但人类杀戮野生动物的血腥惨剧已经开始在这里上演，并且愈演愈烈。没有数据表明，这片土地在毫不设防的年代，每天每月每年有多少野生动物被杀害，单单从全副武装的盗猎者的车辆、装备等，便可以看出，那时的疯狂盗猎几近就是一次次计划周密、训练有素的“军事行动”！

索南达杰就是在这样一种背景下，以一名县委副书记的身份站了出来，站在了保护家园保护生态环境的最前沿。那是需要多大的勇气和毅力才能迈出这一步啊！也许，只有英雄才会有这样的胆识和胸怀。随后，索南达杰倡议成立西部工委，可仅仅一年后，他便英勇牺牲了。那时，他非常清楚可可西里盗猎分子的猖狂，也知道盗猎分子装备远远好于他们，并且做好了一切准备。但是，为了大地生态，为了保护藏羚羊，他毅然走进了可可西里腹地！

枪杀了索南达杰的那个盗猎团伙，20 人持有枪支 18 支，配备汽车 7 辆，他们在枪杀索南达杰时，采用了军事行动中经常采用的合围战术，这是多么有预谋的恶行啊！

之后从他们手中缴获的藏羚羊皮就有 1800 多张，这是多么疯狂的杀戮啊！

杀戮带来的是藏羚羊种群数量的迅速减少和幸存的藏羚羊们渐行渐远的逃遁——人类成了它们最为恐惧的地球生物。

索南达杰自然保护站的创建者，民间环保人士杨欣先生曾向我说起过他第一次见到藏羚羊的情景：“那是在20世纪80年代末，我参与了长江漂流活动，在格拉丹东山下，看到在我们的前方有几只藏羚羊。我们步行着向它们靠近，它们立刻发现了我们，没等我们看清楚，便向着远处绝尘而去，只留下一缕扬尘在它们身后久久不能飘散。”——那时候，可可西里和藏羚羊与人类是一种对抗关系，可可西里以及这里的“精灵们”在拒绝人类闯入的同时，也拒绝了人类的善意，因为，只有这样，它们才有可能自保。

随着索南达杰的牺牲，民间环保人士的介入，还有政府对生态环保的高度重视，可可西里渐渐走入了人们的视野。这期间，可可西里又经历了许多：盗猎者的枪声依然没有消隐，又有一些有志之士献出了生命……

如果梳理和罗列出一组有关可可西里的关键词，那么，藏羚羊应该是第一个，接下来，应该是索南达杰以及他的“野牦牛队”，杨欣和他的红房子，还有志愿者也应该列入其中。后续的关键词，理当是自然保护区，而在其间，还有两个贯穿始终的关键词：盗猎与巡山，这两个关键词，就像是相互对抗、互相制衡的反义词，在可可西里形成了拉锯和此消彼长的态势，如此，在这两个词的后面又多了两个后缀词：盗猎分子与巡山队员。它们的意义也是相互对抗、制衡的。

1995年，青海省政府将可可西里列为省级自然保护区，1996年正式公布。1997年6月，成立了青海省玉树藏族自治州可可西里自然保护区管理处，1997年12月，国务院批准并公布可可西里为国家级自然保护区，1999年9月保护机构更名为青海可可西里国家级自然保护区管理局。从此，可可西里成为中国面积最大、海拔最高、野生动物资源最为丰富的国家级自然保护区，被誉为“世界第三极”和“青藏高原珍稀野生动物基因库”。

巡山，是可可西里自然保护区管理人员的主要工作方式，甚至可以说，这是他们与可可西里这片土地的一种对话方式，几乎每一个巡山队队员，都可以讲出许多他们与可可西里之间感人至深的故事。

从索南达杰进驻可可西里至今，巡山队队员们有过多少次巡山的经历，已经没有人能说清楚，几乎每一个队员都有过困于风雪、弹尽粮绝的经历。因高山缺氧反应而长久昏迷，患上肺气肿面临生命危险等事例更是不计其数。如今，许多队员落下了关节炎、风湿等疾病。

但就是依靠着不断的巡山，依靠着这样一种近乎偏拗的执着，可可西里枪声日渐稀少，直至消失。巡山与盗猎，成了在可可西里上演的一场关于正义与邪恶、保护与破坏的生态战役！

可可西里生态文明建设，巡山队队员功不可没！

如今，可可西里断绝枪声已经有十余年之久，而这也是把可可西里的区域重要性提升到生态文明建设高度的十余年。在这十余年里，从中央到地方，人们展开了一场宣传可可西里，倡导生态文明建设的持久战，可可西里的生态意义也因此走进了人们的内心。在这十余年里，藏羚羊的种群数量，也已经从原初的几万只上升到了 30 多万只。

其间，还出现了一个特殊的关键词：迎迎——象征着“更高、更快、更强”的古老奥林匹克精神的藏羚羊，成为2008北京奥运会吉祥物之一。

一堂洗涤灵魂的自然课

就这样，在夜宿麻多乡的那个夜晚，我失眠了，待我稍有睡意，蒙眬中再次看到那一枝多刺绿绒蒿入梦而来时，天光已经放亮。

与乡上干部依依惜别，带着英雄格萨尔的护佑和乡上干部的祝福踏上回程，刚刚进入可可西里边缘地带，就遇见了一群藏羚羊。它们就在路边不远处觅食，姿态优雅，安然自得。我急忙拿出相机，让司机停下车来，我想把这美好的遇见留在镜头里。十多只藏羚羊，我们的到来并没有惊扰到它们，它们只是警觉地看着我们，后撤大概十多米的样子，便停下来继续觅食。就在我把镜头对准它们的时候，一只雄性藏羚羊面朝着我们，用一只前蹄不断地刨着地上的土，嘴里发出“咻咻”的声音，我明白，它是在警告我们，是以这样一种方式，向我们宣布它们对这片领地的所有权。于是，我收起相机，向它们挥手告别，重新上了汽车。这也让我想起了杨欣先生向我描述他第一次遇见藏羚羊时它们落荒而逃的情景。我心里忽然有了一种释然，是的，如今的藏羚羊，已经不再视人类为敌了，它们似乎已经接受了我们的善意和友好。

转眼一年过去，如今，可可西里又多了一个关键词，那就是世界遗产——不久前在波兰克拉科夫举行的第 41 届世界遗产大会上，青海可可西里自然保护区获准列入《世界遗产名录》，成为中国第 51 处世界遗产，也是我国面积最大的世界自然遗产地。

十多年前，曾任青海可可西里国家级自然保护区管理局局长的才嘎在参加青海省“两会”期间提出将可可西里申报为世界自然遗产，他认为，可可西里既具有独特的地貌特征，又有尚未为世人所熟知的独特自然景观，更是独有的珍稀和濒危动植物的生息地，符合申遗条件。我至今记着他面对记者的话筒和镜头时充满感情、慷慨陈词的样子。

如果从那时算起，可可西里的申遗之路，也已经走过了十多年的艰难历程。这期间，青海省也曾颁布实施地方性法规《青海省可可西里自然遗产地保护条例》，其中明确规定，在可可西里禁止下列行为：

一、开山、采石、取土、采矿等破坏自然景观、植被和地形地貌的活动；

二、擅自引进外来物种；

三、非法捕杀国家重点保护野生动物；

……

看着这份条例中各种详细的规定，想到这片土地从“无人区”、省级自然保护区、国家级自然保护区，到如今的世界自然遗产，我又在想：在一朵花的眼里，可可西里该是什么样子呢？

我相信，在一朵花的眼里，可可西里是一座由人类作为辛勤园丁悉心呵护的大花园。在这里，各种属于这片土地的野生花卉竞相绽放，渲染出了这片土地顽强的生命力和特有的色彩。同样，一朵花还会看到野牦牛、野驴、白唇鹿、棕熊、大天鹅、藏雪鸡、秃鹫……这些野生动物，用它们的啸叫和嘶鸣，以及他们的奔跑和飞翔，构成了可可西里恢宏的旋律。也就是说，在一朵花的眼里，可可西里是一片有着丰富多彩的野生动植物资源的人间乐土，是大自然教授人类美术和音乐的大课堂。

青海湖女神的后花园

金黄与银白中流溢芬芳

金银滩草原上，一条溪流蜿蜒流淌，把金银滩草原不均匀地切割成了两块，神奇的是，每每到了夏天，在溪流的此岸，盛开着金黄的金露梅，而在溪流的彼岸，盛开着银白的银露梅。这样的自然造化，命名了这片草原，也把这片草原分成了金滩和银滩两个部分。

金露梅，又名金老梅、金腊梅，蔷薇科委陵菜属落叶灌木，广泛分布于北半球亚寒带至北温带的高山地区。在我国，主要分布在青海、甘肃、四川及云南，东北、华北地区也有分布。银露梅，又名银老梅、白花棍儿茶等，蔷薇科委陵菜属落叶灌木，多分布于内蒙古、河北、山西、陕西、甘肃、青海等地。

才洛的家在海晏县青海湖乡，这里是金银滩草原的核心区域。他说，他从小就喜欢金露梅和银露梅。那时候到了夏天，他就和他的伙伴们在灌木丛中玩捉迷藏的游戏。“有时候，玩着玩着就把放羊的事情忘了，等想起来的时候，羊群已经走出了很远，就快到别人家的草场上了。”他说。

才洛现在是医生。高中毕业那年，他考上了青海大学的医学院，毕业后原本是想留在城里工作，没想到城里工作不好找，整整一年，也只能在一些私人门诊里干点活儿，而他又不想去那些门面富丽堂皇，其实不太正规的医院，所以，又回到了自己的家乡。

如今，才洛就在自己的家乡行医。让他感到高兴的一件事是，他与在城里开公司的同学合作，参与到关于藏药的一个开发项目当中，而这种藏药所使用的药材，就是金露梅和银露梅。

“金露梅和银露梅，藏语都叫‘鞭麻’，要是分开来叫的话，金露梅叫‘鞭乃亥’，银露梅叫‘鞭嘎尔’。”才洛说着，向我介绍起了他正在做的工作，脸上洋溢着青春和快乐，有点小小的炫耀的意思。

“在许多藏医药的典籍里都有记载的！”才洛对我说着，急忙拿出手机，在网络上搜索了起来。不大一会儿，他就把手机递给我：“您看！”他说。

我接过手机，在手机屏幕上看到了这样的信息：“《蓝琉璃》记载：班纳合茎红色，花黄色，叶小，烧灰，治妇女乳房胀痛，消腹水。《晶珠本草》记载：班纳合治妇女乳房胀痛。本品木质茎，黄褐色，叶小。分黄、白两种。”

我正在看时，他凑过来，指着手机屏幕说："这里说的班纳合，就是鞭乃亥。"

我点点头说："我知道！"

我继续翻看着他的手机，看到了更多的信息："《青藏药鉴》载：班那，花治妇女病，赤白带下；叶烧成炭可外敷治乳腺炎，化脓后勿用。《藏本草》记载：班纳合，花及叶治乳痈，黄水病，疮疡溃烂。"

他腼腆地笑笑，脸上依然洋溢着青春和快乐。

"金露梅和银露梅的枝干，还是藏式建筑采用的材料之一。"我对才洛如此一说，才洛马上来了兴趣。"是的，是的，我带您去看！"他急忙说。

下午，他带我来到了家乡的小寺院，麻皮寺。

麻皮寺，亦称麻秀寺，藏语叫"麻皮贡尕旦彭措林"，意为麻皮具喜圆满洲，为格鲁派寺院。

麻皮寺的故址在海晏县治北偏西 20 公里，包呼图河与哈拉乌鲁河交汇处北去 3 公里，即距包忽图河西岸 0.5 公里处，和白佛寺一样，亦为夏茸尕布所辖寺院，建成于 18 世纪初，最初是帐房寺，1933 年始建为土房寺。1958 年，该寺有寺僧 130 人左右，其中活佛 6 人。寺院建筑有大小经堂各 1 座，仓房茶房等公共房屋 50 余间，活佛住宅、僧舍等私有住房 270 余间，还拥有 59 头牛、200 多只羊。二二一核试验基地建设初期，麻皮寺所在地被国营二二一厂征用，寺院随之拆除，1988 年在白佛寺附近重建。

新建的麻皮寺，采用了传统的藏式建筑方法，在建筑材料上，也就地选择了传统的建筑材料，特别是用当地生产的金露梅和银露梅的枝条搭筑了墙体。这种墙，叫“鞭麻墙”。

在建筑中使用鞭麻，在藏族地区由来已久，有关专家就这一问题进行考证，他们认为鞭麻墙最早的来源，是游牧民族的帐篷：为了提高帐篷内的温度，也为了在帐篷里有一个放置杂物的地方，牧民们把金露梅、银露梅的枝条采集起来后，将其晾晒，再把晾干后的几条扎成一捆捆的小把，沿着帐篷内侧，把枝条码放成墙体的样子，如此，这样的鞭麻墙便可以起到挡风御寒的作用，同时，一些杂物也有了一个放置的平台。

还有一种说法是，鞭麻墙的起源，可能来自对农牧民码放柴火堆的想象与发挥——不论是在喜马拉雅山南麓的农业区，还是在青海南部的班玛、久治一带，都可以看到这种码放得如墙体一般的柴火堆。

也有专家认为，鞭麻墙起源于军事需要。

鞭麻墙在藏族地区建筑中是如何出现的暂且不论，其材料的使用，充分体现出了藏民族的聪明才智。藏式建筑墙体砌筑，使用了石料、泥土等原料，墙基坚实稳固，墙体在升高时带有收分，使墙体越来越薄，如果在墙体高处仍然使用石料砌筑檐墙，就会使墙体荷载过大，产生隐患。藏族工匠们便采用鞭麻这种特殊材料砌筑檐墙，大大减轻了顶部的荷载。

鞭麻墙的砌筑，对建筑体本身也起到了极好的装饰效果。

砌筑鞭麻墙之前，首先要处理采摘来的金露梅、银露梅枝条：根据枝条的长短、直径等进行分拣，晾晒、去除树皮、用牛皮条捆绑成捆、削平根部，备用。

完成上述处理后，便可以在建筑中使用：将成捆的金露梅、银露梅枝条按顺序码放，根部朝建筑的外墙，再在码放好的枝条中以木楔嵌入枝条。

鞭麻墙做好之后，在外墙上加染涂料，这道工序要分几次完成。如此，鞭麻墙便呈现出一种褐红色，这种颜色看上去庄重、沉稳，特别适合用在寺院建筑上，使寺院与其特有的宗教气氛非常吻合。

有人认为，这种把鞭麻墙涂染成褐红色的做法，源自苯教。据说，当时的藏族先民在面部涂上红色颜料，以防止厉鬼的侵犯。随着佛教的传入以及其他一些因素，这种涂面的习俗渐渐消失，但却依然保留在了建筑之上。

那么，这种藏族特有的建筑材料和建筑方式为什么仅见于寺院，广大农牧民的居所为什么没有采用呢?

有关资料认为，这是因为鞭麻墙制作工序复杂，所以它的建筑造价也很高。如此，只有少数有经济能力的上层社会人士才能够建造鞭麻墙，随着社会阶级的出现，鞭麻墙成为上层社会的一种特权。因此，鞭麻墙也就成为一种常见于寺庙建筑的建筑材料了。

在寺院建造的鞭麻墙上，还特地制作有一个圆形建筑图案，藏语叫“鞭坚”，意思是镶嵌在鞭麻墙上的装饰，也有人认为这是“梅隆”，亦即镜子，它照耀着这个世界，也照耀着每个人的内心。

在麻皮寺，才洛带着我游走在寺院的经堂、庙宇之间，说起了有关鞭麻墙的话题。才洛依然腼腆地笑着，却不再说话，而是缄默地听着我说话。

从麻皮寺出来，我们到了海北藏族自治州政府所在地西海镇。

西海镇位于海晏县城东南部，南邻西海郡遗址所在地三角城，北与同宝山山下的白佛寺毗邻。海拔3200米，总面积436.96平方公里，镇区总人口1万余人，是一个汉、藏、蒙古等多民族聚居的地区，少数民族人口约占总人口的50%。

西海镇是在国家退役的核试验研究基地——国营二二一厂厂部的基础上建造起来的，原本的厂部留下了比较完善的供热和供水设施，因此成为全省集中供热面积最大的城镇。西海镇从移交与地方的国营二二一厂厂部的基础上开始发展，一开始就把城市绿化作为一项重要工作，因此也是一个绿化覆盖面积较高的城镇。

和才洛走在西海镇的马路上，我看到马路两边的隔离带、绿化区上也种上了金露梅和银露梅。

金露梅和银露梅已经成为青海许多城市的园林绿化植物，这看似平常的事情，却蕴含着深层的文化意义。“在合适的地方种植合适的植物”，这原本是城市园林绿化设计的一个基本原则，然而，在很长一段时间里，我们有过太多的尝试和冒险——引种南方或中原植物、在草地上喷洒绿色颜料、用水泥建造椰子树等等，都曾在青海一些城镇出现。近年来，青海一些地区开始金露梅和银露梅的人工驯化工作，这一有着特殊地域风格的植物开始被运用到城市园林绿化工作中。

金露梅和银露梅，蔷薇科，小灌木类植物，球形的树冠，错杂的分枝，在夏日时节绽放出五瓣的花朵，金露梅金黄，银露梅银白，花朵密集繁复，色彩鲜艳夺目。

金露梅非常适于在高原城镇种植，它喜好阳光，抗寒抗旱能力强，对环境、土壤的要求很低，五六月份开花，七月进入盛花期，花期近两个月。

此刻，仍然是深冬季节，金露梅和银露梅还没有开花。我走在西海镇的街道上，心里想象着当夏日来临，金露梅和银露梅盛开的样子，暗自决定，到了明年的夏天，一定到这里来看花，看金露梅的金黄、银露梅的银白。一首叫《情定金银滩》的歌曲，悠然在我的脑际响起。这是由我作词，著名音乐人古格作曲，专门为海晏县的农牧民运动会所作，成长于当地的岭·珠姆组合演唱了这首歌：

听说你去了金银滩草原，
一定去寻访那片河岸，
此刻已是花开的春天，
彼岸的金露梅早已灿烂。

在这微风流溢的季节，
目光留恋美丽的湖畔，
百鸟争飞去了又还，
此岸的银露梅圣洁了容颜。
……

在花香与鸟语中体味美好

金银滩，这片以野花命名的草原，铺泻在青海湖畔，有着千余平方公里的广大面积。这里不仅仅生长着金黄银白的金露梅和银露梅，同样也是高山草甸类草原上其他野生花卉竞相绽放的摇篮，从草原初春的一月，到初霜降临的深秋，这里的野花次第盛开，以不同的色彩、不同的芳香编织成不同的花语，把这片草原上有关季节的消息带向远方。

这里海拔 3000 米以上，是典型的高原亚干旱气候，春天总是姗姗来迟。然而，当季节的鼻息捕捉到春天的一丝丝味道，初绽的野花就会即刻把这个温暖的消息带给这里的山川河流，带给生活在这里的人们。

蒲公英是伴随着春天的来临，最早开放的野生花卉之一，它以羸弱的金黄探听到春的消息，便把这个消息传递给等候着春讯的其他野花。粉报春得到了消息，于是，在河畔，在阳坡，星星点点地开放起来，几天里，粉报春从开始的稀疏到渐渐繁多，最后连成一片，把大片的草原都涂染成了柔嫩的粉色，远远看去，好似是一片粉色云霞落在了大地上。

春天过去，宣告夏天来临的野花中，有金黄和粉红的马先蒿。马先蒿，玄参科，多年生或一年生草本。马先蒿的种类繁多，在金银滩草原常见的，有甘肃马先蒿等，它们有着长长的花穗和深浅不同的粉色，在藏药中，是一种对肝病有治疗效果的草药。在成片的甘肃马先蒿丛中，还会看到金黄的中国马先蒿，它们似乎是刻意把自己灿烂的颜色高高举起，天生有一种傲慢气质。

在草原与沙漠交界地带，也就是金银滩草原与喜玛拉登沙岛交汇的边缘地带，那些深红的棘豆类花卉，好似是有意把这里的荒芜掩盖，把草原和荒漠更美的一面呈现给高天与大地。

异叶青兰，当地农牧民叫“蜜罐罐花”，藏语俗称“佐茂嫩玛”，意思是母牦牛的乳房。小时候，当异叶青兰盛开的时候，我们就去一簇簇地采摘，再把采摘来的花卉放在一起，拽下唇形的白色花瓣，放在嘴里吸吮，一股汁液便流到了舌尖，一股细微的香甜便充满了整个口腔。

狼毒花，多年生草本，在金银滩草原上常见的狼毒花，基本都是瑞香狼毒。红嫩的花苞，绽放出雪白的花朵，有着丁香花一样的奇异芬芳。狼毒花，以它巨大的根系与牧草抢夺水土与阳光，这一特性使它成为草原荒漠化的一种灾难性警示，一种生态趋于恶化的潜在指标。然而，狼毒花又是制造藏纸的主要原料——狼毒花的根部有毒，藏族便以它的这一特性，将它作为制造藏纸的原料，使藏纸具有不怕虫蛀鼠咬、不腐烂、不变色等特点，而被大量用于宗教典籍、政府官文的书写与印刷。

高原的夏天短暂，这就要求野生花卉们抓紧时间，完成从开放到成熟，再把花籽传播的所有过程，于是它们竞相开放，把各种不同的颜色点缀在碧绿的草原上。如此，夏日的金银滩草原，是野生花卉感恩大自然的一个供花台，是人类及其他动物眼睛的盛宴，鼻息的芳香大餐，更是青海湖的后花园。

伴随着秋天的到来，翠雀花和龙胆花开始以深浓的紫红装点草原，而此刻的草原色彩也开始渐渐变得单一起来，青草开始枯黄，夏季的红黄蓝绿已经退潮，如此一来，紫红的颜色便非常抢眼——这也许是大自然在冬天来临之前的一个特意安排吧。龙胆花，藏语叫“邦锦梅朵”，恰好便是装点草原的花朵之意，我想，这不是巧合，这是藏族牧民在与大自然的交流中的一个认知、一种发现。

麻皮河、哈利津河是贯穿金银滩草原的两条河流，它们蜿蜒流淌，逐步与其他河流汇合，流入了青海湖。每年的清明节前后，湟鱼进入产卵季节，麻皮河、哈利津河，以及环湖草原上那些大小河流中，便出现了浩荡的鱼群，它们蜂拥而至，拥挤在河流中，为的就是把自己的卵产在河流中。小鱼在淡水中孵化，长到一定程度之后，再顺流进入青海湖。

有关这一壮观景象，在民间有许多形象的描述，例如“半河清水半河鱼”“骑马过河踩到鱼”等等。的确，如果在这个季节来到青海湖畔，河中密密麻麻逆流奋力游动的鱼群，能让人感受到在生命的延续中所蕴含的那种无私和牺牲精神。

湟鱼在咸涩的冷水中生活，以稀少的水生物为食，所以它成长缓慢，有关专家以成年湟鱼推算，它一年所增加的体重还不足一两。生活在青海湖环湖一带的青海本土居民世代与湟鱼“休戚与共”，熟悉湟鱼从纤小的幼鱼长成一条成鱼的全部过程，加上这种缓慢的成长速度，青海本土居民，对成长至每一个阶段的湟鱼，都有一个不同的命名，而这个命名和青藏高原地理环境、人文习俗等有着密切的关系。

小时候，我家就在青海湖畔。每每到了夏末初秋季节，从远方雪山上流淌下来，在草原上几经蜿蜒之后流向青海湖的大小溪流中，就会出现大量的湟鱼幼鱼。它们是从刚刚结束的声势浩大的湟鱼产卵大潮留下的鱼卵中孵化出来的，它们成群结队游荡在溪流之中，看上去很小，很羸弱，所以在当地，它们便有了这样一个名字——“燕麦芊芊”。

“燕麦芊芊”，是青海人对湟鱼幼鱼的叫法，这种叫法，与青藏高原上的一种特产草本植物——藏异燕麦有关。

藏异燕麦是禾本科异燕麦属多年生草本，分布在我国青海、甘肃、西藏等省区。藏异燕麦生长缓慢，再生能力和适应性都很强，适于生长在海拔3000米以上的地区，既喜潮湿，又耐干旱，还能正常越冬，越冬率达95.4%。冬天气温下降受到冻害，一遇天气转暖，就能很快恢复生长。藏异燕麦整个植株柔软，茎秆、叶片无刚毛、刺毛，无特殊气味，营养价值较高，从营养期至结果期都含有较丰富的粗蛋白质和无氮浸出物，脂肪含量较低，纤维较多，不论是新鲜的青草还是晒干后贮备越冬的干草，均为各种家畜喜食，是一种用于草原畜牧业发展的优良牧草。

把湟鱼幼鱼称为“燕麦芊芊”，这个名字非常形象：藏异燕麦的果实很纤细，长约1厘米，幼鱼期的湟鱼与之酷似，而“芊芊”在当地汉语语境中，则表达细小、瘦弱的意思。藏异燕麦看上去虽然羸弱，却有着强大的生命力，在这一点上，湟鱼幼鱼与之有着惊人的相似之处。

家乡民间认为，食用湟鱼幼鱼可以明目。记得小时候，我们经常到河边捕捉食用湟鱼幼鱼，方法原始、简单——把幼鱼用双手捧起来，凑近嘴唇，连水带鱼迅速生吞下去。这样的行为，却是不敢让家里大人知道的，一旦让大人知道，就会遭到他们的指责甚至打骂，视这种行为是一种“造孽”的行为。孩童时期莽撞无知，以为这种食用方法有利于明目，当自己渐渐长大，接受了传自先祖、传自父母的朴素的藏传佛教思想，经常为自己小时候的行为后悔不已，也时常做一些放生的善事，以期对小时候的恶行有所弥补，而放生的生命，也多是青海湖湟鱼。

说到放生，便要提到青海人对湟鱼的另一种叫法：“名将”。

湟鱼幼鱼从“燕麦芊芊”长到一定程度，慢慢有了成年湟鱼的大致雏形，被青海人称作“名将”。“名将”与湟鱼之间到底有何种渊源，不得而知，也没看到任何关于这方面掌故、传闻的记载资料。而唯独与“名将”有关的是，在青海，信佛僧俗常放生的，便是这种叫“名将”的湟鱼幼鱼。

在过去漫长的时光里，数量庞大的湟鱼曾经是当地人重要而丰富的渔业资源，青海人则靠湟鱼度过了20世纪60年代初的困难时期。于是，有的人觉得，这是上天赐予他们的恩惠，取之不尽，用之不竭。

然而，事实并非如此。长年不间断的捕捞，使青海湖湟鱼资源迅速衰减，有数据称，2002 年，青海湖湟鱼储量下降到了 2592 吨，比起 20 世纪 60 年代初 7.5 万吨的储量，可以说湟鱼濒临灭绝！加之全球气候变暖，青海湖水位下降，含盐量和碱度不断上升，湟鱼的生存受到了很大影响。

为了保护这种特殊物种，1980 年，青海成立渔政管理科，负责青海渔业资源的繁殖保护和渔业法规的实施。1982 年，青海湖首次施行禁渔期，当年 11 月，青海省政府第一次召开渔政工作会议，决定对青海湖施行为期 3 年的封湖育鱼，以便给湟鱼提供休养生息的机会。1986 年到 1989 年，省政府第二次决定对青海湖施行封湖育鱼。1994 年 11 月到 2000 年 12 月对青海湖施行了第三次封湖育鱼。

3 次封湖育鱼时间长达 13 年，加上一些保护措施的不断落实，有效遏制了不法分子对湟鱼的偷捕滥捞行为，对保护湟鱼资源起到了非常大的作用。但是，由于受利益驱使，一些不法分子不顾三令五申，非法捕捞、加工、运销湟鱼的活动仍然非常猖獗，湟鱼并没有得到很好的休养生息。同时，由于湟鱼主要产卵场地环境的严重恶化和青海湖水体不断恶化，湟鱼资源量恢复十分缓慢，湟鱼产卵鱼群低龄化、小型化趋势进一步加剧。据监测，1999 年的湟鱼平均体重为 183 克，只比 1994 年增加了 62 克。而且，湟鱼生存环境继续恶化，因河水断流等造成大量死亡的现象时有发生。

2001 年 1 月 1 日，青海省政府发出了为期 10 年的第四次封湖育鱼通告，此次封湖育鱼不但要求实现零捕捞，而且要求加大对湟鱼偷捕、贩运、加工等违法行为的打击力度。同时，青海湖及湟鱼的命运引起了国家有关领导人的高度重视。2001 年至 2010 年对青海湖实施全面禁捕，停止一切捕捞活动。

至此，湟鱼从一种渔业资源变为一种濒临灭绝的保护物种，藏传佛教的放生理念，以一种朴素的环保意识，与这种保护行动不谋而合。如今，青海湖湟鱼的保护，已经成为整个青海人的一种自觉行为。

在金银滩草原上，偶尔也会见到普氏原羚。

普氏原羚，当地人谓之“黄羊”，1875 年由俄罗斯博物学家普热瓦尔斯基在中国发现并命名。普氏原羚全身黄褐色，臀斑白色。仅雄性有角，双角角尖相向钩曲。栖息于山间盆地和湖周半荒漠地带，曾经广泛分布于甘、青、宁及蒙古草原，目前只在青海湖周边地区有少量分布。

据说普热瓦尔斯基最初发现普氏原羚，误以为是藏原羚，13 年后，方才发现是两种不同动物，才正式命名。而在藏语中，普氏原羚叫“果”，藏原羚叫“族”，人们很早就分类并命名了这两种动物。

由于人类活动影响及栖息地恶化，普氏原羚数量锐减，20 世纪 80 年代末，种群数量仅有 600 只左右，少于国宝大熊猫，被列为“极度濒危野生动物”。普氏原羚，目前分鸟岛、元者、湖东 3 个种群，金银滩草原上见到的普氏原羚，应当属湖东种群。

花的草原，自然也是鸟的王国。

金银滩草原，毗邻青海湖鸟岛，因此，每每到了春夏季节，鸟岛上的鸟儿们也会飞临金银滩，在这片丰美的草原上，在野花丛中栖息、嬉戏、觅食、飞翔。斑头雁、鱼鸥、棕头鸥、鸬鹚，这些青海湖鸟岛的常客，也是迷恋金银滩草原的访客。游走在金银滩草原，时常能看到他们的到访。然而，可能是由于有关候鸟的资料相对丰富，查找便利，一些鸟类爱好者和研究者发表了大量有关青海湖候鸟的信息，这些信息也暗示和误导了普通人群对青海湖鸟类的认识——人们所认识的青海湖鸟类，大多是候鸟，而对作为当地“土著”的留鸟却知之甚少，甚至一无所知。

如果说，青海湖鸟岛是候鸟的天地，那么，美丽的金银滩草原，则是青海湖留鸟的家园。

藏族情歌拉伊，广泛流传在青海湖环湖地区。这种情歌采用比兴手法，并且时常以杜鹃鸟——候鸟，百灵鸟——留鸟为起兴意象，抒发情恋男女之间走与留、守与散、等待与重逢等情感与心绪，委婉动听，直指人心。

情歌中的百灵鸟，藏语为“觉嘎”，一如歌唱拉伊者本人一样，也是个歌者。

金银滩草原上的百灵鸟，有多个种类，凤头百灵、短趾百灵、歌百灵、角百灵等随时都能见到。每每到了花开的季节，也就到了百灵鸣唱的季节，在这个时候来到金银滩草原，众鸟的歌唱此起彼伏，恍若一场即将开唱的演唱会的后台，各路歌唱家为了能在现场有一个绝好的发挥，正在争先恐后吊嗓子练歌。

戴胜鸟，也是金银滩草原上常见的鸟。

戴胜，在古汉语中常借指西王母，而西王母的神话也与金银滩草原有千丝万缕的联系，这使得这里的戴胜鸟似乎也有了一种象征意义。戴胜鸟头戴花冠，身披条格衫，雍容华贵，独立大气，看上去着实有几分王胄之气。

有专家认为，戴胜这一名字由来已久，其中的“胜”字指的是古代女性的一种华丽头饰——华胜。戴胜鸟起飞或者落地时，头上的花冠就会舒展开来，非常华美，就像戴着美丽的头饰一样，如此，此鸟便得名“戴胜”。戴胜鸟在动物分类中自成一家，过去曾归入佛法僧目中，如今越来越多的观点支持把它单独作为一个目，为戴胜目。

拟地鸦，即地山雀，当地人叫“土钻钻”，藏语为“特力”，也是金银滩草原上常见的留鸟。它机警、敏锐，行走时双脚同步跳跃，鸣叫声长短结合，悠长清脆。古籍记载，此鸟“鸟鼠同穴”，意思是在老鼠洞中筑巢，并与老鼠合作——它以它的机警敏锐及时发现敌情，并用鸣叫声提醒警告老鼠，让老鼠得以逃脱或安全转移，而它也会得到老鼠在吃食上的回报。在环青海湖地带的草原上，时常会见到鼠兔，鼠兔与拟地鸦，以及白腰雪雀等都有着类似“鸟鼠同穴”的合作。不同的两种动物，在防备天敌和共享食物上却有着如此的默契，继而达到生存的共赢，这是大自然的奇迹、动物界的奇迹。奇怪的是，拟地鸦自己就有打洞筑巢的能力，但它依然与草原鼠兔达成了生存同盟。它喜欢在直立的墙壁上打洞，在当地农牧民家的墙壁上，总会留下它打的洞，并且墙壁由于厚度有限，时常会被打通。这也是当地人把它叫作“土钻钻”的由来。照理，它完全可以“独立门户”，不用依仗着鼠兔提供给它一些“嗟来之食”，还为鼠兔勤勉地提供报警服务。对于这个问题，尚未见到有关专家做出过合理的解释。或许，我们对动物世界，对小小的鸟禽的世界尚知之甚少，我深信，那是一个与我们世界一样广大深奥的世界。

如果把鸟岛上的候鸟比作游客，那么，金银滩草原上的这些留鸟，就是世居当地的“土著”。对于它们的休养生息，我们不仅要关注“游客”，更要关注“土著”。

第四辑
花海上的清歌

孔雀翎上的雪峰

2016年7月19日，以“同饮黄河水，共筑中国梦”为主题的黄河万里行大型生态人文交流活动在青海省玉树藏族自治州曲麻莱县的黄河源头约古宗列启动。16日，我应全国《格萨（斯）尔》工作领导小组之邀，与几位《格萨尔》史诗研究者一同从西宁乘坐飞机前往玉树，准备参加此次活动中的一个子活动——为格萨尔赛马称王登基台遗址的正式认定活动揭幕。当飞机经过不到1小时的飞行就将抵达巴塘草原上的玉树机场时，机舱内的广播忽然通知，由于遭遇雷雨，飞机将在机场上空盘旋，等待降落时机。与此同时，已经开始降落的飞机忽然提高了飞行高度，再次冲入云霄。我的座位靠近舷窗，透过舷窗，三江源区的壮美便展现在我的眼前：连绵起伏的山峦、山峦高处终年不化的积雪、网织在山峦沟壑之中的涓涓细流，其间一片片错落有致的碧蓝湖泊……这些景致，从缭绕的云雾中时隐时现，看着它们，我忽然想起了李娜的《青藏高原》……

作为亚洲众多大江大河发源地的三江源区，就位于这块千万年前才脱离海侵成为陆地的青藏高原腹地。作为世界上海拔最高的高原，青藏高原从北向南囊括了祁连—柴达木、昆仑、巴颜喀拉、羌塘—昌都、冈底斯和喜马拉雅等6个构造带，它的周围，更是隆起了众多西北向东南走向的高大山脉，比如巴颜喀拉、阿尼玛卿、唐古拉、喜马拉雅等。它们把三江源区分割成了不同的地理单元，每个地理单元之间，不仅有高度差异极大的山峰，还有平原、湖泊和沼泽。

巴颜喀拉、阿尼玛卿、唐古拉……这些高峻的大山虽然同处三江源区，但它们具有各自不同的个性魅力。它们或高拔，或险峻，或磅礴，或逶迤，或高贵，或圣洁，这种在藏民族的认知中属于这些大山的外在“表情”，在地质科考者眼里，就变成了不同的地理地貌。

在藏民族对外部世界的认知中，山水自然都是有生命和个性的。比如阿尼玛卿雪山，在藏民族心目中便有了一个超自然又拟人化的形象：他身跨骏马，手握刀剑，征战厮杀于你死我活的疆场；他妻妾成群、儿女满堂，享受着烟火之气浓郁的天伦之乐；他喜怒无常、好恶鲜明，多变的性格时常以多变的天气变化呈现出不同的阴晴冷暖——除却天气，这座大山的性格或心情也会“直露在脸上”，以不同的地貌呈现出来：冰山、雪峰、岩石、湖泊、草甸、沼泽……都是他不同的性格和心情符号，是他的喜怒哀乐。

阿尼玛卿中的“阿尼”二字，在藏语中是先祖或长者之意，“玛”据说是一个家族的姓氏，而“卿”则是庞大之意，合起来讲，就是“‘玛’氏大家族的祖宗”之意。也有专家认为，“玛”在藏语中有原初、根本之意，意即创世纪之初阿尼玛卿便已存在。从这个意义上讲，阿尼玛卿便是与世界一起诞生的山峰。黄河以蜿蜒羸弱的溪流从巴颜喀拉山麓的约古宗列出发，当它在阿尼玛卿山脚下与星宿海相逢，与扎陵湖、鄂陵湖相遇后，它的名字便成了玛曲，这里的“玛”便是阿尼玛卿的“玛”，而“曲”则是河水的意思。如果以原初、根本这个意思去理解，“玛曲”，便也是创世纪之河之意。

当我谈及这个观点，与我同机的《格萨尔》学博士索加本便提出了新的看法，他说：“玛曲之‘玛’，在藏语中也有孔雀的意思，所以，‘玛曲’应该是孔雀河之意。一来，在青藏高原隆起之前，黄河源地区应该有孔雀、大鹏等大型鸟禽存在，许多藏文典籍和民间传说都可以佐证这一点；二来，如果从一定高度去看使黄河得以壮大的星宿海地区，众多的湖泊连缀在一起，正如孔雀开屏一般美丽。这也可能是黄河被藏民族以孔雀命名的原因所在。”

在青藏高原黄河上游地区，由于高耸的阿尼玛卿雪山和蹒跚学步的黄河——玛曲的影响下，许多地名中都有一个“玛”字。格萨尔赛马称王登基台遗址所在地，是一片叫扎加滩的草原，这里是曲麻莱县麻多乡的辖区，麻多乡的“麻”其实与玛曲的“玛”属于同一藏语字音的不同汉语谐音，其中，“多”是上方、上游之意，“麻多”二字合起来便是黄河上游之意。格萨尔赛马称王登基台遗址系一个用就地取材的青石板筑造而成的高台，高约 2 米，顶端似一块 3 平方米的平整巨石。与我们同行的《格萨尔》学专家诺布旺丹认为，登基台遗迹与《格萨尔》史诗所描述的赛马称王的场景惊人地吻合，不但被当地民众认可，是纪念性建筑物，还在重要节庆期间举办纪念性活动，符合联合国教科文组织关于非物质文化的相关定义。

这座登基台遗迹，依照当地民间传说，是格萨尔赛马一举夺魁后受到百姓拥戴，就地搭建登基台登基为王的地方，也就是赛马结束的地方，而传说中格萨尔开始赛马的地方，其遗址在今果洛藏族自治州玛多县，与登基台遗址相距 300 公里之遥。诺布旺丹认为，这是完全符合当时的赛马规程的。当时的赛马是分段式的，不是一次性完成，赛马途中有调剂修养、为马匹添加草料的驿站。“玛多”与“麻多”是同一藏语地名的不同谐音，均是黄河上游之意，从自然区域上看，是整体的一片。

阿尼玛卿主峰是玛卿岗日，也叫玛卿本拉。“本拉”，藏语意为粗壮的天柱。玛卿本拉海拔约 6300 米，巍峨高峻。《格萨尔》史诗中把以玛卿本拉为核心的广大区域叫作“玛域”。“玛”与前述意思相同，“域”则是地区之意，“玛域”意即玛氏大地。这一地区，也是黄河源头的核心区域。这片大地呈现着古拙去雕饰的高原原始地貌：这里是大山的王国，山脉交错，雪峰耸立，一座座高峻挺拔的大山托举着这片土地；这里是众水的家园，河流纵横，湖泊繁多，数千湖泊宛若一面面明镜与天空相辉映，鄂陵湖、扎陵湖、星宿海等湖泊天水一色，烟波浩渺，鸥鸟翔集，鱼跃鸢飞，高寒草甸类草原上，野驴、藏羚羊、普氏原羚等高原特有的野生动物成群结队，悠闲觅食，这样的景象都无一例外地在《格萨尔》史诗中得以充分的描述。史诗中把这一区域描述为大地吉祥园，阿尼玛卿则是这片土地上最高的雪峰。

就像格萨尔赛马称王登基台一样，在这山水之间，古圣与先贤曾经在这里建立家园，这里分布着许多的遗址遗迹，每一处遗迹遗址都有一个神奇的故事，而这些故事都与史诗《格萨尔》有关。因此这里被誉为“格萨尔的故乡”。据有关民俗考察部门的统计，这里计有数百处遗址遗迹，这些遗址遗迹，或是史诗中某个战争场面的发生地，或是某位战将的故居。

与这众多的史诗遗址遗迹相对应的，则是出生成长在这里的《格萨尔》艺人。他们几乎无一例外地出生在某个遗址遗迹的近旁，或者在生命的某个时刻，在某个遗址遗迹处昏然睡去，梦醒之后便可以出口成章，说唱一段段隽永奇异的史诗故事，并先后出现了“说不完的《格萨尔》艺人”昂仁、“写不完的《格萨尔》艺人”格日尖参、“画不完的《格萨尔》艺人”阿吾嘎洛等大师。据统计，这里的大小艺人计有数千人，这在人口只有十多万的黄河源区，是一个庞大的群体。他们一个个都是这片大地的使者，他们悠长的歌声，宛若就是来自大地深处。

而这些艺人都深信自己就是史诗中某位人物的转世，并会说出一些依据或理由，他们认为，他们之所以会说唱格萨尔史诗，在某种程度上只是对自己往事的回忆。

当信息时代的劲风从这里刮过，这里有了电缆，有了计算机网络。许多自称是某位历史或神话人物转世的艺人也都手持手机，或端坐于电脑前，与这个世界进行着各种联系。因此，走进黄河源区，就会走进一片奇异的风景：这里的时间不再是纵向的，而是横向地排列在一起，历史、现实和未来都在同一平面上，就像是果洛州府所在地大武镇以东的那座山头上，古老的敖包和移动电话信号塔矗立在一起，同样是那样的和谐宁静。

7 月 20 日，我们终于到达了黄河源头约古宗列。这一带是一片绿草如茵的草原，一眼清泉从这里汩汩喷涌，在草原上蜿蜒而去。委陵菜属的蕨麻花就像是洒落一地的碎金，铺泻在草原上，亮丽而耀眼。看着这番景致，我又想起了孔雀河这个名字——或许不是星宿海的湖泊，黄河就像是一个爱美的女孩，在她的孩提时代，就已经表现出了她爱美的天性。在这宛若孔雀翎般华丽的草地上，矗立着巍峨雄奇的阿尼玛卿雪山。

而这里，离玛域尚远。这里是巴颜喀拉山北麓。

巴颜喀拉：藏牦牛的乳房

似乎很少有人从地名学的意义上去考察巴颜喀拉这样一个蒙古语地名缘何会出现在众多的藏语地名之中，在周边藏语地名的围拢下显得特立独行，甚至有些怪异突兀。中国民协副主席，藏族著名民俗学家索南多杰曾经就“巴颜”（“巴彦、巴燕、瓦彦”等不同谐音的同一蒙古语词汇）进行考察，他发现，单单在青海，以“巴颜”命名的山峰就有十三座之多。一位长期从事蒙古文化研究的学者超巨星曾对我国内蒙古、青海、新疆以及东北诸省等地冠以“巴颜”的地名（包括“白音、白银、宝音、巴燕、白云、坝堰”等不同谐音地名）进行搜集整理，结果令人惊讶，全国以“巴颜”及相近谐音为地名者多达百余！

为什么会有这么多以“巴颜”命名的地名呢？

超巨星提出了他的看法，他认为：一，“巴颜”为蒙古语富裕之意，蒙古族聚居地区出现这么多同为“巴颜”的地名，说明蒙古族先民太渴望富裕；二，“巴彦、巴颜、巴燕、坝堰、巴音、白音、白银、宝音”等地名的并存，反映了各地蒙古语方言在发音上的差异；三，一个蒙古语地名同时存在两种或以上汉文译名，典型的如西乌珠穆沁旗巴彦花镇，又译“白音华镇”；科尔沁右翼中旗巴彦呼舒镇，又译“巴彦呼硕镇、白音胡硕镇”等，是地名标准化工作不到位的表现。

无论如何，巴颜，这样一个地名就出现在了这里，并以它的响亮和坚定，使得对巴颜喀拉的其他命名都未能成为这座著名高峰的名字。

在探访黄河源头的路上，我曾与《格萨尔》学专家诺布旺丹聊及其事，他略加思索后认为，这可能与元朝世祖忽必烈探查河源的历史有关。

据《河源志》记载，至元十七年（公元1280年）元朝派专使探查河源，并详细说明了忽必烈探查河源的动机。《河源志》直接引用忽必烈的话说：“（河源地区）今为吾地，朕欲极其源之所出，营一城，俾番贾互市，规置航传船，凡物贡水行达京师，古无有也，朕为之，以永后来无穷利益。”

忽必烈显然对江河源头缺乏认识。源头之水，只是冰山雪峰上的冰雪融化后形成的溪流，离“航船运贡物”相去甚远，但从这一行动上，足见忽必烈的野心与勇气。至元十七年（公元 1280 年）冬十月，忽必烈派熟悉诸种少数民族语言的荣禄公都实为招讨使，佩金虎符，“往极河源”。他们考察的是黄河源头，但作为河源出处的巴颜喀拉上，他们理所当然地给予了一个属于本民族语言的地名。

据《河源志》记载，都实一行从河州（今临夏）出发，沿河西上，“四阅月……始抵河源”，对整个河源地区的地貌、气候、动植物资源等，都做了调查和记录。至元十五年（公元 1278 年）冬返回大都还报，“图其城传位置”上报元廷。可惜都实本人没有文字图籍流传下来。倒是翰林学士潘昂霄在与都实之弟翰林学士阔阔出“奉使宣抚京畿西道”时，从阔阔出口里听到“余尝从余兄荣禄公都实，抵西国，穷河源”，并从阔阔出手里获得都实的原始记录，《河源志》即据此写成。这已经是延祐二年（公元 1315 年）之事，距都实探查河源已三十余年了。都实所见河源如何呢？《元史 · 地理志 · 河源附录》说：“按河源在土蕃朵甘思西鄙，有泉百余泓，沮洳散涣，弗可逼视，方可七八十里，履高山下瞰，灿若列星，以故名火敦脑儿。火敦，译言星宿也。群流奔辏，近五七里，汇二巨泽，名阿剌脑儿（即扎陵湖和鄂陵湖）。自西而东，连属吞噬，行一日，迤逦东骛成川，号赤宾河。”

这一段文字已经把河源地区星宿海一带的景况非常形象地描绘出来了。按《河源附录》记载，自星宿海下流到赤宾以下，始名黄河。朵甘思东北有大雪山，名“亦耳麻不莫剌”，译言“腾乞里塔”，即昆仑，山顶积雪，终年不消。继续顺河下行，河水北行，转西流而北，至贵德州，州治官府名“必赤里”（今河阴乡一带）。又东行，至积石州（即《禹贡》中的“积石”），“林木畅茂”。

或许，这段历史与巴颜喀拉这一地名的来源有关。

如果说，黄河源区是《格萨尔》史诗文化的摇篮，那么，长江源区则是牦牛文化的发祥地。首先，长江，在藏语里叫“治曲”，意思便是牦牛河，确切地说，是母牦牛河——汩汩从冰川流泻而出的长江，就像是母牦牛的乳汁一样养育着大地苍生，单单从这一地名的象征意义，就足见藏民族对这一珍贵水源的看重和崇敬。而沿着长江顺流而下，在长江流域的四川甘孜、阿坝、西藏昌都等地都有着独特的牦牛文化。

牦牛是青藏高原的特产家畜。有关专家在对牦牛的分布进行研究时，惊奇地发现，牦牛并不以行政或自然区域分布，而是依藏民族的繁衍生息而跨行政区域、自然区域分布，简单说，便是哪里有藏民族，牦牛就会出现在哪里。

在藏族地区，特别是长江流域的藏族地区广为存在的牦牛文化中，最常见的便是供奉牦牛头骨或公牦牛的牛角——供塑在果洛藏族自治州玛多县黄河源头的牛头碑，在一定意义上是藏族牦牛文化的一种体现。追溯牦牛崇拜的起源，可能与遗留在藏民族民间的创始神话有关——在藏语中，“斯巴”一词，既是对世界的称谓，同时也是一个老人的化身，在创始神话中，这位名为“斯巴”的老人宰了一头牦牛，他把牦牛头放在高处，高处就有了山峰，他把毛牛皮铺在低处，从此便有了大地，他把牦牛尾巴放在山下，山下便有了郁郁葱葱的森林。

《格萨尔》学专家诺布旺丹认为，这个故事本身便含有河源从高山流溢而出，缔造了自然万物的意思。他说，在《格萨尔》史诗中，就有一部叫《大食牦牛宗》，说的是格萨尔带领神勇的岭国将士征服大食国后，把战利品牦牛分给岭国百姓，岭国从此有了牦牛的故事，而在《格萨尔》史诗的其他部本，也多次提及牦牛的捕获、驯养等情节。

据记载，远古时期的牦牛羌部便是从长江上游一路迁徙到如今云贵川等地的。而藏族典籍中也有“吐蕃六牦牛部”等部落源于雅鲁藏布江及金沙江流域的记载。

正如文化不可能截然地出现在两个区域而不交叉、不混杂一样，黄河源区与长江源区虽然有一定的区别，但也是相互交织、相互依存的，而在文化上，这样的关系同样存在。自然与文化，总是呈现出一种微妙的近似关系。

布衣歌者

孤独的歌唱

牧人行走在天地之间，广袤的原野从他的脚下延伸而去，一直到遥远的天际。牧人把一只手搭在额际，举目眺望，他看到在原野的尽头，蜃气像流水一样浩荡地流淌着，让远处的一切变了形，走了样。原本坚固挺拔的山峦变得就像是一种流质体，在蜃气中化开，时断时续，忽隐忽现。牧人感受到了巨大的自然的力量，感受到了自己的渺小。而像自然力一样巨大的孤独也时刻不停地向渺小的他袭来，他觉得应该找一个安全的处所藏起来，比如帐篷的火塘一侧，抑或是阿妈满是汗渍和牛奶膻腥味道的皮袄怀抱，但这一切只是从脑际一划而过，可望而不可即。

因为他已经长大了。

写下这段文字，忽然发现那个虚构中的牧人，就是我自己。

记得在小时候，在放牧的路上，每当别人家的牧羊犬——藏獒愤怒地狂吠着向着我奔跑过来时，我心里充满了恐惧，而这恐惧，与此刻的我——那个牧人心里的孤独何其相似。

记得，我第一次遇到藏獒，它拽脱了拴着它的铁链向我冲过来时，我的阿爸及时赶到，一把拽住正准备落荒逃去的我，让我定定地站立在原地。因为有了阿爸，我心里的害怕立刻减弱下来。那只藏獒冲到离我们大概十步之遥的时候，停下来了。它不断地叫着，做出要冲上来的样子，却没有再向前靠近。“不要跑，要停下来，必要的时候要迎上去！”阿爸说。后来，阿爸的这句话成了我生活中的一个经验，从此，我有了足以对付草原上的野狗、野狼，甚至是一些困境和劫难的经验——虽然，我后来的生活，从我原本的轨道上偏离出来，我完全告别了草原，成为一个在城市里求生的人。

记得我刚刚开始发表东西的时候，有一家报纸采访我，并写了一篇有关我的新闻通讯，题目是《栖息在城市的游牧灵魂》，第一次看到这个标题，我心里就有一种被某种钝器击中的尖锐的疼痛感，我感知到了这个题目的锋利，如今，时过境迁，我依然能够感觉到。那时候，我曾写下一首诗，收在一册多人合集的诗集里，我还记得那些稚嫩的诗句，却也是我至今不能释怀的一种感觉：

难以言说的世界

枯黄的牧草覆盖草原
离我攀缘的楼梯
是一片苍茫的怀念

秋风以外
一只野鸟啁啾着往事
暮色里
撒欢的牛犊忘记了回家
怀念因此苍茫啊
因此苍茫

驻足于楼梯回望
如一匹孤兽
回望着不复存在的森林

我记得，小时候，我有一个习惯，走在风里的时候，便张开嘴，让风刮进嘴里，我控制着口腔——张开或微微闭合，同时不断收紧和放松两腮，并灵巧地运用舌头将风不断地吐出来或让风缩进嘴里，如此，风便开始在我的嘴里唱歌，低吟出我会唱的某首歌的旋律。在这种时候，我会暂时地忘记孤独，进入一种自我迷醉的状态。但孤独还是会忽然跳出来，立在我面前，让我大吃一惊。每每这个时候，我都会不由自主地大叫一声，一如我虚拟的那个牧人。

此刻，牧人面对巨大的孤独，他忽然想起了早已去往西方极乐世界的阿爸，想起了阿爸说的那句话——我阿爸去世时我19岁，他在病床上给我说："我还没给你娶个媳妇儿呢，没完成任务啊！"至今，每每想起这句话，心里立刻充满悲凉——他停下来，向着自己的周围看去，他看见流水一样的蜃气在他的四周涌动着，他完全被淹没在蜃气形成的看得见却摸不着的流质之中。他忽然大叫一声，接着又大叫一声，并向前走了几步。"必要的时候要迎上去！"阿爸的这句话闪现在他的脑际。就这样，他把他的声音续接起来，慢慢地，他发现他是在歌唱，一首牧歌在他的头顶盘旋着，就像是一只苍鹰。他也真的觉得不再那么孤独了。

后来，唱歌成了牧人消解孤独的一种方法，他发现，孤独是害怕他的歌声的，只要他唱起来，孤独就会躲开他。于是，每次出牧，只要离开帐篷，只要走上原野，他就开始唱歌。而歌声也从当初的咿咿呀呀的无词之歌慢慢地变得有了几个简单的句子，而这些句子，则是他依据自己看到的东西即兴随意地添加进去的，比如，刚刚下了一场暴雨，此刻一道弯弯的彩虹出现在天际，他就唱道："五色的彩虹搭起了帐篷。"再比如，盛夏季节，灿烂的野花盛开在草地上，他便唱道："大地的头上插满了鲜花。"他就这样唱着。偶尔累了，便停下来，说说话。他对彩虹说："白云是不是要到你家帐篷做客啊？"他又对大地说："你难道是农区来的种青稞的女人吗？头上还戴着那么多花！"

后来，这样的情景，被我写进我的小说里。记得，我曾写过一篇小说，叫《光荣的草原》，其中一个情节，便是小说里的主人公与白云说话，甚至与一群蚂蚁吵架。这些都不是虚构的，是我小时候的真实写照。记得小说发表后，一位素不相识的评论家写了一篇评论，题目是《当孤独成为一种审美》，最初看到这个题目，我心里同样尖锐地疼了一下。这个题目一如《栖息在城市的游牧灵魂》一样，对我来说，也是锋利的。

这时候，牧人忽然发现，这天地之间，虽然就只有他一个人，但这并不妨碍他说话，他可以和任何一样东西对话：原野上的花花草草、天上的飞鸟、河流里的小鱼，甚至一块石头、一堆干透了的牛粪。牧人一眼可以看出，这一堆牛粪是去年冬天的，冬天没有那种吃粪的飞虫，这堆牛粪因此保存得非常完好，加上它的外皮呈现出一种铁青色，而不是常见的黑色，种种迹象都表明了它被一头牦牛留在这里的时间——小时候，我在家里的工作，除了放牛，就是捡牛粪，至今，每次到了草原，看到某片草原上到处是牛粪，我就会有一种停下来捡拾的冲动。的确，我也真的可以一眼看出一坨牛粪的季节和时间。

牧人发现，除了他，在原野上喜欢唱歌的还有一只野百灵。它对唱歌的热情与执着，比起牧人来，有过之而无不及——正是这只凤头百灵的歌声，打断了牧人的歌声。牧人循着歌声举目看去，他什么也没看到，那声音充满了整个天空，也充满了整个草原。牧人猜测，这只野百灵，和他一样孤独。

牧人想到这儿，心里有了一种类似同病相怜的感觉，于是他噤了声，认真地听起来，他听到了草原上几乎所有的鸟禽鸣叫的声音：鹰隼、大雕、黑颈鹤、戴胜鸟、地山雀、雪雀、啄木鸟、红尾鸲……不论是候鸟还是留鸟，凤头百灵把它们的叫声贯穿在一起，让人恍若走进了一个交响着各种鸣禽歌声的百鸟园。

后来，我从一个退休后侍弄鸟儿的老人那里知道，一只被养在鸟笼里的百灵鸟，有十三口，意思是需要叫出十三种不同动物的鸣叫声，例如猫叫、小狗叫等等——我难以想象一只百灵鸟去模仿猫狗的声音，那是多么无奈。那是一只已经远离了草原，失去了自由的百灵鸟在人类的驯服下的屈服与妥协，已经不是一只自由的野百灵在它的天地之间，由着自己的性子无遮无拦地肆意鸣唱的样子了。老人的话让我想起了一个曾经在我的家乡青海无人不知的“花儿”唱家，她从草原田野间自由随性地唱着“花儿”、拉伊走来，歌声里自然带着青稞野性的馨香和酥油奶茶特有的膻腥味儿。在那个电视还没有普及，网络更是一种谁也没有听说过是什么魔法幻术的时代，她的歌手通过广播，传遍了青海的草原田野。后来，她的声音从广播里消失了，那些每天期盼着听她在广播里“吼上两嗓子”的牧人和农民们不知道发生了什么，后来，大家才听说，因为她唱得好，国家把她送到了上海、北京，让她在那些地方的音乐学院里深造，让她唱得更好。后来她回来了，可是，那些牧人和农民发现，她已经不会唱歌儿了，歌声里的没有了青稞野性的馨香，也没有了酥油奶茶的膻腥味儿，就像被什么洗去了一样。于是，有一句来自民间的，对这位女歌手的评价便在我的家乡传开了：“唱家是好唱家，学上坏了！”

那只凤头百灵，还模仿了它的近亲——角百灵的叫声。牧人心里想，单单从鸣叫的本事去看，如果凤头百灵是一个在草原上声名远播的歌手，那么角百灵也只是一个小小的学舌者，凤头百灵大可不必去模仿它。

那时，我是草原上的一个小牧童，也像这个我虚构的牧人一样，经常听到凤头百灵婉转又悠长的歌唱，当我听到它像唱一首如今叫作“串烧”的歌曲一样，把许多鸟儿的鸣叫声串在一起，其中也有角百灵的声音时，我也会产生和牧人一样的想法。如今，经常看到电视节目里各种模仿秀，他们极力去学那些比他们有名的歌手的声音，甚至穿上一样的衣服，留着一样的发型，甚至不惜把自己的名字也改成与那位名人歌手接近的名字。看着他们，我也会想，比起他们来，百灵是一个名副其实的模仿高手，每一种鸟类的叫声，它都会惟妙惟肖地唱出来，但它从来不会改变自己，也不会只去模仿那些有名的鸣禽。它的歌声随性而又自由，它就那样其貌不扬而又我行我素地歌唱着，歌唱着它自己的精彩。

弟弟的角百灵

说到这些，我就会想起我的堂弟，他叫生来。在我小时候，他是我最好的玩伴，也是和我玩得最长久的一个人。那时候，我们几乎整天厮混在一起。初春的时候，我们到小牧村边缘的小溪旁去挖蕨麻（一种委陵菜属的植物）的块根。这是一种俗称“人参果”，味道极其鲜美的野生食材，在藏族餐桌上经常作为各种荤素菜品的配菜。那时候，我们就像是两个老到的农民，已经积累了丰富的挖蕨麻的经验，单凭目测，就知道哪些地方的蕨麻多、个头大。采挖蕨麻的季节，我们各自拿着一把镢头抑或一把小铁铲，在离村子不远的地方挖蕨麻，一挖就是一整天，一日三餐全部以挖得的蕨麻充饥，即挖即食，一直到太阳要落山时才赶回家里。记得我家隔壁，居住着一家牧民，依照当时的成分，他家是牧主，这个牧主分子幽默风趣，他分别为我和生来取了绰号。我叫“丹卡”，意思是泥嘴——那完全是挖蕨麻吃蕨麻的结果，而我堂弟生来叫“然久”，意思是蓄小辫子者，生来幼时多病，在他之前所生的孩子曾夭折，为了能够存活，幼时便让他留了辫子当女孩子养活——这是故乡的习俗。

等到了母牦牛产下牛犊，我和生来的活儿就是每天放牧小牛犊。看管小牛犊的，往往是家里的半大孩子。

牦牛生下牛犊开始产奶的季节，恰好也是草原上各种鸟儿产卵的季节。

我们共同喜欢的一个游戏，只属于生活在草原上的孩童，那就是在这个春末夏初季节，在草原上寻找鸟巢。我敢说，在寻找鸟巢这一点上，我们具有堪比鸟类专家一样丰富的经验——我曾经是青海一家媒体的记者，有一年初夏，我和几个同事前往青海湖南岸的江西沟草原采访，当我们的采访车路过一片盛开着棘豆花的草原时，我让开车的同事停下车来，我说：这里一定有鸟巢！车上所有的同行的都很意外地看着我，以为我是在信口胡说，想找个理由让车停下。当车停稳后，我走下车，走向那片草原，并很快在一簇棘豆花下，找到了一个鸟巢——在棘豆花的枝叶的遮掩下，用草原上常见的干枯的牧草搭建的圆形鸟巢，精致得一如人工所为，两枚鸟蛋安静地卧在鸟巢中，这是角百灵的鸟巢，也是在草原上最容易寻到的鸟巢。

我和我堂弟生来，每年到了草原上的各种鸟类，特别是那些留鸟产卵季节，便开始四处游荡，一边放牧，一边寻找鸟巢，我们找到的大多数鸟巢，便是角百灵的鸟巢。那时候，我们每个人会找到三四十个鸟巢，然后会在鸟巢附近做一个记号，我们会把记号做得看似不经意的样子，只有我们能够辨认，以免让其他人看到——在我的家乡，那些专事捕捉野狐狸或者其他小动物的猎户，也有人事先踩点，做好记号之后再去捕捉，我们生怕引起这些人的注意。做记号，还有一个原因，角百灵的鸟巢，搭建在草原上，所用的材料是就地取材的枯草，也就是说，他们利用大环境的色彩，完全把自己的鸟巢隐藏在了其间。美国自然主义作家约翰·巴勒斯曾经讲过一段故事：他和友人在牧场上发现一处刺歌鸟的鸟巢，却在走出三五步后“得而复失”，再也找不到了。“这个小小的整体，与整个牧场成功地融合成了一个整体。”他说。他对刺歌鸟鸟巢的描述，与我小时候经常见到的角百灵的鸟巢是何其相似，发现一处鸟巢，转眼间却再也找不到，这是我们少年时多次的经历。

约翰·巴勒斯在描述刺歌鸟的鸟巢时，用了诗歌一样精妙的语言：“辽阔隐藏了渺小。”他通过观察发现，刺歌鸟泰然把鸟巢建在辽阔牧场的中心，利用牧场上常见的枯草筑巢，小小的鸟巢就那样被草原遮掩，而它的雏鸟羽毛的颜色几乎也与枯草一模一样。刺歌鸟就这样凭借成功的伪装，把鸟巢建在一览无余的牧场。

小时候，我们从来不会拆毁发现的鸟巢，拿走鸟巢里的鸟蛋。这倒不是说，我们从小就具有环境保护或动物保护的理念。那时候，我们已经懂得大人们口中的杀生是一个可怕的词，也是一种可怕的行为，如果做了杀生的事，不单单是掠夺了那些弱小的生命，还被会殃及自己的生命、运势，给自己带来不好的命数。

那时候，我们发现了鸟巢，做好记号后，就会隔三岔五地来探望，直到鸟雀在刚刚搭建的鸟巢里产下鸟蛋，趴卧在鸟巢里一天天地孵化，直到有一天，一对儿，或者三只尚没有长出羽毛的，闭着眼睛的雏鸟破壳而出——我们把这样的雏鸟叫作“净肚郎娃娃”，这是一句青海汉语方言，原本指的是出生不久、没穿上衣服、还在襁褓里的婴儿。当雏鸟破壳而出，我们的探望就会频繁起来，几乎每天都会来看，俨然就是痴于野外观察的鸟类专家，直到雏鸟的羽毛一点点地丰满起来，直到它们慢慢庞大起来的身躯不能安放在小小的鸟巢里，直到它们的父母带着它们飞离鸟巢。

那时候，一年里的每一个季节我们都在忙碌着，捡牛粪、拾蘑菇，这些都是我们必须做而且也喜欢做的劳动项目。那时候，我们的玩具是劳动工具，而我们的游戏，就是劳动，寓“劳”于乐，我们就是这样成长起来的。

在这个游戏里，我和堂弟生来最喜欢的游戏内容，就是将各自发现的鸟巢指认给对方。这种时候，这种指认一般都是作为一种交换条件的。

那时候，堂弟生来家的生活条件比我家的好，他不时会有一颗水果糖或牛奶糖含在嘴里，我对此垂涎三尺，看着他因为嘴里含着糖而鼓起来的腮帮子，口水就会忍不住地流下来。有一次，我和生来正在放牧小牛犊，又看到他嘴里含了一颗糖，听到糖在他的口腔里愉快地滚动的咕咕声，我有些受不了，于是我给他说："生来，我领给你一个大百灵的雀儿窝，我抿一下你的糖。"

生来同意了，他从嘴里吐出已经被他含在嘴里变得很小的水果糖，递给我，说："那你抿一下。"

我立刻把嘴凑过去，接住了他伸到我眼前的水果糖。

抿，青海方言，指的是把食物含在嘴里，用舌头的味蕾感受食物的味道。那一天，我抿着生来塞到我嘴里的糖，那香甜的味道，似乎至今还留在我的舌尖上。

那时的我们，尚不知道贪婪，我抿着生来的水果糖，但也克制着自己，只抿了一会儿，便又吐出来还给了他。

作为抿了他的水果糖的报偿，我当然要履行要带他去看一个鸟巢的承诺，而这样的鸟巢，一般不会是角百灵的鸟巢，因为角百灵的鸟巢太常见了，而是一个不容易找到的鸟巢，一个在我看来比较重要的鸟巢，比如被我们叫作"大百灵"的蒙古百灵。

我的堂弟生来长大后，和他的母亲——我的伯母一直生活在青海海西。有一年，我去看望伯母，他一直陪着我，我们聊及小时候一起找鸟巢的事儿，说到动情处，他对我说："一定要再一起回到小时候居住过的草原找一次鸟巢。"他还笑着对我说："到时候我带上水果糖，给你抿！"

我们哈哈大笑着，便这样约定了。可是，就在那一年，他生病了，当时，我远在北京，听到他病重的消息，我放下正在忙碌的事情，从北京赶往青海。在首都机场等候飞机的时候，我心急如焚，悲痛难忍，一种难以发泄的情愫拥堵在心头，不知道如何释放。我便给刚刚认识不久的著名藏族歌手容中尔甲发去短信，诉说心里的悲痛。容中尔甲即刻回复我，说了许多安慰的话。自此，我和尔甲成为无话不说的挚友。

普天下的雌鸟

我对表现亲情的画面和文字没有一点儿抵抗力。春节前夕，央视做了一些公益广告，主题是家人团圆，一起过节。其中有一段广告是，正在急急等待着在外打工的妈妈归来的女孩儿，回头望向屋门时，刚好看到母亲推门走了进来，便高喊着“妈妈”，飞跑着迎上去扑进了妈妈怀里。还有一段，女儿要回家过年，不想飞机晚点了，便打电话告诉家里，吃年夜饭时不要等她。年夜饭的饺子上桌了，父亲却没去吃饺子，而是穿上棉衣走出家门，到路口去等女儿……因为是广告，不断滚动播出，我也是一遍遍地看，看了好几遍，但每次看到，我都会流出泪来，不能自已。

2017 年的夏天，我的家乡，青海湖畔的铁卜加草原一带曾经降下一场冰雹。大概是第二天吧，就有一个视频开始在微信朋友圈里不断转发。画面里，是一只已经死了的角百灵雌鸟，当镜头慢慢推近时，一只手伸进了画面，把角百灵雌鸟的身体扒拉了一下，就在那可怜的母亲的身体被扒拉开的瞬间，画面上出现了原本被它的身体所遮掩住的一个小小的鸟巢，鸟巢里是几只尚未长出羽毛的幼鸟，因为忽然有了动静，这些幼鸟就像是忽然醒过来了一样，个个伸长脖子，张大了嘴，把嘴高高地升向空中。它们饿了，饥饿地等待着父母衔来的吃食。天哪，它们还不知道，在冰雹来临的时候，它们的母亲扑向它们，用自己单薄的身体护住了它们，一直到冰雹把自己砸死，也没有挪动一下！此刻，母亲已经死了，而这些幼鸟却浑然不觉。当我看到这个画面，泪水一下子涌出了眼眶，再也不敢打开这个视频多看一遍。我不知道这些幼鸟的父亲，已经失去了妻子的那只雄鸟，会不会单独承担起抚养子女的义务，把这些幼鸟拉扯大，但依照角百灵的习性，雄鸟是会放弃对它们的养育的，这些可怜的幼鸟，最终也会随它们的母亲而去！如此一说，就觉着这只伟大的雌鸟死得不值。可是，当一个母亲，看到自己的孩子即将遭遇不测时，保护孩子，便是她本能的选择。这个世界上，也大概所有的母亲都会毫不犹豫地做出这样的选择吧！

普天下的雌鸟啊，普天下的母亲啊！

美国自然文学作家约翰·巴勒斯在他的一篇文字里描述了一种叫三声夜鹰的鸟儿，他描述这种鸟儿的一种“异常”行为：当作者靠近三声夜鹰的鸟巢时，受到惊扰的雏鸟跳跃了一下，接着便安静下来，闭上眼睛，完全不动了。“在这种场合下，那亲鸟做出疯狂的努力，试图把我从它自己的雏鸟那里骗走，它会飞出几步，匍匐地掉在地面上，抽搐着，犹如死了一样，有时还会震颤着它那伸挺的翅膀和俯卧的身体，同时它会敏锐地观察自己的诡计是否得逞，如果没有得逞，它会迅速恢复过来，在附近移往别处，试图一如既往地吸引我的注意力。当我跟随它，它就总是歇落在地面上，以一种骤然的特殊方式坠落下来。”美国作家梭罗在他著名的《瓦尔登湖》里描写了他在丛林里看到的山鹬一家：一只山鹬雌鸟带着它的几只幼鸟觅食，“母鸟发现了我，于是它从幼鸟身旁飞开，围着我周旋起来，越转越近，在四五米处，假装折翅瘸腿，诱使我注意，让它的孩子们趁机溜掉，那些幼鸟已经在它的计谋下跑出了池沼。”我小时候，在凤头百灵身上也看到同样的行为。我还记得我第一次看到这种情景时的样子。有一天，我和堂弟生来一起放牛，当我们把牛群集中起来统计数字时，发现少了一头，显然，又是我家那头白牦牛。那时候，我家里有一头腹部些微有些黑色的白牦牛，因为它与众不同，名字反而简单，就叫白牛。白牛不在牛群里，我和生来便去找它。正是盛夏季节，草原上的牧草长得很旺盛，我俩经过的地方，是一片高草区，一种被我们叫作“孜多”的纤维粗硬的牧草淹没到了我们的膝盖。当我们走到高草区的中心部位时，忽然，一只凤头百灵飞了起来，但它明显受了重伤，垂着头，耷拉着翅膀，只飞了几步远，便硬生生地掉落在地上，我和生来不约而同地去追它，就在我们就要靠近它的那一刻，它又重新起飞，但依然不能很好地飞翔，它吃力地扑棱着翅膀，飞了几步远，又落了下来。就这样，我们一直跟随它走出了高草区，它这才像伤势忽然痊愈了一样飞走了。我们回家后，就把路上的所见说给父亲，父亲听了说，遇到这种情况，说明凤头百灵的雏鸟就在附近，它是为了保护雏鸟才假装受伤的。果然，第二天，我和生来再次到那片高草区，那只凤头百灵重蹈覆辙，为我们上演了它身受重伤的骗术，我们也很快找到了它的鸟巢以及匍匐在鸟巢里的几只雏鸟。后来，我多次遇见同样的情况，亲鸟假装受伤的异常动作反而提示我去寻找它的鸟巢——几乎都能在它起飞的地方找到鸟巢或者它的雏鸟。那时候我就想，它的这一伎俩，可能会骗过那些以鸟为食的猫头鹰或者藏狐狸什么的，但对人类，反而会暴露目标。后来，我在电视里也看到过类似的画面，介绍一种同样有这种佯伤行为的鸟类，不是三声夜鹰，也不是凤头百灵，这种鸟儿被解说者称作是北美鹌鸟，但与我所知的鹌鸟却大相径庭，它便用这种行为，骗走了接近它的雏鸟的一头笨狼。后来我专门查阅资料，并根据资料判断，电视画面中那只亲鸟，那只勇敢可爱的妈妈，应该是斑麦鸡，它很像鹌鸟，但不是同一种鸟。

掩去身份的歌者

我发现，在我身边的人群中，大多数人对鸟儿是视而不见的，由此我判断，他们对其他事物，比如对野花也是同样的态度。我曾在我的微信朋友圈里发布一组蝴蝶的照片，标明这些蝴蝶都拍摄于我生活的城市西宁，有人看了便问我：西宁还有蝴蝶吗？看着这个坦然得没有一丝不好意思的问题，一下噎住了我。我想象，久居城市的人们走在路上的时候，目光之内只有路标与方向，行人和车流也只是路标与方向的另一部分，他们不会在意和他们生活在一起的还有许多鲜活的生命。这些人无法也懒得去分辨此鸟与彼鸟的不同，在他们眼里，所有飞过他们眼前，瞬间影响到了他们视线的鸟儿都是麻雀。美国自然文学作家约翰·巴勒斯也发现了这一点， 他说：“我想象大多数乡村男孩都认识泽鹰。”这句话所透露的信息是，只有在乡村这样一个更加接近大自然的所在，以及生活在这里的男孩这样一种对大自然还充满好奇的少年，才有可能认识野生鸟禽，即便是这样一个地方的这样一群人，我们也只能去想象他们对鸟儿的热情。书写了《沙乡年鉴》的美国作家奥尔多·利奥波德对这样的现象充满了意外和惊讶，他写道：“我曾经认识一位很有教养的女士，她佩戴着全美优等生荣誉学会的标志。她告诉我，她从没听过，也没见过，那些一年两次在她的阳光充足的房顶经过以昭示季节交替的雁群。”这位作家写到这个情景后，忍不住批评道：“难道，用意识换取只有些许价值的东西的过程就是所谓教育吗？若是这样，那大雁用意识换取的，不过只是一堆羽毛罢了。”

约翰·巴勒斯曾经流连忘返于哈得孙河流域，与那里的鸟儿们生活在一起。他沉迷于各种鸟儿们婉转悦耳的鸣唱之中，用深情的文字描绘了那些鸟儿们的鸣叫声。他试图用文字去描写声音，让人们通过阅读这种视觉的手段去抵达听觉所能享受到的美妙。他发现了这其中的艰难，他也发现“造物主拒绝把所有亮丽的色彩赋予它们，相反却把美妙而悠扬的嗓音赋予它们”。他用这句话描述了白喉带鹀、雀鹀等像他一样徘徊于哈得孙河畔的鸟儿们。而他的这句话放在我家乡的百灵鸟——凤头百灵、蒙古百灵、短趾百灵、云雀等身上，却也是那样的恰如其分。几乎所有的百灵鸟都其貌不扬：头部带有装饰效果的白色条纹，腹部基本是白色，作为鸟类最为重要的翅羽和背部颜色则是含混不清的棕褐色和黑色间杂的斑纹，喙和双爪是暗淡的灰黑色和棕褐色。记得我曾在微信朋友圈发布我在家乡的小寺院尕日拉寺附近拍到的百灵鸟图片，便有一位作家朋友表达了他的失望。“这就是百灵鸟啊？好失望，或许这就是人生吧！”他留言说，并附上了三个哭泣着的小人儿的表情。看着他的留言，我心里也微微有些失望，我的失望来自他以及和他一样的人们对百灵鸟的浅显认知，我知道，我是无法表达我对百灵鸟的热爱，并把我的热爱传染给他的，抑或说，我无法让他明白：我对百灵鸟歌声的迷恋，使我已经对它的体形颜色忽略不计了。好在，他的情绪，并不会减损我对百灵鸟的热爱的一丝一毫。

其实，其貌不扬是百灵鸟出奇制胜的防弹衣，它就是凭借着它的其貌不扬——平庸的鸟巢、混杂的羽毛，保护着自己，保护着自己的雏鸟，保护着自己的后代。

还不仅仅如此。

百灵鸟善歌，它的雏鸟却是不发出声音的——雏鸟还没有长出羽毛之前，它们的眼睛也还没有睁开——感知这个世界，它们是全凭着耳朵的。记得小时候，当我们每每从一处孵出了雏鸟的角百灵的鸟巢旁走过，听到声音的雏鸟便以为是它们的父母为它们衔来了食物，便纷纷昂起脑袋，张大了嫩黄的喙，单等着父母把食物放入它们的喙中。看到这个情景，年少的我们便觉得非常可笑，不由扯开嘴大笑起来。角百灵雏鸟的喙似乎与它们的身体失去了协调，每当它们的喙大大张开的时候，整个脑袋似乎就剩下了一张嘴，而脑袋部分几乎是整个身体的二分之一。人们形容一个人嘴张得很大，就说这个人一张嘴能看见他的嗓子眼儿，这句话放在角百灵雏鸟的身上，一点儿也不夸张，真的可以一览无余地看到它们的嗓子眼儿。它们的嗓子眼儿虽然很大，但它们发出的声音却很小。当它们确认来者不是它们的父母的时候，便再也不发出任何声音了，高昂着的脑袋也会耷拉下去，不再有任何动作，只能看到它们频繁快速的呼吸让它们的身体微微震颤。那时候虽然已经注意到这一现象，却从来没去考虑过其中的原因。一次闲读美国自然主义作家约翰·巴勒斯的文字，才恍然大悟。约翰·巴勒斯在他的文字里说：在隐蔽处或者围起来的地方筑巢的鸟类的雏鸟，像啄木鸟、莺鹪鹩、金翅啄木鸟、黄鹂的雏鸟发出的叽叽喳喳的啁啾声，与大多数在开阔地和暴露之处筑巢的鸟类的雏鸟的沉默形成了鲜明的对比。约翰·巴勒斯认为，这是那些生存危险系数相对较高的鸟类的一种天生的自我保护意识。是啊，在这种物竞天择的自然法则面前，即便是有着“草原歌唱家”之誉的百灵鸟，在它们的雏鸟时代也选择了噤声，把鸣叫和喧闹留给了那些筑巢在隐蔽和相对安全的地方的鸟儿们。

所以，百灵鸟，还留给了自己一个其貌不扬的童年。

我忽然间明白，百灵鸟，这些精灵，它们小时候不歌唱，恰是为了长大后更加自由、更加纵情地歌唱。为了这个目标，它们从搭建自己的鸟巢之初，便开始了准备，这是一个长久而又缜密的准备——它们把自己小小的鸟巢隐藏在广大的辽阔之中，让自己有更多活下来的空间，它们以不会唱歌的小时候，让有的人永远也发现不了它们的歌唱天分，它们还用含混不清的毛色，让自己永远躲在“草原歌唱家”这样的称誉之后，就像是一个深藏不露的世外高人，以褴褛的布衣以及脸上肮脏的灰土掩盖自己的高贵，但内心却装满了不容侵犯的尊严。

他乡故知是麻雀

家雀与树雀

早在一百多年前，瑞士博物学家、作家欧仁·朗贝尔就认真细致地观察和描述了麻雀这种小鸟，当他用精准生动的文字让那些家麻雀和树麻雀们跃然纸上的时候，有一个问题也一直纠结在他的心里，让他好奇又疑惑，那就是：这些麻雀来自哪里？这是一个基于科学意义的思索，因为如今的麻雀——不论是家麻雀还是树麻雀，早已经和人类“休戚与共”了——它们的鸟巢搭建在人类居住的屋檐下或墙角里，甚至建造鸟巢的材料也来自人类生活的一些废弃物，有时，纸屑或塑料碎片也成了枯草、兽毛这些“原始建筑材料”的替代品，它们的食物，也大多是人类食物的碎屑。但是在这之前呢？欧仁·朗贝尔试图通过观察发现隐藏在麻雀身上的这些久远往事，他发现，那些家麻雀有时也喜欢在一棵大树的枝叶间过夜，于是他猜测："这是不是对原始本能的最后一丝保留？"但欧仁·朗贝尔知道，这也仅仅是他的一时猜测而已，在他看来，这是一个"无法通过特定的科学知晓，没有任何资料可供查询"的疑案，但他确信，麻雀们"不是人类创造的，而是在人类之前就独自生存的"，它们喜欢在"最繁忙都市的市场大厅或尘土飞扬的街区安营扎寨"，是在相当长的时间内，经过好多个世纪，一步步发展到这一步的。他说："麻雀喜欢寄生在人类房屋的这种习性只能解释为它逐步适应了我们住所周边环境提供给它的生存条件。"

虽然这是一个无法找到实据的疑案，但欧仁·朗贝尔始终没有停息他的思索和探寻，他发现，如果把家麻雀和树麻雀放在一起比较，它们之间行为举止有着很大的不同，家麻雀越来越喜欢人口稠密的街区，而树麻雀则更喜欢停留在人类生活区域与自然草木的边缘地带，他形象地比喻说，家麻雀是"城市化的麻雀"，而树麻雀则是"农民化的麻雀"。欧仁·朗贝尔还发现，伴随着人类生存环境的不断城市化——这在如今的我国更为突出——树麻雀，这个家麻雀的乡村表亲，也从农村走向市郊，再从市郊走向城里了。他对这种趋势还是心存忧虑的，他用警醒的语言对树麻雀说："树麻雀，我的朋友，小心啊！你正在步你兄弟的后尘！"

其实，家麻雀和树麻雀的区分，始于 1758 年，由瑞典博物学家卡尔·冯·林奈命名。被叫作"家麻雀"的是一种在欧洲常见的麻雀，它们早已习惯生活在城市，它们的鸟巢就搭建在城市的高楼之上——工厂、商城的那些钢筋水泥结构的缝隙和凹槽成了它们的理想居所；被叫作“树麻雀”的，则是一种在欧洲的城乡交界地带常见的麻雀，它们大多以群体的方式觅食，喜欢飞落在树木上，在树木的枝叶间嘈杂而喧闹地鸣唱。这也是欧仁·朗贝尔把它们形容为城市化与农民化的原因。在我国常见的麻雀——即便是混迹于城市的高楼街道，飞翔于车流与人流穿梭不停的马路市井上空的，其实还是树麻雀。

即便如此，这种“城乡差别”，也体现在同类麻雀的内部。

有一次，我去了青海省海南藏族自治州州府所在地恰卜恰镇，在一个小区的绿化带里拍到了一群正在觅食的麻雀。抑或是城镇的麻雀原本就没有城市里的机灵——就像分别居住在城乡的人类一样；抑或是这样一座城市，这样一群以秉持不杀生理念的人们宠坏了它们，它们一点也没被我的相机镜头所惊吓。我在离它们三五步远的地方拍下了憨态可掬的它们，因为它们对我没有任何戒备，照片上的它们因此显得清晰而灵动。我把照片发布在微信朋友圈，并没有说明拍摄地，但还是有人一眼就看出来了——青海著名撒拉族诗人马丁在朋友圈留言说：从麻雀洁净的羽毛上可以判断，它们不是西宁的麻雀。

是的，走在西宁的街道上，也经常会看到麻雀，但这些麻雀身上却黑乎乎的。我也曾注意到过别的城市里的麻雀，它们同样难免沾染上一身黑乎乎的东西，几乎看不清羽毛的颜色。每每看到它们，我就会想：这些可怜的精灵，在这一座座貌似光鲜的城市里，正在遭受怎样的难堪和无奈？它们的夜晚，是在怎样一个地方度过的呢？让它们都不能打理干净身上的羽毛！它们在这一座座似乎对大自然原本的相貌进行着强势改造的城市里，在钢筋水泥筑就的高楼大厦的缝隙里飞翔或蜗居，在被人类依照其喜好和审美严格规划和改造过的绿地上觅食，因为不断有人要走近它们，它们不得不一边忙碌，一边警觉地盯着来往的人群，不断地飞起，落下，再飞起，再落下，几乎没有一刻的空闲和安宁。

相对于城市里的麻雀，乡镇以及乡镇以下村舍里的麻雀似乎更安然自得一些，至少，它们的外套——那一身棕色和黑色间杂的羽毛，要比城市麻雀干净许多，能看出本来面目，这甚至成了它们与城市麻雀区分开来的，可以引以为豪的外在标志。

但城市里的麻雀依然要选择城市，接受不断向它们迈进的城市化进程。这是对事物发展规律的一种妥协或认同吗？但小小的麻雀，却又保持着它从不改变的个性：几乎所有的麻雀都生活在有人群的地方，但几乎所有的麻雀都拒绝了人类，拒绝了人类对它们可能的饲养。即便是一只刚刚学会飞翔的麻雀雏鸟，它们同样会拒绝人类给它们的“嗟来之食”，一旦被捉，它们就会绝食，直至把自己饿死。有资料说，麻雀被捉后，在陌生的环境里，它的肾上腺素会急剧增加，心跳加快，血压升高，身体会因此分泌毒素，毒死自己。小时候，我们曾捉到翅羽未丰的麻雀雏鸟，试图饲养，但即便是给它最爱吃的青稞种子或者柔软油腻的毛毛虫，给它用绵软的羊毛搭巢，比它曾经的那个用枯草和碎毛搭建的巢好好几倍，它也会视而不见，悲凉地鸣叫着，一副视死如归的决绝样子。

欧仁·朗贝尔对麻雀的这种不屈服的倔强充满了赞赏，他说：“家麻雀是一种参与人类生活，但丝毫未被同化的鸟。我们关于它能说的全部内容都基于这一点。”他甚至用一种充满羡慕的口吻说：“它是它自己。”

不论是麻雀还是我们，心里都应该留恋着曾经的故园，葆有一份与我们的历史过往紧密关联，也与我们的未来梦想紧密相关的悠悠乡愁。

画鸟与飞鸟

对鸟类的不断观察，使得我对它们有了一定的认知，许多常见的鸟儿，我已经能够从它们的体态、羽毛颜色及其他一些特征上很快认出来。辨识鸟类甚至成了我的一种习惯和乐趣，不论是在实际环境中看到一种鸟，抑或是在画面中——电视屏幕、图片、美术作品中看到鸟类的形象，我都会调集我有关鸟类的知识和记忆，去辨认它们。我发现，出现在许多画家笔下的鸟，特别是出现在国画中的鸟时常表现得含混不清，不知道是什么鸟儿。在我的微信朋友圈里有几位画功不错的作家，他们时常画一些鸟儿在纸上，发布出来，养成了辨识鸟类习惯的我便去仔细辨认画中的鸟类，却往往一头雾水，找不到现实鸟类与画中鸟儿的对应关系。百度及一些电脑软件有了图片搜索辨识功能后，我也时常把这些画作中的鸟儿置于搜索引擎中，发现这类软件与我一样一头雾水。

曾经读阿来的《草木的理想国》一书，书中写及梅花时，有这样一段话：“咏花而不见花，这是中国文学甚至中国文化中的一种‘不及物’的态度使然。所以，中国人可以没有观察过梅花而作梅花画，写梅花诗。”于是我恍然大悟：国画中的鸟儿们，其实也是“不及物”的，只是一种写意手法的表达而已。

很多次，我在网上，在我的微信朋友圈里发布一些好不容易拍到的野生雀的照片，有人就会问：这跟麻雀有什么区别呢？或者直接说：这不是麻雀吗？在我看来，这些野生雀与麻雀截然不同，照当下的话来说，是辨识度极高的，那么，这些朋友为什么会认不出来？为什么会混淆呢？

或许，中国文化中的这种“不及物”的态度，也使得部分国人在观察事物时，总是忽略事物的个性而只看到它们的共性，这也是他们不会区分麻雀与其他鸟儿区别的原因。

我曾和几位来自草原的藏族歌手谈及我正在书写一些关于鸟儿的文字，他们听了便表现出浓厚的兴趣，给我讲述了许多有关鸟儿的见闻。此后，他们每到一个地方，发现好看的鸟儿，便会尽量拍照片发给我；看到电视里播放有关鸟类的纪录片，也会打电话或发微信告诉我。仅凭着图片，他们就可以说出许多草原上的鸟儿的名字，也从不会混淆不同的鸟类。

于是，我也在想，城市里的诸多规则，使得人们与麻雀——那些与城市规则形成对立的自由与不屈的精灵越来越疏远，这自不必说，即便是农耕文明的发展，也使得许多事物不断地趋于同化，像不断耕种的麦田一样，规范和整体划一成为农民们对事物的认知方式，而忽视了去区分事物的个体差异。而游牧文化的随性和自然，则更多地强调了事物的异质性，在众多相同事物中发现其不同的所在，这可能还是游牧文化的一个特点。这让我想起一件往事。一位出身内地的电视编导，拍摄制作了一部有关草原牧民的电视纪录片，其中有一组画面，说的是两个牧民家的羊群合群了，这两个牧民正在把各自的羊群分开。这位编导便理所当然地认为，羊群合群，难以区分，两个牧民便以各自家庭拥有羊群的数量为依据，大致把羊群分成了两群，并如此写进了解说词里。其实，小时候曾经是一个牧童的我很清楚，在任何一个牧民眼里，每一只羊都是独特的，就像他家里人以及和他认识的人一样，每一只羊都有一张独特的面孔，甚至都有各自的名字。区分合群的羊群，对他们来说易如反掌。

由此我也相信，长大在草原的孩子，一定能够区分出各种鸟雀的不同，甚至会注意到每一种鸟儿的辨识特征，因为，那些在田野或草原上筑巢、觅食，飞翔在大地上的鸟儿们，对他们来说，就是他们的玩伴儿。记得我小时候，赶着牛羊在草原上放牧，偌大一片地方，除了牛羊，就只有我一个人。我躺在草原上，看着远山的天际悄然变换着模样的云朵，看着铺泻在草原上赤橙黄绿的野花，我不由地会开口和它们说话，我问云朵："你要去哪儿呢？"我又问一朵野花："你高兴什么呢？"这时候，一只鸟从我的眼前飞过，它的翅影立刻吸引了我的目光，把我的视线吸引到了它的身上——比起云朵和野花，它更具有生命的动感，于是，我站起来，朝着方才小鸟飞过的地方追了几步，大声朝它喊起来："你这么急急忙忙的，是要去聚会吗？”我至今记得，我看着云朵、野花还有小鸟的目光是那样的专注——如果那只小鸟恰好是落在我的不远处，我会仔细地观察它的每一个部位，它的头、眼睛、爪爪、尾巴，当然还有羽毛——看羽毛的颜色。也许就是这样，使得我从小就有了堪比自然博物学家的观察能力。

而那些在城市长大的孩子，从小就受到了一种共性意义上的规范训练，对于事物的记忆，也更趋于数字化或概念化，比如街道的位置与走向等，认知与区分事物个体形象、特色的天性反而可能在这个过程中被泯灭了。他们有很多的玩伴，他们更是有各种各样的玩具，有时候我也在想，或许就是那些玩具，剥夺了他们观察世界的目光，使得他们的目光停留在玩具之上，忽略了周边的世界。世界便以不与他们交往的决绝，把陌生的一面展现给了他们。

我也认为，中国的家庭教育注重足不出户的阅读和学习，却常忽视了自然课的教授，这大概也是大多城乡长大的孩子“不及物”的一个原因。我发现，我周边不少朋友，几乎把所有鸟儿都叫作麻雀，特别是雀形目的鸟儿，在他们眼里，那一定是麻雀。

“我的眼睛被委以发现它们的重任。”美国著名自然文学作家约翰·巴勒斯如此说过。同样，作为一个热爱自然、热爱鸟类者，我依然拥有一双牧童的眼睛。尽管，每一种鸟儿大体一样，就像是一首青海方言行酒令中所描述的那样：

一只鸟儿一个头，
两只眼睛明啾啾，

两只爪爪扒墙头，
一只尾巴在后头。

但在我眼里，我能发现每一只鸟都是一个独立而与众不同的个体。

候鸟与留鸟

人类依据鸟类的生活习性，对鸟类做了一个基本分类：候鸟与留鸟。

“燕雀安知鸿鹄之志”，这句话典出《史记·陈涉世家》，意思是燕雀怎么能知道鸿鹄的远大志向，比喻平凡的人怎么知道胸怀理想的人物的志向。《庄子·内篇·逍遥游》则通过一个故事，讲述了“鸿鹄”与“燕雀”对彼此的不屑和不解。其实，这里所涉及的几种鸟类——鸿鹄，据说是指属于近亲关系的大雁与天鹅，而燕雀，则指一种雀科鸟类或者是燕子与麻雀，将“鸿鹄”与“燕雀”相对应，其实就是把候鸟与留鸟对应起来了——尽管候鸟与留鸟，从鸟类的习性来说，不是一个完全相对的概念。作为候鸟，迁徙是它们的习惯，它们必须依据季节和时间飞向远方，而作为留鸟，留守故园，才是它们所要坚持的。对于这一点，瑞典作家欧仁·朗贝尔却直接站在了“燕雀”的立场上。他以一种欣赏的笔调这样描述了家麻雀：它厌恶孤独，对迁徙也没一点儿兴趣，甚至散步对它来说都是庸俗的乐趣。它有自己的社区、自己的街道、自己的席位，这才是它的舞台，绝不远离。

2018年5月5日，全球观鸟日，青海湖管理局的官方网站发布了一个有关青海湖鸟类的帖子，朋友转发给我，我浏览下来，发现尽数都是候鸟——其实，将候鸟指认为属于某个地方的鸟，原本就是一种错误。但在青海，这似乎是一种现象，许多摄影爱好者，他们所拍摄的，大多也是候鸟，对当地的许多留鸟却视而不见。也许，恰是因为青海湖畔有一座鸟岛，原本也是青海旅游的“招牌菜”，为了让这里的鸟儿获得生态文明建设的更多的呵护，如今已宣布关闭。那是每年春夏季节许多候鸟来栖息、产卵、哺育幼鸟的地方，人们对它的关注程度过高，也凸显了对更多种类的留鸟的忽视。我也发现，候鸟作为各地容易得见的鸟类，有关它们的资料很多，但关于留鸟，特别是像环青海湖地区这样的偏远地带，生活在这里的留鸟就很少有人问津了，有关它们的资料也就少之又少。我曾在一篇文字里写下这样一段话：如果把青海湖鸟岛上的候鸟比作游客，那么，金银滩草原上的这些留鸟，就是世居当地的“土著”，对于它们的休养生息，我们不仅要关注“游客”，更要关注“土著”。

环青海湖地区是藏族情歌拉伊的主要流传区域，这种情歌时常以杜鹃鸟——候鸟，百灵鸟——留鸟为起兴意象，抒发热意男女之间走与留、守与散、等待与重逢等时刻的情感与心绪，委婉动听，直指人心。依照这种比喻，那么，“鸿鹄”与“燕雀”也不必非得是一种彼此不屑与不解的对立关系，彼此间或许还可以心怀一种凄美的思念与悲欢。

“要么读书，要么旅行，身体和灵魂总有一个在路上。”这是时下极为流行的一句“鸡汤”。有关这句“鸡汤”的出处，还出现了不同的说法与争议。其实，这句话说的还是去与留的关系，只是用一句“在路上”偷换了概念，把去与留都归结成了一种行走方式。而与这句话相对应的，也是时下一种流行的生活态度，那就是“宅”，由此还出现了一种“新人类”，叫“宅男”“宅女”。这种生活态度，似乎是对“在路上”的行走方式的一种对抗，强调了“留”的重要性。这两种完全相对的表述，也反映了当下人们面对自身“压力山大”、复杂浮躁的生活的一种矛盾心理。实际上，正如“鸿鹄”与“燕雀”，“去与留”只是不同的人群各自不同的生活方式，没有孰对孰错，就像我们不能以候鸟的迁徙而去指责留鸟的守候，反之也是。

麻雀，这小巧的留鸟，把远方留给了那些“鸿鹄”，留给了候鸟，自己心安理得地留了下来。留下来，每天和人类“厮混”在一起。“厮混”在人类生活的地方，这些麻雀也就沾染上了一种属于人类的烟火气——当它们不再觅食，也不用去飞翔的时候，就聚集在一棵树上或者一片草地上，高声喧闹，嘈杂不止，恰似人们在商场、车站等公共场所的一种状态，我行我素地张扬出了一种世俗的味道。

一百多年前，一位遁世修行的藏族喇嘛洛桑夏智嘉措敏锐地从麻雀身上嗅到了这种世俗的味道，于是，他写下了一篇文字。

麻雀，藏语叫作“启哇”，但大多数人会把它叫作“希德”或“青希”，意思是小鸟或家雀，很少有人知道，它还有个名字叫“嘎兰达嘎”。这位喇嘛曾写下一篇题为《答嘎兰达嘎问》的文字，据说是一篇韵文和散文间杂的文体，但已成佚卷，后人根据老人的记忆，记录下了这篇文字的诗歌部分。这是一首以藏文三十个字母起头的藏头诗，全诗以诙谐幽默的语言描写了一个在密林深处修行的僧人和一只麻雀间的对话，话题涉及入世与出家、静修与喧闹、贪婪与知足等，妙趣横生，令人忍俊不禁。

我的朋友喜欢行走，而我喜欢“宅”着。我们的状态，恰以“鸿鹄”与“燕雀”，但我们从不会彼此不屑或不解，反而很欣赏对方。近日朋友去了新西兰，她知道我喜欢鸟儿，便拍了生活在那里的许多鸟儿发给我——那里的鸟儿受到人们充分的尊重和保护，对人类已经没有太多的防备，朋友用手机就拍到了许多美丽的鸟儿。显然，这些鸟儿超出了我的认知范围，大多数鸟儿，我从未见过。出于好奇，我问她，见没见到麻雀，她说她留意。没过几日，她便发来了她在毛利人居住区拍到的麻雀。还告诉我，她早上醒来，听到了麻雀的鸣叫声，觉得是那样的熟悉和亲切。她的话，也让我回忆起我在四处行走时与麻雀的一次次相遇。

我不知道，是不是每一个地方的麻雀——不论家麻雀或树麻雀，以及其他的麻雀——都有着各自相同的长相和鸣叫，就我有限的游历来看，我是肯定这一点的。有时出差在外，清晨醒来，听到窗外麻雀叽叽喳喳的叫声——就像我的朋友一样——就会有一种恍若躺在家乡老屋熟悉的床榻上的亲切感。而每每看到在交错的高楼和被纵横的电线切割成碎片的城市的天空里从容飞过的麻雀，抑或是飞落在乡村的屋檐下以及在草原帐篷的缆绳上的麻雀，我也会一眼认出它熟悉的身影，它完全是在家乡看到过的模样，仿佛它从我的家乡刚刚飞来，抑或，一直在这里等我，在那座别人的城市，别人的天野牧场，让我在那陌生的地方，感受到一种熟悉，消解如我一样流落他乡的人们心里的孤独和乡愁。

他乡遇故知，被说成是人生一大快事。但很多时候，这是可遇而不可求的。但见着麻雀却是个例外，只要你用心，在别人的地方，你一定会看到就像是从自己家乡飞来的麻雀，听到它们熟悉的啁啾的鸣唱。

所以，他乡故知是麻雀。

一朵格桑

粉红色大地

早年我曾经写过一篇小说，题目叫《水晶晶花》，发表在《中国作家》杂志上。后被当年的花城版《中国短篇小说年选》选载。在这篇小说的开头，我描述了一种被青海当地人称之为“水晶晶花”的野花，我是这样写的：

一个月前吧，在央珍（女主人公）家帐篷门前的那片沼泽地里，水晶晶花开成了片，把整个沼泽地包容在了一片粉红色之中，远远看去，好似一片朦胧的粉红色云雾铺泻在沼泽地上，吞噬了大片的绿色。走向那完全篡改了草原本色的粉红色云雾，让人会有一种眩晕感。央珍喜欢这种眩晕感。

每天，她把牛羊群赶到查美河边的草滩上，当羊们此起彼伏的咩叫声渐渐平息，开始专心致志地享用带着露珠的青草的时候，她就向那片沼泽地走去。她放轻脚步，向那片粉红色的云雾慢慢靠近，似是害怕会惊扰了它们一样。但水晶晶花们还是会在她向它们试图靠近的第一时间发现她，即刻以一种汹涌的态势向她逼近，除非她停下脚步。而央珍也会每走几步就停下来的，这时候，她就会发现水晶晶花们也会惊悚地停下来，迅速做出一副若无其事的样子，轻盈地随风抖动着，什么事儿也没发生一样。央珍有意不捅破它们这小儿科样的伎俩，假装着什么也没看见，继续迈开步子往前走去，水晶晶花们即刻收起它们若无其事的表情，即刻与央珍相向而行。央珍就这样沉醉在这种与水晶晶花之间的默契的游戏之中，沉醉在不断向自己涌来的眩晕中，直到她走进花丛，把自己淹没在这粉红色的云雾中，再从花丛里一步步走出去，让粉红色的云雾在她的身后翻卷起伏。

我用这样一整段的篇幅，写下了春夏之交在草原上汹涌盛开的水晶晶花们的样子，这种看上去显得有些羸弱的粉红色小花，总是大片大片地盛开着，每每看到它们，我就会想起在草原上一种集群生活的鸟儿——高山岭雀，到了秋冬季节，它们便成群结队地飞翔、觅食，形成浩荡之势，每一群都有成百上千只。藏族把这种鸟儿叫作“玛喜”，意思是兵鸟——像士兵一样集结、行动的鸟。水晶晶花也是这样，小时候，我就认为它们是野花里的“玛喜”。在这段文字里，那个忽走忽停与水晶晶花嬉戏玩耍的女主人公央珍，其实就是我儿时的样子，那时候，我经常和水晶晶花们玩儿这个游戏。

我的家乡铁卜加，是青海湖西岸的一片广袤草原，海拔3000~3500米，高寒，没有明显的四季。在儿时的记忆里，漫长的冬日总是统领着这片土地，而短暂的夏天，则显得那样珍贵，几乎每一天都成了内心深处的记忆。

那时候，我大概不到10岁的样子，几乎每天都在寻觅着夏天。那时候，我并不知道夏天什么时候到来，但我却知道，在那些向阳背风的地方，还有那些阳光充足的河岸，只要看到率先冒出的稚嫩的草芽，就证明草原的夏天就要来了。走在去往放牧的路上，我会特别留意这样的地方，每每走近一处墙角，或者是一片洼地，我便会特意走过去看看，看有没有草芽冒出来。有时候我还会蹲下身来，用手拨去地面上的浮土，仔细地寻找哪怕是针尖儿大小的一点点浅绿。而多半时候，我总是失望地站起身来的——浮土之下，是被寒冰板结了的土地，指尖触到它们的瞬间，甚至会有一种触电一样微微的疼痛。现在想来，我多半是弄错了季节，弄错了时间。也许，时间正在走向深冬，而我却南辕北辙，在执拗地寻找着夏天的踪迹。

我说，夏季的每一天都是记忆，许多人会认为这是有意夸大了的说法，其实不单单是我，对那些野生花卉，对那些鸟儿来说，夏季的每一天同样是它们的记忆——恰是因为夏天的短暂，它们需要抓紧每一天的时间，让自己完成之所以为生物的一次旅程——那些野花，当它们稚嫩的花叶开始舒展，便惦记着自己要在夏季结束之前让自己的花籽成熟、散落。于是，它们便数着夏季的每一天，甚至每一天里的每一个时辰，因为，从花叶初展到花籽成熟，它们还需要走完许多环节，只有抓紧时间，用好夏天的每一刻时光，才有可能让自己实现一次来到这个世上的生命价值。而那些鸟儿，它们在生命演化过程中已经逐渐适应了这里的气候，从谈情说爱、发情、建立家庭、筑巢到产卵、孵化……每一个过程需要几天、几个时辰都是精确计算好了的，些微的错过或疏忽都意味着它们不能哺育出自己的后代。它们往往在夏天临近的时候便提前进入状态，然后把高原短暂的夏天切割成一个个精准的时间片段，让哺育下一代的每一天都变得忙碌而美好。

每年的五月，是母牦牛刚刚产下小牛犊的季节，被誉为“人参果”的蕨麻已经让自己的块根饱满、成熟，单等着冰雪尚未完全消融的草地再复苏一些，便将自己的柔嫩的枝叶窜出土地，没过几天，就长出几片锯齿状的叶片，紧接着，那几片叶片便会托举起一二朵金黄色的小花。在它们要急着完成这一过程的时候，我们便像是与它们比赛一样开始采挖它们的块根，因为随着蕨麻叶子露出地面，它的块根会把它所有的营养提供给枝叶，让自己慢慢萎缩下去，只剩下瘦瘦的皮囊。草原上的角百灵、蒙古百灵、凤头百灵、小云雀等似乎便是从母牦牛抑或是从委陵菜属的蕨麻那里得到了启示，把它们产卵的季节也安排在了这个时间。

在这个季节，我的任务便是放牧小牛犊——它们刚刚学会吃草，但牦牛妈妈的牛奶才是它们最为需要和惦记的。作为牧童，我乐意这样的劳作，因为，我每天盼望的夏天已经到来，我每天都能看到野花的绽放，在那些花草茂盛的地方，偶尔还能找到鸟儿们的巢穴。

在这个季节，最早盛开的，除了蒲公英，就是水晶晶花。

草原上的蒲公英，虽然敢在春夏之交料峭的风里抢先开放，但它又是乖巧的，它让它的花叶贴地生长，完全淹没在逐渐茂密起来的草丛之中，待到积蓄了一定的力量，而春寒也慢慢退去之时，便从莲花状的花叶正中升出一支细细的花茎，悄然托举起一枚恰似菊花的金黄色花冠，使得原本因为浅淡而缺少生气的春草一下子变得活泼起来。

蒲公英似乎喜欢“单打独斗”，它们总是独立地站在一片刚刚泛绿的草原上，就像一盏盏小小的酥油灯，远远地闪耀着。它们开得早，成熟得也早，就在水晶晶花以浩荡的粉红色一片片地吞噬起青草们好不容易营造出来的一片片绿色的时候，蒲公英，那一盏盏酥油灯就像是燃尽了生命一样，金黄的花瓣一瓣瓣凋谢，眼看着就要枯萎了，而此时，它们其实开始了它们的二次生命。不几天，失却了花瓣的花萼慢慢鼓胀起来，像变魔术一样，圆圆白白的绒球从花萼上蓬松开来——这才是它们的追求，这时候它们不再怕风，反而渴望着风向它们吹来。那绒球其实是一个个袖珍的降落伞簇拥在一起形成的，每一个降落伞上都挂着一粒小小的种子，也像一个个袖珍的伞兵，只要风吹来，这一个个降落伞就会带着它们的“伞兵”飞向任何一个地方。它们甚至渴望一张嘴唇，噘起来，把一口气吹向它们，那一个个降落伞也会乘势起飞，去寻找一个可以降落的地方，让那小小的嘴唇也颇有成就感。这个吹绒球的行为成了草原上许多人孩提时代一种乐此不疲的游戏。

蒲公英因为有了二次生命，所以它们显得坦然，三三两两散落在草原上，先是金黄的花，继而是洁白的绒球，如果不熟悉它们的生长规律，似乎想不到二者之间微妙的关联。而水晶晶花不同于蒲公英的，便是它们的集群行为。或许，所有羸弱的群体都懂得“团结就是力量”的道理，因为团结，它们反而有了一种强势，在乍暖还寒的草原春夏季节，敢于迎接这季节的美好的，不是其他野生花卉，反而是它们。青海人口中的水晶晶花，学名粉报春，在青藏高原有好几种：西藏粉报春、雅江粉报春、束花粉报春、苞芽粉报春、薄叶粉报春等等。在我的家乡常见的，是束花粉报春。束花粉报春在藏语里的名字是“野摩塘”，而这一名字，曾经是广大安多藏族地区的古地名。以一种花儿的名字，命名一片广大的土地，可以想象，历史上的安多大地，这片以环青海湖草原为中心，辐射到甘肃甘南、四川阿坝以远的广大山水，曾经被这种喜欢密集生长的粉红色野花所侵吞，把整个大地渲染成了一片粉红色。水晶晶花就是以高山岭雀一样集群的力量和势头，拥有了这片春天的大地。

一朵格桑

巧合的是，就在发表了我的小说《水晶晶花》的同期《中国作家》杂志上，也发表了我非常敬重的阿来老师的一篇散文，题目叫《带着“落花”回家》，文中还提到了我。

在写下这篇文字之前，阿来老师首先看到了一种叫波斯菊的花儿在西藏四处盛开的浩荡之势：

最引人注目的是差不多有人烟处就必可见到的波斯菊，不仅开在拉萨罗布林卡，开在江孜白居寺，日喀则扎什伦布寺，就是车行路上，路边出现一丛丛艳丽的波斯菊时，就知道，又一个村庄要出现了。

这样的现象让他感到意外又新奇，他想厘清这种花卉的来龙去脉，便带着一种求真解惑的执着，开始了他的寻访，并循着不断问询和查阅资料，他一步步逼近真相，并一点点打开了真相。

他为我们讲述了这样一个故事：

一百多年前，英国人仗着他们的洋枪洋炮入侵西藏，当时担任驻藏大臣的有泰一味主张委屈投降，使得西藏时局险恶。这时候，清廷委派一位叫张荫棠的人物以驻藏帮办大臣的身份来到了西藏。

张荫棠就像是一把利剑，犀利又尖锐。他到了拉萨，经过一番查访，便向朝廷明奏，历数驻藏大臣有泰“媚外乞怜、鱼肉藏民、颟顸误国”等种种罪行，并告知藏族群众：西藏百姓与其他各族血脉一线，如同胞兄弟一样。朝廷依据张荫棠所奏，严惩驻藏大臣及相关汉藏官员，张荫棠随之在西藏推行改革，推行他的治藏方略。阿来老师在他的文字中描述了这段历史："张荫棠提出一系列重要主张，包括革除神权政治，收回西藏治权；广设学堂，推广教育，创办汉藏文白话报；训练汉藏新军，加强武备；修好打箭炉、江孜、亚东牛车路；开设银行，振兴农工商业，开发矿产资源等。此外，张荫棠还建议在西藏成立隶属于外务部的交涉局，专门负责西藏地方的对外交涉，以此阻止英国与西藏的直接交涉。"

从文字的描述看，张荫棠是一个大胆耿直、行事干练、雷厉风行的人，其实他也是一个热爱自然、钟情花草的人。波斯菊在西藏的最早出现，就是由他怀揣花籽，把它带到拉萨，并在西藏广为种植的，使得这种外来的花卉在西藏随处绽放。当地藏人也因此把这种花亲切地称之为"张大人花"。

如此，波斯菊在西藏便有了这样一个意味深长的名字。

张荫棠张大人 1906 年 10 月来到拉萨。随之却是世局突变，大清王朝气数将近，1907 年 7 月他便仓促离开拉萨，时间不足一年。阿来老师在他的这篇文字里这样感叹道："还不够看到此花一个轮次的出芽长叶，抽茎展枝，开花结籽。"这位受到西藏藏人拥戴的"张大人"却已经不在西藏了，以他的名号命名的波斯菊，依然在这片高地上盛开着，并且也从西藏拉萨传播到了青海各地。

波斯菊到了青海，并没有把它之前的历史以及"张大人花"这个名字携带而来，在这里，它又有了新的名字。在青海东部农业区，人们把波斯菊叫作"八瓣梅"，是因为它的花冠有八个花瓣，也有人把它叫作"芫荽梅"，是因为它的叶子像极了比它更早进入青藏高原的芫荽（香菜）。这些明显带有民间地域色彩的名字并没有广泛影响，只有"张大人花”迄今留在了西藏人民的口头上，这个汉语的称谓经常被他们夹杂在藏语中说出来。

而如今，这个有着深厚历史渊源的名称，却被人们渐渐遗忘，人们给波斯菊赋予了一个新的名字：格桑花。

它们是同一种花，对吗？阿来老师先见性地预感到这是个错误。

有一次，阿来老师来青海，我们见面时，他便向我问及此事。那时的我自恃过高，无知又无畏，便自信满满地告诉阿来老师，格桑花之“格桑”，是藏语好运、幸福之意，所以，所有带来幸福感的美丽花朵都可以叫作格桑花，因此，格桑花并不是一种确指的花卉。

阿来老师据此把我说的话写入了他的这篇文字里。

然而，所有没有经过实证而信口开河的言辞，终有一天会被赤裸裸地剥离出来示众，让它不能掩去谎言的实质。时隔不久，我去了青海果洛，与在此地工作的藏族著名母语诗人居·格桑先生聊及格桑花的事，居·格桑的一席言说，让我立刻意识到，我对阿来老师所说的话，多么缺乏严谨性。居·格桑先生说，格桑花，藏语叫“格桑梅朵”，此名并非无所确指，而是出之有据。他说，第七世达赖喇嘛格桑嘉措——亦即近年来广受追捧，被讹为“情僧”的六世达赖喇嘛仓央嘉措，转世出生在四川理塘——他从他的故乡把一种花籽带到了西藏，在西藏广泛种植，人们便以他的名号中的“格桑”命名了这种花儿，所以叫“格桑花”——显然，张荫棠与波斯菊的故事与结果，恰是这个故事与结果的翻版。藏民族总是心存感恩，把点滴的美好，用这样一种方式铭记在心，并让这样的记忆获得命名传承下去，让后世去纪念。居·格桑先生还说，以“格桑”命名的，迄今人们依然传叫的物品，不单单是格桑花，还有一种形似簸箕、专为僧侣所戴的凉帽，藏语叫作“格桑夏茂”，意即格桑凉帽；还有一种乘凉用的伞幢，藏语叫作“格桑斯雅”，皆是因为格桑嘉措从他的家乡理塘带到西藏，并在西藏盛行开来，所以便冠以“格桑”称之，格桑嘉措作为达赖喇嘛的显赫身份，以及“格桑”在藏语中的美好寓意，使得格桑花以及这些物品都被广大藏族人民所爱。

听了居·格桑先生所言，想起我对阿来老师的胡言乱语，我顷刻间恐慌起来，急忙问居·格桑先生，可有白纸黑字的依据可以证明。居·格桑先生说，他也是听西藏一位信得过的学者所言，并未见到有据可查的文字。回到西宁，我又向多人求证，皆无结果。一次，偶尔查阅《藏汉大辞典》，赫然发现有“格桑梅朵”词条，但注释极为简单：秋季盛开的一种黄色花朵，汉语的注释是七月菊、延年菊。我继而又查相关汉语资料，但所指含混，至今也没有确认这种黄色花朵到底是哪一种花儿。

多次向西藏的朋友询问，其结果亦如阿来老师所经历的一样，开放在青藏高原的各种野生花卉，都被指为格桑花，问题又回到了原点上。

可以肯定的是，波斯菊并不是格桑花。波斯菊的原产地是墨西哥及美洲一些其他地区，后来经由波斯传入中国，波斯菊之名也是如此而来。它完全是一种外来植物，原本在西藏乃至整个青藏高原并无分布记录。一百年前它跟随张荫棠张大人进入西藏，所以它在西藏有了“张大人花”的名字。格桑花早于波斯菊进入了西藏，有人把后来来到西藏的波斯菊称为格桑花，显然是张冠李戴了。

阿来老师一直沉迷于高原花卉的寻访、拍摄、研究和书写，想来他早已觉知我的随口之言并不可信，但愿他能谅解我的无知无畏。

近年来，波斯菊在西藏、青海及川西北许多地区被广泛种植，单单在我的家乡青海，一些农牧地区为了发展旅游业的需要，把许多原本种植青稞小麦的土地开发成了“花海”，这些花海并无各自不同的特色可言，皆是复制粘贴，千篇一律，种植最多的便是波斯菊，这种发展态势已经引起相关人士的警惕，波斯菊已经成为一种入侵种，这样肆意的种植如若失控，很可能会使这种艳丽的花儿成为下一个“飞机草”，抑制本土植物的生长，成为生态灾害。

如今，曾经的牧童已经是城市中的一员，每天穿行于鳞次栉比的高楼之间，背负着工作与生活的压力，忙碌，紧张，患上了焦虑症，对所有的事情都无动于衷。但是，迄今，我依然没有改变寻找夏天的习惯，每每到了季节从春末走向夏天的时候，我心里依然会有一种按捺不住的兴奋。我希望某一天走在路上时，忽然在某个墙角处看到几株草芽蹿出了地面，柔柔弱弱地举着针尖儿大小的一点点浅绿。然而，城市的夏天漫长而燥热，这种燥热占据着城市所有的空间，把夏天原本的美好减损了，让人有一种无处可逃的感觉。就像是波斯菊，当它的美丽开始无节制地膨胀开来，这种蛮横的行为，反而遮蔽了它们曾经的鲜艳和芬芳。

但愿波斯菊不要成为“飞机草”，被人们厌恶和唾弃。

我忽然意识到，我所企盼的夏天，是我故乡才有的夏天，而那样的夏天却已经离我远去。也许就是从明白了夏天与故乡的这种辩证关系开始，每年到了夏天，我渴望能有几天的闲暇，去一趟曾经的老家，去挖一次蕨麻，抑或去放牧一次小牛犊，寻找几处可爱的鸟巢。“每逢春天来临，我几乎都有着一种难以抵制的、期盼上路的欲望，这种久违了的游牧者的本能在我的心中激起，我渴望上路。”当我读到美国自然主义作家约翰·巴勒斯写下的这几句话，感觉这些话就像是出自我的嘴。是的，这是一个自认为已经完全城市化了的牧童内心深处永远无法改变的本能。

那一抹海天之蓝

1

青海湖到底有多蓝？在藏语中有一句形容青海湖的赞词，时常挂在环青海湖地区草原上牧民的口中：融化的蓝天滴落在大地。我曾写过一首歌，关于青海湖的，叫《大地上的蓝天》，便是因为这句赞词的启迪有感而发写下的：

大地上的蓝天，
有着蓝天一样的容颜，
那是浩渺的青海湖，
荡漾在人间，
如梦如幻……

后来，我国著名音乐家吕远先生为这首歌谱了曲。

说起我和这位音乐泰斗的合作，还有一些为人不知的旧事渊源。

早在20世纪50年代，一位名叫朱丁的上海大学生响应号召，来到了青海，在当时的《青海日报》做了一名记者。有一次，朱丁前往青海湖畔的牧区采访，来到了金银滩草原，在这里，他第一次听到了藏族情歌拉伊，经当地通晓汉藏语言的干部为他翻译，他搜集到了一些拉伊的唱词，并在一篇新闻报道里引用了其中的一些内容。这篇报道发表后，远在青岛的著名音乐家冰河先生读到了。他被这些唱词打动了，认为这些唱词干净朴素，“散发着毛茸茸的民间生活的质感”，于是，便给唱词谱了曲，一首歌就这样传唱开来，这首歌就是《金瓶似的小山》。

最早演唱这首歌的，当属我国著名抒情男高音歌唱家朱崇懋先生。

朱崇懋，我国蜚声中外的著名歌唱家。他以学习西欧传统唱法为基础，并向我国民族民间传统声乐艺术学习，形成自己的风格。他的演唱含蓄内敛，细腻深情，音色甜美，吐字清晰，特别是在高声区的弱音控制和延长分外动人。他演唱的《草原之夜》等抒情歌曲风靡几代人。20世纪80年代初，朱崇懋先生去了美国，但他依然执着于音乐事业，在美国纽约组织华人合唱团演唱中国歌曲，在美国华人界影响广泛，各类媒体竞相报道。2000年10月11日，朱崇懋先生病逝于纽约。

朱崇懋先生和吕远先生交往甚密，吕远先生曾应朱崇懋先生的约请，答应为朱崇懋先生量身创作一首歌曲，不想时代风云变幻，两位音乐界的泰斗有着不同的遭际，这首歌一直没有完成。时隔 50 多年，恰逢朱崇懋先生 90 诞辰在即，吕远先生决定完成这半个世纪前的约定。于是他不顾 80 高龄，专门来到了青海，来到《金瓶似的小山》所描述的青海湖。

他特地去了金银滩草原，在坐落于西海镇的王洛宾音乐纪念馆中流连忘返，在这里他邀请我为青海湖写一首歌。我虽然深感压力巨大，但还是写出了一首歌，吕远先生也很快完成了谱曲工作。

这首歌录制完成后，并没有传唱开来，偶尔，我会轻轻哼唱起这首歌。每次唱起，我的眼前便会浮现出天空一样碧蓝的青海湖，以及被青海湖的碧蓝同样渲染成了蓝色的，我的童年。

美国自然主义作家约翰·巴勒斯在他的文字里细致入微地描述过哈得孙河畔的蓝鸲，他写道："当大自然创造蓝鸲时，她希望安抚大地与蓝天，于是便赋予他的背以蓝天之色彩，他的胸以大地之色调。"他继而写道："蓝鸲是和平的先驱，在他身上体现出上苍与大地的握手言欢与忠诚的友谊。"我国著名翻译家、自然文学研究专家程虹女士对约翰·巴勒斯笔下的这几句话，给予了高度评价，她说："寥寥数语，气势磅礴，充满着哲理与希望。"

约翰·巴勒斯在他的文字里还描述了一只被一个调皮的男孩用弹弓打死的蓝鸲，说它"躺在地上，如同洒落于地的一抹蓝天"。当我看到这句话，即刻惊叹不止。中美虽然远隔东西，做着不同事情的人们，居然有着如此相似的思维，如此肆意飞扬的想象力。而这样的思维和想象力，却又流露着一种长不大的童年的天真。

我猜想，约翰·巴勒斯一定有着一双干净透明的眼睛。这样的干净透明，同样能从朱丁先生第一次听到拉伊时，那样好奇又专注的聆听中看到；能从冰河先生读到报刊新闻里的唱词，即刻激发灵感投入创作的冲动中看到；能从朱崇懋先生先生满怀激情，不掺杂质的深情演唱中倾听到；也可以从吕远先生 50 年始终不渝、为友情赴约的真诚中感受到。

这样的干净透明，有着蓝天大海一样的通透亮丽，我想。

2

几年前，我去了可可西里，在它东缘的一片沙砾中，看到了一枝多刺绿绒蒿，它孤傲地站立在那里，在荒芜的四野中，显得亮丽鲜艳，湛蓝无比。它好似是因吸吮了蓝天的颜色而变得与天同色，抑或是对上古时期高山隆起之前，对这里的蔚蓝古海洋的思念和记忆。

在这枝多刺绿绒蒿的周围，间或也能看到一些野花，它们有一个共同的特点：低低地匍匐在地上，这是因为它们要随时面对从高地吹来的劲风。自然法则让它们学会了生存的真理，那就是低下头，低到尘埃之中，让风不能得逞。然而，唯独这里的多刺绿绒蒿，总是挺拔地站立着，让自己的身躯高于周边的花草。

我走近这枝多刺绿绒蒿，在它的身边坐下来，仔细地看着它。它的茎脉坚硬，裹拥着一身细小的尖刺，让人不能随意碰触。据说它的根系深扎在土地里，皆在20厘米以上，它便是以这样的生存方式，向这个世界表达着它的坚韧，使它有一种凛然之气。

这样的凛然之气，让我想起了我第一次走进可可西里，站在索南达杰自然保护站前的情景。那是一个冬日的午后，天气晴朗，阳光呈现出温暖的橙色。我们静静地站在保护站的红房子面前，向着那座兀自出现在那里的人类建筑行注目礼。是的，在当时，在这广袤的荒野上，它的出现显得有些突兀，但它是人类开始注目可可西里野生动物生存状况的第一只眼睛，抑或，它是一座凝固的纪念碑。阳光照在红房子上，一种感动在我的心中流溢，我看到阳光的红与红房子的红相遇，一种暖暖的红色渲染在这里的天地之间。我知道，这是太阳的赤橙黄绿与人类的无私善念相遇的结果。

就像我们到达时一样，我们又静静地离开了。但那天的情景成了我脑海中一个段不褪色的记忆。我便想，或许，那座红房子也是一枝多刺绿绒蒿吧，但它是红色的，它以一种坚毅的姿态站在那里，成为治多县西部工委和杨欣志愿者团队在可可西里这片天地之间，以保护自然生态、保护藏羚羊为使命，书写的一个惊叹号！

从这枝多刺绿绒蒿所在的地方极目远望，便是广袤辽阔的可可西里，它似乎就像是站在这里，远望着可可西里，向往着那里，它知道，那是一片像蓝天大海一样宽广的土地。

3

在海拔4000米以上的三江源区，多刺绿绒蒿在众多的野花中算得上是“高大”的花卉了，尽管如此，它的植株也就十几厘米的样子。在可可西里边缘、唐古拉山顶，在黄河源头的牛头碑下，我都目睹过它们的芳容，并端着相机，匍匐在地上，把它们定格在我的相机里。但当我第一次看到这种花被画在纸上，依然被其“高大”所震撼。

那是央视的一期《朗读者》节目，被誉为“中国植物科学画第一人”的曾孝濂老先生被请到了现场，他带来了他亲自手绘的一幅植物画，画面中正是一株多刺绿绒蒿。当镜头推向画面，以特写镜头定格了几秒钟，我立刻被画面中的那一株高大的花卉震撼到了。尽管，作为故乡青海常见的一种野生花卉，我已经对它熟视无睹，但从来没有意识到，当把它从它广袤的生境中独立出来，遮掩了它周围的荒芜与杂乱，它竟然如此亭亭玉立。对，是亭亭玉立，这个成语便是它专有的。我忽然意识到，画面中的多刺绿绒蒿，才是它本真的样子，正是因为曾孝濂先生用他植物画家独到的眼光，看到了它的本真，它才被这样本真地留在了纸上。

记得在那次节目上，主持人还问了一个天真的问题：绿绒蒿为什么是蓝色的，而不是绿色的呢？我也曾就这个问题请教有关专家，大家都知道这种植物早期被叫作蓝罂粟，缘何叫作绿绒蒿却未得到令人信服的答案。

在高原，在三江源区，绿绒蒿也不单单是蓝色，全缘叶绿绒蒿的金黄、红花绿绒蒿的鲜红，都那样艳丽地点缀着这片高地。居住在这里的藏民族，热爱生活，喜欢用鲜艳的颜色装点自己，他们身上的饰品，也因此鲜艳无比：金黄的蜜蜡，鲜红的珊瑚。有人说，绿绒蒿的色彩，恰好对应了这些饰品的色彩，比如全缘叶绿绒蒿与蜜蜡，红花绿绒蒿与珊瑚，那么，多刺绿绒蒿呢？在藏民族身上的饰品中，似乎鲜见蓝色。

我便想，如果必须有一种对应，那么，多刺绿绒蒿对应的是高原民族的那双眼睛吧——高原上的牧民，不论他是男人还是女人，老人或者小孩，他们的眼睛是那样的澄澈、明亮，让人不由想起蔚蓝而明丽的天空和大海。

而多刺绿绒蒿吸吮着蓝天的颜色，把这片高地隆起之前的古海洋留存在自己的花瓣上。从它的蓝里，依然能看到天空的高远、海洋的深邃。当它定格在一幅画里，它的蓝，依然是高远的，深邃的，有着生机盎然的动感。

4

草原进入初秋，我看到夏天的无奈与挣扎。远远看去，翻滚的草浪依然涌动着青绿，那是不甘随季节远遁的夏天以叶绿素的方式躲避在草叶里。但走近一看，就会发现，秋天正从每一株绿草的边缘和草尖上侵入，势不可挡地渗透着，亮明了它作为即将到来的这个季节的所有权。尽管，在向阳背风的草坡，在水分充足的沼泽地——这些夏天的同谋依然在暗地里挽留着夏天，以阳光、水的名义，拖延着夏天离开的时间，但一切大势已去，秋天正汹涌而至。

也就是在这个季节，草原上原本姹紫嫣红的野花们都渐次收起了它们的色彩与芬芳，但有一种花，却悄然在由绿变黄的草色中绽放。它就是龙胆花。它有一个极其诗意的名字：蓝玉簪龙胆——如果亭亭玉立是多刺绿绒蒿专属的成语，那么，蓝玉簪龙胆则从这“玉”中窃取了一枚温润的玉簪——它天生就该闪亮在一位女子的发髻间，这位女子，是一位成熟女性，她有着历经过生育与繁衍的坦然与雍容。它是秋天的女子。

在整个夏季，草原上的野花带着对生命的渴求，在短暂季节的温暖里，完成开花结果的枯荣，伴随第一缕秋风，它们便化成一撮花肥，开始等待下一个季节的轮回时，龙胆花这才开始悄然地开放。

忽然就想起蓝玉簪龙胆在藏语中的名字——“邦锦梅朵”，意思是装点着原野的花朵——逐水草而居，随季节游牧的高原牧人，将要度过漫长的冬日之前，看到了自然对他们最温存的安慰——那一抹海天之蓝。

5

安静、随和、不事张扬，人们往往会把这样的词儿与羸弱、被动联系在一起。

比如微孔草，总是生长在高寒草甸、林地、灌丛和次生植被中，混杂在诸多一年生或二年生的野生植物群落中，一旦有新物种入侵，它即刻退却，不愿与之为伍。它微小、低调，不引人注目，但它却耐寒、耐旱，是高原山地次生植被中的生态适宜花种。

成书于公元8世纪中叶的《宇妥本草》是前宇妥·云丹衮波所著，是藏医学本草经典之作，对生长于青藏高原地区的诸种药用植物的生地、形态、性味、功效等有详细论述和记载，其中也专门提及微孔草，并以七言诗的形式留下了一例药方：

生于草甸微孔草，
叶片粗韧贴地面，
长短五指或六指，
蓝色花朵成密集，
根际生有细绒毛，
治疗疮伤之良药。

看到这个药方，我心里不由微微有些波动。这微弱的花儿，却如此坚韧，还有着一副慈悲怜悯的利他心肠，看到别人的伤痛，便毫无顾虑地牺牲自己，赴汤蹈火，宁愿让自己研磨成一抹药粉，熬制成一口药汤，去为他人疗伤。这胸襟，也是像蓝天大海一样雄阔，却容纳在那么小的花冠里。

微孔草的小花直径只有四五毫米，米粒大小，躲藏在繁盛的枝叶之间，不露声色。说它不事张扬，它却为自己的花瓣选择了鲜亮的蓝色，决然与高原常见的野生花卉艳丽的金黄和粉红错开了颜色，显示出了个性，与多刺绿绒蒿、蓝玉簪龙胆站在了同样的审美标高上。

每次看到微孔草，我就会想起一首诗，这首诗，是清代诗人袁枚的《苔》：

白日不到处，
青春恰自来。
苔花如米小，
也学牡丹开。

但微孔草只是随和和低调，却没有苔花的卑微。它不会开在没有白日的阴暗潮湿的角落，强光照射才是它的不二选择。

或许，微孔草曾经是天上的星星，天地翻覆的造山运动中，也曾被浸泡在古海洋的蔚蓝里，因此，它有着星星的样子、古海洋的颜色。

6

有个司机，为一家旅游公司开车，他的工作就是把游客从西宁拉到青海湖景区，等游客游玩了青海湖，再把他们拉回西宁。在青海的夏天，在旅游高峰期，他几乎每天都要去青海湖，有时候，一天还不止一趟。一年下来，少说也要跑近百次。他告诉我，天天跑青海湖，他烦透了。他说："到青海湖，我从来都不下车，等客人下了车，我就在车上睡觉，一直睡到他们回来，拉着他们直接回西宁！"听了他的话，我有些疑惑，也有些意外。我出生在青海湖畔，看着青海湖长大，每天在它的身边放牧，看到它，比那个司机看到的多得多。那时候，它几乎是我眼睛里唯一的风景。这风景，与季节，与天气，与白天黑夜，与上午下午，与一朵云、一株花，与一阵呼啸而过的风达成了某种默契，它因此瞬息万变，它的每一朵浪花，每一滴从浪花间飞溅而起的水滴，都是特立独行的。我对它充满了好奇，从来没有过哪怕是一丝的厌烦。我说这话，并没有"月是故乡明"的故土情结。我只是想说，美一定不是一成不变的，只要用心，就会发现它每时每刻都有着不一样的新奇。美国著名作家梭罗面对着山顶上的一朵云，感叹说："这是我所看到的最伟大的事物，它是历史上从未有过的，也是别的国家所看不到的！"他的话，道出了美的真谛。

青海湖，是百千万年前古海洋退却时最后的遗留，它以自己的性命与这个世界沧海桑田的巨变相抗争，把一抹古海洋的蔚蓝留在了这个世界。它抗争时的浪花四溅，撒落在这片高地上，每每夏季来临，它们就开成了花，多刺绿绒蒿、蓝玉簪龙胆，还有微孔草，就是这浪花的变种，在它们身上，依然能看到青海湖的样子，更有着蓝天大海的样子。

一场婚礼

后来我一直在想，也许，我们是受邀去参加了一场婚礼。那里的主人，是化身的天使，他们以凡夫俗子的身份款待我们，并引领我们看到了婚礼上最为华美的场景，而他们的形象，也蒙骗了我们的眼睛，我们没有发现他们天使的脸庞和翅膀，只看到他们平凡又世俗，如我们一样。

盛夏七月，去了一趟玉树。如若是往年，此时恰是举办一年一度玉树赛马会的季节，今年遭遇突如其来的新冠肺炎疫情，赛马会被临时取消，而草原上的大美，依然是往年把赛马会衬托得无以复加的大美：大地完全被绿草裹拥，冬春时节的嶙峋与荒芜，此刻荡然无存。绿草勾勒出了大地凸凹的曲线，显露出了她的丰硕肥美。野花散乱在绿草之中，深紫、浅粉、鹅黄、宝蓝……它们或一朵一朵，或一束一束，或一簇一簇，或一片一片——大地身着紧身的绿袍，那些花儿，则是随意绣织在这身绿袍上的装点。如洗的碧空，碧空之上看似淡然，其实骚动不安的白云，永远是大地隆重亮相的背景。

此行去玉树，是应了青海省作家协会组织的采风活动。一行十几人，皆是相互稔熟的文友，性情相投，话更投机，一路上的欢声笑语自不必说，到了玉树，大家关心的话题也几乎一致：这里是山之宗水之源，是三江源国家公园试点建设的核心区，多年的生态文明建设，有了哪些眼见为实的改观？这里原本物产单一，人们的生活水平较低下，锲而不舍的脱贫攻坚工作有了什么样的成就？我们到达之前，事先联系了玉树藏族自治州作协，他们为我们选定了一些具有代表性的采风点，这些采风点散布在玉树藏族自治州囊谦县、称多县、杂多县等不同的地方，或是一处村落，或是牧人们的夏窝子，或是从草原搬迁到县城小区里，俨然已是城里人的牧户。除此之外，大家也一定如我一样，藏着一颗充分感受“草原最美季节”的私心。

我们要去的第一站，是称多县清水河镇文措村。这是一个地处巴颜喀拉山山麓的小牧村，海拔约 4700 米。据玉树藏族自治州作协主席秋加才仁介绍，这里虽然有着广袤的牧场，但地势高，气候寒，牧草稀疏。以前，这里的牧民以每家每户为单位，单打独斗，抵抗不期而至的旱灾、雪灾，往往势单力薄，在自然灾害面前束手无措，损失惨重。这些年，清水河镇科学规划，因地制宜利用草原资源，以村为单位、以社为分组，有效整合牛羊、草场、劳力等资源，不断增强牧民抵御自然灾害的能力，走出了一条让牧民们“抱团取暖”、团结协作的生态畜牧业发展之路。

我们在玉树藏族自治州政府所在地结古镇休整了一夜，第二天一早，吃完早餐，便向着文措村进发。当汽车离开柏油公路，拐向一条颠簸不平的山路时，有人便问陪同我们一起前往的秋加才仁：“多长时间能到？”

“半小时！”秋加才仁不假思索地回答道。

大概走了两三个“半小时”之后，汽车依然在山路上颠簸，却不见目的地出现。车内有了些躁动，有人又问秋加才仁：“到了没到啊？”

“半小时！”秋加才仁回答道。话音刚落，车里又是一片躁动。

那一天，“半小时”成了一种计程方法，每过半小时，人们便问秋加才仁到了没到，秋加才仁也一如方才地回答“半小时”。就这样，大概走了六七个“半小时”后，我们的目的地终于遥遥在望了。

就在这时，有人忽然大声叫道：“你们看窗外的花！”

翘首盼着早点到达终点的我们，并没有在意车窗外的风景，随着喊叫声，大家向着车窗外看去。哇，车窗外移动的风景里，宝蓝色的野花耀眼夺目，一朵朵、一束束地在车窗外闪闪而过。“快停车！”又有人高声喊叫起来，司机随之踩紧刹车，车停了下来，大家蜂拥挤下了汽车。

在我们眼前，一片绿草葳蕤的缓坡铺泻而去，直抵蓝天，与蓝天形成一个蓝绿相间的夹角，活像是一个顽童用蓝色和绿色的蜡笔胡乱涂染出来的折纸，上方的蓝色涂得心不在焉，露出了白纸的底色，那是几朵淡然的白云；下方的绿色涂得过于用力，缺少了层次的变化，单一的深绿充满了画面。而在深绿之中，一束束的蓝色散乱地闪亮着，就像是涂染上方的蓝色时，蜡笔的颜色不小心洒落在了绿色之中。

大家惊叫着，扑向草原，拿出相机手机，开始对着那些蓝色的野花拍照。我按捺不住心里的喜悦，也把相机镜头对准了野花。

这宝蓝色的野花便是绿绒蒿，计有多刺绿绒蒿、总状绿绒蒿、宽叶绿绒蒿等，她们特地选择在海拔 4000 米以上的高寒地带开放。

每次踏上三江源，总会看到她们的身影：在可可西里荒凉的腹地，在唐古拉山标示着海拔高度的峰顶，在黄河源头牛头碑高高耸立着的山巅上，我都曾和她们不期而遇。不同的季节，她们显露出不同的风采：初夏季节，花瓣初绽，低垂的花冠暗掩着几许羞涩；深秋之时，几片残瓣不甘地遗落在花萼下，花萼之上已经孕育出一枚枚满身芒刺的果实；隆冬到来，枝叶干枯成了褐黄色，好似遇火便可燃烧的一束柴火，但她们依然把果实高高举起，绽裂的果实正祈求着风把果核内的一粒粒种子带走。

而这一次，我看到的她们正是盛开的青春时刻，花茎坚挺，裹拥着一身尖刺，那是为了保护花朵的安全，担当着护花使者的角色。蓝色的花瓣也因为有了这样的安全保障而肆无忌惮地张扬开来，像是一束束蓝色的火苗，向着蓝天，表达着她们炽热的爱情，也像是一个个蓝色的嘴唇，高高噘起着，试图给蓝天献上她们的初吻。

我不断地按下快门，把她们放荡妖冶的身姿定格在相机里，忽然想起了“滴落在大地上的蓝天”这句话。这句话经常出现在藏族民歌里，用来形容草原上那些碧蓝的湖泊。顺着这句话的想象力，我也在想，绿绒蒿，这些娇艳的蓝色野花，或许是蓝天滴落到大地变成湖泊之时溅起的水珠，它们飞落在绿草丛中，依然身披着蓝天的装束。

宝蓝色的绿绒蒿，曾经让许多爱花人士为之倾倒。20世纪19年代初，英国著名植物学家金敦·沃德几经辗转，终于从锡金进入西藏，并在西藏尼洋河畔的一片原始林地里采集到了盛开着的绿绒蒿，大片的宝蓝色花朵让他惊讶不已，成为他此行中国印象最为深刻的一个情景，以至于他后来写了一本记述此行在中国西藏、滇西、川康等地所见所闻的书，书名就叫《蓝花绿绒蒿的原乡》，他采集绿绒蒿的种子，把她们带回西方，绿绒蒿从此也在西方园林扎下了根，成为移栽西方的中国西部高原野生花卉中的佼佼者。

或许，金敦·沃德当时所看到的情景，就像此刻我们面对的情景一样。

就在大家忙着拍照，不亦乐乎，几乎忘了此行的目的地时，为我们带队的秋加才仁一直安静地坐在路边看着我们，我便有些不好意思地走过去坐在他身旁，对他说：“咱们该出发了吧？”

“没事儿，只要大家喜欢，就再拍一会儿吧，咱们去的地方不远了，半小时内绝对能到！”说着，他笑了，又说：“看你们这么喜欢这里，我就觉得很幸福，这里是我家乡啊！”

我看着他，由衷地对他说：“你的家乡真美！”

远远看到文措村几家牧户的帐篷，随意地散落在一片高处，星星点点，亦如眼前的绿绒蒿。到了近处，才发现这几顶帐篷相互照应，形成了一个夹角，从这里远眺四周，一切尽收眼底。一问，才知道这是牧民们为了防备草原上的野狼、棕熊等袭击牲畜，而达成的防御联盟。之前，牛羊和草场承包到户，牧户各自为政，遇事很难独自解决，清水河镇的干部们把这些问题看在眼里，急在心里，他们鼓励牧户团结起来，为此还重新调整草场、牲畜等资源，不但增强了牧户抵御风险的能力，之前经常发生的草场纠纷也迎刃而解，一举两得。我们到来时，清水河镇党委书记仁青江才早就在这儿等我们了。献过哈达，一阵寒暄之后，他带我们去看国家为牧民修建的牲畜暖棚暖圈，畜棚一侧已经高高垒起了牲畜过冬的饲草料，一切都显得井然有序，仁青江才书记说，如今的牧民，互帮互助，谁有困难，大家便不约而同去帮助他，一起走出困境。他说，他们的生态畜牧业合作之路越走越宽，走出了一条脱贫攻坚、共同富裕的路子。

听了仁青江才书记的话，忽然就想起了刚刚在路上遇见的绿绒蒿。绿绒蒿的花瓣，看似锦缎一般轻薄柔滑，她们却选择在海拔 4000 米左右的高地开放，不但让自己在高地上绚烂绽放，成了最为亮丽的蓝宝石，也为那些弱小的传粉昆虫提供了过夜避寒的地方——她们白日里张扬开来的花瓣，到了夜晚就会闭合起来。有关专家研究发现，每每此时，她们花瓣内的温度都会比外面高许多，昆虫们便喜欢钻入她们用花瓣合拢而成的暖屋里过夜。在高原凄冷的夜晚，她们便成了许多传粉昆虫的庇护所，帮助它们度过了漫漫高原寒夜。传粉昆虫也就不再嫌弃她们没有花蜜，没有芳香，依然乐于帮助她们传播花粉。这样的共生关系，也让她们自己获得了年复一年开花结果的良缘。

生长在高原上的宝蓝色的绿绒蒿，那美艳的花儿点燃了无数人的眼睛，甚至让西方世界感到惊讶和震撼。而当地牧人，却对她们见怪不怪，这一点，从牧民给她们的名字中就能感觉到："才尔文"，意思是带刺儿的蓝色花朵。平实直白，稀松平常，看不出一点儿赞叹欣赏的意思。而在许多藏医药典籍中，却郑重其事地为其载入了"次尔文"的名字，作为一剂草药，书写在重要的位置。比如，在被誉为藏医鼻祖的玉妥·云丹贡布所著的《玉妥本草》一书中，以一段韵文记载着多刺绿绒蒿的方剂：

绿绒蒿生阴草坡，
恰似瑞香狼毒丛，
长短五指或六指，
全株多刺花蓝色，
果实形似羊睾丸，
治疗头伤止刺痛。

或许，生活在广袤高寒的高原，艰辛贫瘠的环境和生活使得这里的藏族牧民在对人对事时，比起外在的美丽，更加注重内在的品质。所以，面对漫山遍野的野花，除却她们的美艳芬芳，他们更在意她们的用途。就像一首流传在玉树地区的民间情歌所唱的那样：

不在意山峰是否高大，
只在意山势坚定挺拔。
不在意姑娘是否漂亮，
只在意心地纯真善良。

走出帐篷，在帐篷周边依然盛开着一丛丛的绿绒蒿。此刻的绿绒蒿，不用展露她们的药用价值，只须把她们的美艳张扬得肆无忌惮。我拿出相机，又把许多宝蓝色的花瓣定格在相机里。

从文措村回到夜宿的酒店，翻看相机里的照片，看着那一束束蓝色火苗般绚烂的鲜花，看着牧人们干净明丽的笑靥，心里隐约有些恍惚：或许，我们今天的所见所闻，就是在参加一场婚礼，迎接款待我们的主人，并没有告诉我们婚礼的主角是谁，他们只是把我们引领到婚礼现场，让我们看到这婚礼的华贵。那些花儿，布置在婚礼现场，是对这盛大婚礼的装饰，或也是对成婚的新郎新娘的祝福与加持。那些牧人，他们是来自新郎新娘娘家或婆家的亲属，他们才是真正的贵宾。

就像草原上的婚礼往往需要几天一样，这场婚礼仍然在继续。

第二天，我们前往玉树囊谦县去采风，路经称多县清水河镇政府所在的小城镇，称多县文联主席仁青尼玛在这里等着我们。他上了我们的车，故作神秘地说：“我要带你们在镇上走走，但首先要去另一个地方！”

“要走多长时间？”车上有人马上问。

“半小时！”他刚回答完，车里的人们便不约而同会心地笑了起来。

这次的车程的确在半小时左右。经过一段崎岖的山路，我们来到了一片山谷。一条溪流在山间湍急流淌，溪流两岸怪石嶙峋。在山口潮湿的开阔地带，大片大片地盛开着一种淡黄色的野花，放眼望去，整片山谷都包容在一片黄色之中。我们惊呼着，从刚刚停稳的车上冲下来，冲向了野花丛。

这里便是仁青尼玛要带我们来的另一个地方。我们到达时，下起了淅淅沥沥的小雨。浅黄色的花儿经过了微微细雨的洗涤，变得圣洁高雅，每一朵花朵都挂着清亮透明的水珠，淡淡的清香弥漫了整个山谷。

那么，这是什么花儿呢？

近年来我致力于以青海湖环湖地带为地理背景的高原野生花卉的书写，比起其他人，我在这方面的知识自认为还行，但凡高原上的花儿，基本上能叫得上名字，但这种花儿，我却不认识。同行的伙伴们都过来问我：“这叫什么花儿？”我只能尴尬地摇摇头。幸好，我来玉树采风时，特地带了一本书——被誉为“鸟喇嘛”的扎西桑俄和他的团队编著的《三江源生物多样性手册》，急忙拿出来翻阅查找，经过图片与实物的对比，确认她们是钟花报春。说来也巧，回到西宁后，翻阅英国著名植物学家威尔逊所著《中国——园林之母》一书，很快就读到了一段他在 20 世纪 19 年代初来到四川巴郎山时，在这里发现钟花报春的文字："在巴郎山山口，其植物种类全属高山性质，草本植物种类之丰富确令人惊叹。多数生长旺盛的植物开黄花，因此黄色成了主要色彩。在海拔3500米以上的山野中，华丽的全缘叶绿绒蒿成公里覆盖山边，花大，因花瓣内卷而成球形，鲜黄色，长在高60~70厘米的植株上，无数的花朵呈现一片壮丽的景色，在别处我从未见过这种植物长得如此茂盛。钟花报春花为淡黄色，有清香，在湿润处极茂盛。多种千里光、金莲花、牛蹄草、马先蒿，还有紫堇加入了黄色占优势的花展……"

看着威尔逊的文字，回想那天与钟花报春相遇的情景。可以确认，那天的"花展"，是独属于钟花报春的天下，没有其他花卉的参与，这一点，与威尔逊看到的有所不同。

我也查阅了更多有关钟花报春的资料。钟花报春，藏语叫"新智梅朵"，是用来礼佛的供奉之花。威尔逊应该不知道，早在11世纪，中国北宋时期，古印度佛学家阿底峡入藏，曾在拉萨聂塘久居，当他在这里见到清雅芬芳的钟花报春时，大为惊讶。后来，他在一部佛学著作里专门提及钟花报春，他说，藏地酷寒，却有如此素美、清香的花儿，可用以礼佛，实属奇迹。

威尔逊在上述文字里，还提到了全缘叶绿绒蒿。在藏语里，全缘叶绿绒蒿有一个与众不同的名字——"欧贝乐"。经多方查阅资料，并咨询对高原花卉也颇有研究的"鸟喇嘛"扎西桑俄，我确定，"欧贝乐"，其实就是佛教典籍中经常提及的"邬波罗花"，"欧贝乐"亦即"邬波罗"，是同一古印度梵语的不同谐音。"邬波罗花"，原指用来供佛的睡莲，佛教传入西藏，佛前供花的仪式同时传入，高寒的西藏，却没有睡莲可献在佛前，于是，全缘叶绿绒蒿便替代了睡莲，同时也把睡莲的梵语名字赋予了她——美国自然主义作家约翰·巴勒斯曾经在一篇文字里提到，伴随着人类的迁徙，人们总是用原乡物种的名字，命名新家园的物种，以寄托内心的乡愁。看来不单单是人类迁徙，文化的传播，同样会带着这样浓浓的乡愁。

此前，在文措村看到一束束的宝蓝色的多刺绿绒蒿、总状绿绒蒿时，我就期望能够看到全缘叶绿绒蒿，在这片盛开着钟花报春的湿润河谷，我同样抱着这样的希望，可能是因为地理、花期等原因吧，那几天里，我却与全缘叶绿绒蒿无缘。意外的是，那一天上了车，与我们同行的诗人马海轶，打开他手机里的相册，给我展示他这拍到的花儿，一朵全缘叶绿绒蒿赫然出现在众多的花卉照片里。

“这是你在哪儿拍到的？”我惊讶地叫道。

海轶兄听着我忽然提高了的声音，看看照片，又看看我，一脸的茫然。“怎么了？”他问我。

“这是全缘叶绿绒蒿啊，我一路上都在寻找她，但没有看到。”

海轶兄看看照片，又看看我，他记不起来是在哪儿拍到的，也不知道他拍到的就是全缘叶绿绒蒿。看到我如此惊异，他似乎有些不好意思，马上说：“我把照片发给你，发原图。”随即，便把照片发给了我。

绿绒蒿，罂粟科绿绒蒿属植物，有许多品种，也有各自不同的颜色。在三江源区常见的绿绒蒿就有金黄的全缘叶绿绒蒿、鲜红的红花绿绒蒿、宝蓝色的多刺绿绒蒿、深紫的久治绿绒蒿等，她们是三江源众多花卉中的花魁。2014 年，国家邮政局发行过一套名为《绿绒蒿》的特种邮票，至今受到许多集邮爱好者喜爱。我国著名植物科学画大师曾孝濂先生，从他画过的成百上千种植物画中特地挑选了一幅多刺绿绒蒿的画作登上央视《朗读者》节目，讲述了他与这朵花儿的奇特过往。

绿绒蒿是值得被追捧的花儿。

观赏了钟花报春，心绪依然停留在被花儿的美艳和芬芳迷醉的情绪之中，仁青尼玛带我们到了清水河镇参观。从产业园到电子商务平台服务点，令我印象极深的是一家小小的藏族服饰裁缝店。店主普昂是一个 40 多岁的康巴汉子，几年前，在县上组织的一次缝纫培训班上初学缝纫技术，便开始尝试着在镇上开了一家缝纫店，几年下来，不仅自己开始赚钱，每年有近 10 万元的收入，还为镇上 7 个贫困户家庭提供了工作岗位，为他们每人支付每月 2000 多元的工资，成了致富带头人。在他的裁缝店里，悬挂着他和他的徒弟们缝制的几件藏服，服饰充分利用布料原有的花卉图案，巧妙地让这些花卉图案凸显出来，又在衣领、袖口、下摆等处绣织上了许多精细的花卉图案，看上去就像是对大自然的模仿。或许，他的藏服受到当地牧民的欢迎，恰是因为他的设计符合牧人们天性中对大自然的喜爱。其中有一件坠挂着许多华丽饰品的女式藏服穿在一个塑料模特儿身上，我问普昂这是为谁定做的，他笑着说是为一位新娘定做的。

他的话，让我再一次有些恍惚：我们是在参加一场婚礼吗？我们到现在尚未见到的新郎新娘是不是马上就要盛装出场了？今天看到的钟花报春，可能是婚礼上的另一处布排，是大自然在这场婚礼上的一个花供现场，和文措村的绿绒蒿花地一样。

来到玉树的第三天，我们到了平均海拔 4000 米以上的杂多县。“杂多”是藏语，澜沧江上源的意思，这里正是澜沧江正源扎曲河源头所在地。除此而外，这里还有“中国虫草之乡”“中国雪豹之乡”的美誉。

到达杂多县城的头一天，杂多县作协主席扎西旺索就带着我们去了一个小区，杂多县委书记才旦周已经在这里等着我们。小区的住户是清一色的牧人。为了保护三江源头生态，不让过度放牧的劳动生活方式破坏澜沧江流域的植被，让“一江清水向东流”，使澜沧江中下游更多人们安居乐业，他们放弃了千百年来的游牧生活，卖掉了牛羊，搬迁到了县城居住，为此，国家出资为他们修建了住房，并为他们安排了适当的工作。据才旦周书记介绍，“十三五”期间，杂多县共识别建档立卡贫困户 5137 户 15206 人。全县投资 1.92 亿元建设易地扶贫搬迁小区及水电暖配套设施，解决了建档立卡贫困户 711 户 3139 人的住房问题，实现了 100% 的入住率。2019 年，杂多县获评为全省“十三五”期间易地搬迁先进县。县里还优先安排 48 名搬迁户在杂多县扶贫物业公司就业，年人均增收 2.4 万元。才旦周书记还带我们来到了一家牧户家里。这是一个四口之家，远从地处澜沧江源头的扎青乡搬迁而来，80 多平方米的新房，藏式风格的装修，宽敞明亮，温馨舒适，电视冰箱等一应俱全。四口之家的主人如今是县上的生态管护员，每个月有2000元的收入。“这些都是全力推行精准扶贫政策的成果。”才旦周书记说。

当天晚上晚餐时，杂多县文旅局副局长青梅才仁带着几位歌手来为我们接风献歌，瞬间，让简单的晚餐变成了一个小型演唱会。

青梅才仁毕业于艺术院校，曾经是一位优秀的歌手，也为其他许多歌手写过歌。一番客套之后，青梅才仁率先领唱，他带来的几位歌手随着唱和声。先是一首《我们青海》：

山是这里的山最雄伟，
水是这里的水最清澈，
啊，青海的山哟青海的水，
山水相连高原山水多壮美……

接着是一首《美丽的玉树》：

美丽的玉树，是我的家乡，
这里的草原宽阔无垠，
这里的歌舞竞相争艳，
这里的人民奋发向上……

最后他唱了一首由自己作词作曲的《杂多宝地》：

离天最近的地方，
澜沧江从这里流向远方，

草原最绿的地方，
雪域牦牛文明从这里发祥……

故乡在他们的歌声里一点点地变得具体形象起来。好像是远行的游子思乡心切，在故乡最美的季节，他决议返回故乡，赶赴一场盛大的婚礼。于是，他一路唱着歌，一步步一点点地向故乡靠近，先是到了省城，继而到了州府，最后，义无反顾地径直走向故乡。歌声婉转，满含情感。

听着他们的歌，我的内心涌动起一阵阵的热流。是什么样的思念，才会有如此真切的吟唱？是什么样的热爱，才会有如此真诚的赞美？那天，歌声燃炽了晚餐的气氛，大家争相歌唱，一直到了夜色朦胧。

后来，我一直在想，也许，我们是受邀去参加了一场婚礼。那夜的晚餐，或许就是婚礼的高潮部分，它以赞美故乡的方式，赞美了天地自然。我豁然开朗，这场婚礼的主角，或许就是故乡的高天大地，天坚定挺拔，地纯真善良，就像那首民间情歌里唱的那样。我们在主人的引领下，见证了天地自然的盛大和合。是的，是天地自然的盛大和合。

第五辑

海拔五千米的风流

昆仑：好大一座小山

昆仑地望：与安多地域完全重合

已故著名地质学家、数学家虞叔和先生，生前曾在青海海西工作30多年，退休后，他曾动议写一部名为《昆仑山志》的著作，并为此做了大量的实地考察和资料收集整理工作，遗憾的是，因为身患痼疾，他没有能够实现这一夙愿，只完成了这部书的纲要和目录部分。

我有幸见到了他为这部著作仔细撰写的提纲和目录。目录的第一篇，便是昆仑山及其山系的构成。在这一章节，虞叔和先生按照一列列山峰不同的地理方位和走向，罗列出了构成昆仑山庞大山系众多山峰的名字，这些名字，大多来自羌、藏、蒙古、维吾尔、塔吉克、柯尔克孜等古老民族的语言，一经用汉语书写，便先天性地具有了一种神秘感和陌生感。在虞叔和先生罗列的这份提纲中，它们被竖排在纸上，形成了长短不一、错落有致的气象，参差不齐地构成了一片雄浑磅礴的纸上昆仑，它们与现实中的那些大山遥相呼应，彰显出地理意义上昆仑山所独有的震撼人心的魅力。

昆仑山很大，它不但是中国西部山系的主干，也是亚洲中部的庞大山脉，横贯新疆维吾尔自治区与西藏自治区之间，向东延入青海省西部，抵四川省西北部，全长达2500公里。昆仑山是古老的褶皱山，其西段沿塔里木盆地南缘作西北—东南走向，东北坡陡峭，西南与喀喇昆仑山相接，高大的山体分布着面积极为广大的冰川。当昆仑山从西北—东南走向转而为东西走向，庞大的山体便纵横于青海境内，造就出了青海西部广袤粗犷的独特地貌，堪称大美。

虞叔和先生罗列的这份提纲中，海西地区及其周边的庞大山系被他视为“东昆仑山”，分为北列、中列和南列。在这些山系中，计有唐格乌拉山、祁曼塔格山、阿尼玛卿山、可可西里山等二十余座海拔5000米以上的高山。

“阿庆冈嘉”是当地民间对上述某一座大山的称呼，藏族智者智观巴·贡却乎丹巴绕吉所著的《安多政教史》一书中提及并记载了它的名字，使得这一民间命名彰显出了它的重要性。但在这一山峰的认定上有两种不同说法，有人认为，阿庆冈嘉山便是上述提及的唐格乌拉山，依照虞叔和先生所列提纲，属“东昆仑山”北列。这座山是青海海西蒙古族藏族自治州与玉树藏族自治州的分界山脉，平均海拔4500米，山脉西段的主峰便是青海昆仑玉的主要产地玉珠峰。也有人认为，阿庆冈嘉山是位于西藏自治区与青海西南部的可可西里山。可可西里山属于“东昆仑山”南列，东西走向，东延接巴颜喀拉山，山脉长500公里，平均海拔6000米。主峰岗扎日，海拔6305米，是长江北源楚玛尔河的发源地。

阿庆冈嘉山虽然被认定为南北方位不同的两座不同的雪山，但这两座大山从文化意义上看却有着相同的地理位置——不论是唐格乌拉山还是可可西里山，它们恰好处在以语言为显著区别的藏族三大文化区域——安多、卫藏和康巴的分界线上，因此也成为在藏文化中有着重要地位的山峰。《安多政教史》在论述解释“安多”这一特殊的地名时认为：“将阿庆冈嘉雪山与多拉山之名的首字合并起来，自此以下的区域称为‘安多’。（山名首字合并是为‘阿多’，意同‘安多’。‘安多’是约定俗成的汉语写法——作者注）”。此处所说的多拉山，则指著名的祁连山。这恰好是学界对青海境内“昆仑”这一地域概念的定义——昆仑文化学者李晓伟认为，现今的青海湖（古称西海）周围，南抵昆仑山，北抵祁连山，即是古籍中所说的“昆仑之丘”。

也就是说，在地理概念上，青海“昆仑”与“安多”所指涉的区域完全是重合的。我认为这应该是一个值得引起学界关注的问题，但迄今未有人论及。昆仑文化学者大都没有掌握民族语言文字，不能从民族文化意义上观照和认知，这也成为他们在研究昆仑文化上的先天性缺憾。

我还发现，“祁连”和“昆仑”，也有可能是两个汉语析音词。析音词，是指一个单音节的字，在发音时将它的声韵分开，成为一个双音节的词。析音词在传统汉语中有大量的遗留，如中国北方的一种面食叫“曲连”，中间留有圆孔，其实是将“圈”字声韵分开后的读法，再比如，青海将一种盛装东西的小盘子叫“普兰”，其实就是“盘”字的析音读法，这种例子在传统汉语中不胜枚举。以此类推，我认为祁连和昆仑也可以作为析音词去解读，“祁连”，应该是“乾”的析音词（一致的解释是，“祁连”为匈奴语言，意为天，其实意同“乾”），而“昆仑”便是“坤”的析音词。“乾坤”一般解释为天地，如此，“祁连”“昆仑”便是“天地”之意。这一猜测也可以从其他一些资料得到佐证。有专家研究认为，“昆仑”一词出自古象雄语“穷隆”，“穷隆”是“大鹏鸟的山谷”之意。在藏族古老神话中，世界形成，天地初分，便是从大鹏鸟的一枚鸟卵开始的。而处于安多核心区域的果洛，则有“天地之大，比如果洛”的说法。如此，“安多”这一地名中，也蕴含着“乾坤”“天地”的意思。昆仑，则是安多部族的领地。

正如昆仑山庞大山系中的一座座山脉，它们的名字却来自不少于中国 10 个以上不同民族的语言一样，昆仑大地，历来便是众多民族世居、来往的地方，以民族众多、文化多元而著称。不同文化间的不断碰撞与交融，自然而然，使它成为昆仑文化理所当然的母体。

玉石之路：丝绸之路 3000 年前的前身

文化是人们行走与相遇的结果。

人们在昆仑山麓的最初行走，是因为这里的石头温润细腻，晶莹通透，是玉。

一条蜿蜒的羊肠小道穿行在昆仑山间，不断地环绕、折回，使得这条小道显得指向不明，不知所往，其实它的尽头是新疆的和田与青海的玉珠峰脚下，那里遍地皆是的石头，是这条小道最终的路标。后来的人们，把这条小道叫作“玉石之路”。文献研究及考古证明，玉石之路远远早于同样穿越了昆仑山的丝绸之路。或者说，正是因为有了玉石之路，它由近及远地不断延伸，便有了丝绸之路。有关专家通过对河南殷墟商代妇好墓出土和田玉器等的分析认定，认为玉石之路比丝绸之路至少早了 3000 年！

那时的古代先民从新疆和田及青海玉珠峰一带采挖、捡拾、购买玉石，再将所得玉石向东经甘肃、青海、宁夏、山西、陕西运入河南，向南运入古象雄王国和吐蕃王国，向西经乌兹别克斯坦，至地中海沿岸的欧亚各国。古籍记载中周穆王西巡的线路，被认为便是这条玉石之路。

玉石之路在汉武帝时代得以前所未有的开发利用，这位皇帝在今甘肃地区还设了驿站，这个驿站有一个响亮的名字：玉门关。从此，昆仑山中的精美玉石，有了一个专门的通道，玉石到了玉门关便也进入了西汉的国门。

汉武帝还派遣张骞两次出使西域，张骞从古长安启程，经甘肃、新疆到达中、西亚，以及地中海沿岸的欧洲地区。使得这条玉石之路不断延长，成为欧亚大陆的交通大动脉，也使得西汉、古天竺、希腊等文明有了交点。9 世纪末，德国地质学家李希霍芬将其誉为“丝绸之路”。从此，这条在西域诸国视域中的“玉石之路”，成为中原西汉王朝视角下的“丝绸之路”。

昆仑山麓道路纵横，古代先民赶着骡马在这里行走，踩踏出的还不只是丝绸之路，还有唐蕃古道、茶马古道等。唐蕃古道是有唐以来从中原内地通往青海、西藏乃至尼泊尔、印度等国的必经之路，茶马古道，则是以马帮为主要交通方式的民间国际贸易的通道。雪域高原的吐蕃王朝还在这里打通了“食盐之路”，西藏阿里地区的古象雄王国成为食盐之路的枢纽，西行的丝绸之路到了青藏高原还衍生出一条“麝香之路”，这条道路蜿蜒向南，经南亚各国抵达西方，构成古代东西方交往的另一条交通要道。在昆仑南北，还形成了“青铜之路”“瑟珠之路”。

这些以商业贸易为目的开辟的道路网织在昆仑山东西南北，人们在每一条道路上行走、相遇，不同的文化得以传播、交融、壮大，像花种一样被人们洒落在走过的地方，在人们的脚印里绽放出奇异的色彩，散发着迷人的芬芳。

西王母：多重身影闪现在藏族传说中

说起昆仑，必然要提及西王母。西王母是谁呢？

记得小时候，大人们总是说，西王母就是《西游记》里的王母娘娘，也是《格萨尔》史诗里的贡曼嘉姆。

小时候，对《西游记》里的王母娘娘倒没有留下什么印象，听《格萨尔》艺人说唱《格萨尔》史诗，却对其中的贡曼嘉姆印象极深，每每听来，总是惊奇于史诗中不断提及的一个情景：刚刚结束了战事，脱下战袍，在自己的寝宫中休憩的格萨尔大王，忽然被来自天上的天母贡曼嘉姆唤醒，让他即刻启程，带领战将与兵马，去攻打新的恶魔。那时候，我总是在想，这位女神怎么这么厉害呢？她让堪称是“世界雄狮大王”的无敌英雄格萨尔唯命是从？后来，我从事藏汉文学的翻译工作，也翻译出版了几部《格萨尔》史诗部本，每每翻译到女王贡曼嘉姆出场的场景，就会想起小时候的疑惑，同时也会产生一些文化意义上的联想。

有《格萨尔》史诗相关专家曾就西王母与史诗人物贡曼嘉姆做过比较研究，认为贡曼嘉姆就是昆仑神话中的西王母——“是在不同地区、不同时代、不同民族和不同文化中不同形象的再现。”并从服饰、形象、居室、随从等方面给予许多的理由和佐证。在《格萨尔》史诗中，对贡曼嘉姆还有一个称谓：奶奶。我在查阅有关西王母的资料时发现，西王母最早被称为“西貘”“西嫫”“金母”等，而在藏语中，“西嫫”则是祖母、奶奶的称谓。“西嫫”，是安多藏语发音的谐音，依照康巴或卫藏方言，则恰好音近“金母”。而母系氏族恰好是以母系血缘维系，由母系关系传递的，即由祖母传给母亲，由母亲传给女儿，王母往往也是祖母。

《格萨尔》史诗中，天母贡曼嘉姆每每出场，场面总是很盛大。由我翻译出版的《格萨尔》史诗部本《百热山羊宗》中，是这样描述的这一场面的：圣王格萨尔正安眠与空乐明光之时，十万空行之主、慧识空行母贡曼嘉姆奶奶搭建起彩虹之帐，在那白云密集之处，身穿神之纱衣，手持彩箭与长寿甘露宝瓶，身骑白狮，手牵青龙，在众位空行女神的簇拥中，对着圣王格萨尔，敲着达玛日鼓，以花雨降落之调唱起了这首预言夺取瑞宝之歌：

制敌至宝格萨尔，
勿再贪睡听我言，
若不打马上沙场，
何将恶魔降服之？
……

汉文古籍中对西王母的记载，场面也很排场：“王母至，乘紫车，玉女夹驭，载七胜，青气如云，有二青鸟如鸾，夹侍王母旁。”对照之下，多有相同之处。

不单单是贡曼嘉姆，在藏族民间神话中，还有许多女神或王母，从这些女神或王母身上，几乎都能窥见西王母的影子。

青海湖在藏语中被称为“赤雪嘉姆”。“赤雪嘉姆”，意为“万羽王母”。此说与《山海经》中描述的西王母极为相似——“蓬发戴胜”。蓬发，当是身披长发，戴胜，则认为是鸟羽冠状的头饰。

在汉文典籍中，对西王母的描述是一副凶神恶煞的形象。《山海经·西山经》：“其状如人，豹尾，虎齿而善啸……”《山海经·大荒西经》：“戴胜虎齿，有狗尾，穴处……”这种描述让人不禁联想到另一位女神：藏族的女性护法吉祥天母，藏语为“班丹拉姆”。

吉祥天母，藏文典籍中这样描述了她的形象：肤色青蓝，红发竖立，头戴五骷髅冠，面有三目圆睁，张着大嘴，露出獠牙。她坐骑身上带着一个荷包袋，里面盛着疫病毒菌，预示她是主生死、病瘟、善恶的神。

显然，这种描述与汉文典籍中对西王母的描述有许多近似之处，不仅形象近似，就连所主管的事项也一致——汉族传说认为，西王母是掌管天下灾害及刑杀的神：“主知灾厉五刑残杀之气也。”

西王母的形象在后期的历史记载中，却逐渐变得美丽起来，甚至有“容颜绝世，真灵人也……”的记载，许多专家对这种由丑到美的演变百思不得其解，我妄猜，这是不是和在藏族民间意识中，有两个吉祥天母的形象有关？

吉祥天母常见的形象有两种：愤怒型和文静型，愤怒型就是上述形象，而文静型的形象与之截然不同：肤色洁白，头上有高耸的发髻和花冠，三只细长的眼睛流露出和善的目光。这种庄重和美艳，似乎就是历史典籍对西王母后期形象的描述。

有关西王母的传说，流传极广的应该是西王母与周穆王瑶池相会的浪漫故事，特别是故事中西王母与周穆王对歌的场景令人难以忘怀。

西王母与周穆王相谈甚欢，行将告别时，西王母唱道：

白云在天，
山陵自出，
道里悠远，
山川间之。
将子无死，
尚能复来？

穆天子听了西王母的歌，“乐而忘归”。他唱和道：

予归东土，
和治诸夏。
万民平均，
吾顾见汝。
比及三年，
将复而野。

相关记载并没有标明西王母与周穆王的对唱用了何种语

言，但这种对唱的形式，却遗留在藏族民间——在藏族安多地区，青年男女以歌会友，谈情说爱，流传下来一种特殊的歌咏形式，叫“拉伊”。近日，我在海西蒙古族藏族自治州采风，朋友送了我一本由青海人民出版社出版，海西天峻籍的藏族学者汪什代亥·索南达杰编译，藏汉英三语对照的《安多拉伊》一书，得闲阅读，忽然发现汉译文中的拉伊，与上述的这首绝唱何其相似：

布谷南飞，
牵心画眉，
请勿牵挂，
何时归来，
告诉归期，
密林深处，
苍翠枝头，
我在等你，

少年远行，
牵心姑娘，
请勿牵挂，
何时归来，
告诉归期，
美丽村落，
伙伴一起，
我在等你。

昆仑山，以庞大的山系被誉为“万山之祖”，“河出昆仑”“玉出昆冈”“赫赫我祖，来自昆仑”。中华民族把它视为自己走向历史舞台的出发地，视为中华民族文化的源头之一。

在不断的聚合中，汇流成河、海纳百川的文化在这片庞大的山系中丰盈而出，这兼容并蓄的文化便也有了一种气势，这种气势有着宇宙一样无始无终的意境，也有着从宇宙的高度俯瞰一切的眼界，这便是中华民族文化的视野。“一览众山小”，在中华民族文化的视野中，即便是孕育了它的巍巍昆仑，也只是一座“昆仑之丘”。

昆仑，好大一座小山！

热贡：被艺术选择的土地

序章：一条河和一片土地

在隆务河畔的藏族、土族村落郭麻日，刚刚开始跟随师傅学习唐卡绘制的多杰丹巴正在一盆清水中认真地洗刷一些沾染上了五颜六色的颜料的毛笔，他向我展示了一些色彩艳丽的石头。“这些石头可以加工成各种各样的颜料。”他对我说。我好奇地拿起一块暗红色的石子，看着它普普通通的样子，不假思索地问他：“那么它们是怎样加工出来的呢？”多杰丹巴没有回答我的问题，他看着我，我从他的眼神里感觉到了自己的唐突。“对不起，也许我不该问。”我说。这个17岁的少年讳莫如深地笑了，并用眼角偷偷看他的师傅，而他身边的师傅，脸上更是没有一点表情。

其实，谁都知道绘制藏族唐卡（藏式卷轴画）所用的颜料大都用矿物制成，包括硫黄、砒霜、朱砂等，用这些矿物颜料绘制的唐卡经过岁月的洗磨和历史的侵蚀依然能够保持鲜亮的色彩，但人们对这些颜料的加工过程却很少知道。

那么这种颜料到底是如何加工的呢？这个问题永远是不为外人所知的，特别是核心部分的加工工序，是对外人严加保密的。它就像是中国川剧中的变脸，是传内不传外的，也就是说，绘制唐卡的颜料的加工制作，在某种程度上是这个世界的秘密，是藏族绘塑艺人艺术创作的制胜法宝之一。对生活在隆务河畔的热贡艺人们来说，尽心收藏好颜料配置秘方，是他们接受绘塑学习过程中的一个重要内容。

与这些神秘的矿物颜料同样神秘的，是黄金颜料的加工和使用。在绘画中用黄金作颜料是产生在热贡地区的藏传佛教绘塑艺术独具的特色，用金的方法同样是这里的工匠画师们的绝技，轻易不会传授给别人。

也就是这些矿物颜料和被加工成了颜料的金箔，在隆务河流域，在这片叫“热贡”的地方，造就了伟大独特的藏传佛教绘塑艺术。

热贡艺术是中国藏传佛教绘塑艺术的重要流派，其中以唐卡和堆绣最为著名。热贡艺术历史悠久，现存的珍贵文物、唐卡作品留存于中国藏区的各大寺院和民间，在深受藏传佛教影响的不丹、尼泊尔等国也多有收藏。

青海民族学院教授，长期从事热贡艺术研究的马成俊先生认为，热贡艺术自产生至今的几百年历史中，被逐渐提炼、吸收、发展，成为独具一格的民族艺术。其作品造型准确生动，工笔精细绝美，色彩艳亮，富于装饰性，充分发挥了线条的节奏感、运动感和立体感，强调了整体的完美。质朴的画风，匀净、协调的设色，惟妙惟肖的神态刻画，充分体现了与产生在西藏和康巴藏区的藏传佛教艺术截然不同的独特的魅力。

20 多年来，热贡艺术由于宗教信仰自由政策的进一步落实，得到了空前的发展，而中国市场经济的突飞猛进，则为热贡艺术提供了更为广阔的市场空间。青海省政府已经提出了热贡艺术产业化发展的思路，对一些从事热贡艺术商业活动的人们给予了经济上的扶持和政策上的优惠。如今，一些专门从事热贡艺术创作和生产的公司已经成立，并开始正常运营。这种发展思路也改变了热贡艺术的消费对象——除寺院和信仰藏传佛教的家庭外，更多的旅游人群和艺术爱好者成为新的更大的消费群体。

在这 20 多年中，一大批优秀的热贡绘塑艺人脱颖而出，其中有曾经跟随著名画家张大千先生在塔尔寺和敦煌临摹壁画的夏吾才让老人，他在 1988 年获得“中国工艺美术大师”称号；在他之后，宗者拉杰先生于 1999 年主持创作完成了长达 618 米的《藏族文化艺术彩绘大观》巨幅卷轴画，赢得了“大世界吉尼斯之最”；今年 30 多岁的艺人桑杰本则于 2001 年成立了自己的热贡艺术开发公司，开始从事热贡艺术品的创作开发生产和销售工作。他们的经历刚好说明了热贡艺术的发展之路：改革开放后，大量购买宗教用品的买方，由纷纷开放的寺院和信仰活动逐渐转向公开的信佛家庭，这为夏吾才让先生提供了充分发挥其高超绘塑技艺的广阔平台；市场经济的进一步开放和新的商业理念的不断传入，使宗者拉杰的创作明显带有宣传、包装意识和商业活动性质，这是热贡艺术从宗教用品向具有商业属性的工艺品过渡的重要时期；桑杰本则自然而然地成为热贡艺术产业化进程中的代表人物。

在上述文字中出现了一条河名和一个地名：隆务河、热贡。正是这条流淌在青海南部的高山峡谷深处、很少有人知道的河流，和同样鲜为人知的这个用藏语命名的地域，孕育和诞生了伟大的热贡艺术。在风格和流派众多的藏传佛教绘塑艺术中，热贡艺术以它鲜明的特色独树一帜，独领风骚。

那么，如此绚丽壮阔的热贡艺术孕育和诞生在一片什么样的土地上？热贡这个地名到底包括了现在的哪些区域？

隆务河，是中华民族母亲河黄河的支流之一，发源于青海黄南藏族自治州泽库县多禾茂乡若恰山区，全长 144.3 公里，流域面积 4934 平方公里。这条河从海拔近 4000 米的高度由南向北流淌，进入青海同仁县境内时，海拔一下下降了 2000 多米，这种急转直下的海拔高度，使隆务河形成了极大的落差和强大的流速，当它经过泽库草原的沼泽和麦秀原始林区时，又得到了这里花草和树木的滋养。隆务河长大了，一如一个狂傲的少年经历了太多的艰难险阻逐渐成熟了一样，变得沉稳舒缓起来。它在黄河流出青海进入甘肃后，又回头再次进入青海所形成的巨大的河湾里，冲刷出了一片谷地，接着它浩浩荡荡，一路北下，湍急的水流把险峻的隆务峡劈成了两半。它流经的地区有泽库、同仁、尖扎等，这些地区是青海黄南藏族自治州下辖的 3 个县，藏族则把这一地区称为“热贡地区”。

从上面的叙述中可以看出，热贡显然不是一个行政区域地名。在青海藏区，类似这样不受行政区域限制的地名很多，这些地名自然有着它的历史渊源，而今天，它们则完全成为藏族民间对某一区域的认定方式。比如“华热”这个地名，大约涵盖了今天青海乐都区、平安区、门源县的部分藏族聚居地区和甘肃省的天祝县，而“卓仓”这个地名则指的是今天青海乐都区、平安区的另一部分藏族聚居区，分布在青海湖南岸的倒淌河、江西沟、石乃亥3个纯牧业藏族乡，则被当地藏族牧民称为“宁龙”……

在热贡这一地名的地域范围认定上，许多专家都各执己见，看法不一。热衷于热贡艺术研究的马成俊先生认为，“热贡”一词的地域概念大体上相当于1953年前的同仁县。

从有关资料中可以认定，同仁县成立于1929年，其南北长200公里，东西宽约80公里。1953年，和日、王家等区域从同仁县析出，成立了泽库县。也就是说，曾经的同仁县包括了整个隆务河流域。因此可以说，隆务河流域就是热贡地区，这应该是认定热贡这个藏语地名的最好方法。这片地域东邻甘肃省，这里是藏传佛教格鲁派著名寺院拉卜楞寺所在地，甘肃的本土民族裕固族就生活在这山水的一隅；西接青海贵德县，这里民族杂居，宜农宜牧，与青海最大的粮油产区河湟谷地紧紧相连，深受汉文化的影响，被誉为“青海小江南”；南连河南蒙古族自治县，这里的蒙古人不讲蒙古语，却说着一口纯正的安多藏语；北临循化县，这里是黄河流经的土地，生活着信仰伊斯兰教的青海本土民族撒拉族——这是一片被不同民族不同信仰众多文化所包围着的土地。

隆务河流域——热贡地区因为孕育和诞生了伟大的藏传佛教绘塑艺术而举世闻名，那么，今天被称为热贡艺术的这种藏传佛教绘塑艺术为什么会在这里出现呢？它的独特性主要表现在哪些方面？一个地区，具备了什么样的条件，才能够孕育和诞生独特的艺术呢？这种艺术在这一地区何以长久保存，永不凋谢呢？

被自然宠爱的山水

怀揣着一本已经磨损的有些破旧的采访本，拿着一支出发前在路边的小卖部里买来的圆珠笔，我们踏上了去往青海泽库县的路程。我们将沿着隆务河进入隆务峡，再从隆务峡进入黄南州府所在地的隆务镇，我们的此行终点是隆务河流入黄河的隆务峡口处。我们将沿着隆务河顺流而下，去寻找热贡艺术成长的足迹。

沿着隆务河由南向北，看着车窗外与我们若即若离的隆务河，隆务河两岸的风景不断地变化着。在它的源头，我们看到低矮的牧草铺泻在起伏平缓的草坡上，是典型的高山草甸类地区，牧草中夹杂着被当地人称作“喇叭花”的紫色的秦艽和被叫作“馒头花”的白色的狼毒，这些药用植物生长在这片海拔 4000 米的地区，把这片草原点缀得煞是好看。接着，车窗外出现了大片的沼泽，由于水的原因，这里的牧草开始变得茂密而又修长，色泽由源头地带的深绿变成了浓绿。一些野兔和火狐看到我们的车，从容不迫地向沼泽深处跑去。我看到灿烂的水晶晶花在那些野兔和火狐跑向远处的路上一片片地开放着。牧民的帐篷和帐篷周围散落的牛羊群则是这些风景中最普通的景致。

当隆务河走出沼泽地，沼泽地里许多细小的水流加入了它，隆务河变得壮大起来。隆务河就这样欢快地流淌着，那清亮的溪流，就像是一个活跃的胚胎，吸吮着大地的营养在不断壮大——或许，这里就是热贡艺术的萌芽地。

伴随着隆务河的蜿蜒，我们的车进入了麦秀原始森林区，这里已经被批准设立为国家级森林公园。林区内山峦起伏，沟渠纵横，乔木、灌木和草本植物茂盛。有关资料介绍，林区树木有 800 多种，以云杉为主，圆柏、杨树、桦树也极为丰富，同时还生长少量的油松，这些树种按照自然垂直分布带、地势错杂生长。也就是说，这个只有 15 平方公里的原始森林，浓缩了亚热带植物和高寒带植物的许多种类。这里的风景清新迷人，这里的色彩绚烂多姿。在我看来这里就是热贡艺术的“染色体”，热贡艺术正是因为麦秀景色的渲染才有了鲜亮的装饰性和层次分明的立体感。

走出麦秀林区，黄南藏族自治州州府所在地隆务镇已近在咫尺。我们决定在这个小镇休整一夜。

这是一个受现代化都市建设的影响，由砖木和水泥构建而成的高原小镇，建筑风格上几乎看不到本土文化的痕迹，与比邻而居的藏传佛教著名寺院隆务寺浓郁的藏传佛教建筑特色形成了明显的对比。那些四方形的楼房和入夜后迷乱的灯光在这样一个地方显得有些突兀，有些不合时宜。

第二天我们又踏上了征程。

隆务河已经变得十分壮大，翻滚着波涛，进入了隆务河谷地区。这里又是一番别样的景象：成片的麦田，麦田之间的村庄已经有了相当的规模，农家院落里种植着果树，等待成熟的果实坠满了枝头——除了麦田，这里又见到了被人们驯化的果树。在整个青藏高原，能够生长瓜果的地方也就只有西藏林芝等数得过来的几小块地方。随着果树的出现，帐篷和牛羊群从视野中消失了。

有资料介绍，隆务河谷地区土地肥沃，日照时间长，无霜期达到 150 天左右，是青海省粮油的主要产区，主要农作物有春小麦、青稞、豌豆、蚕豆、马铃薯、油菜等。独产的黄果梨是生津止咳、清痰化瘀的稀有珍果，这里由此被誉为我国的“黄果之乡”。

也就是在这片谷地上，依次坐落着吴屯、年都乎、郭麻日、尕沙日四个藏族和土族村落。这里是热贡艺术温热的子宫，是热贡艺术的发祥地。这里的农民，90% 以上的男人都在从事热贡艺术的绘塑，使这里素有“村村是画乡，人人是画匠”的美誉——隆务河使它一路所见到的所有的色彩浓缩成一种智慧，赋予了这里喝着隆务河水长大的人们，并沿着它的流向，走出了这片土地，走向了世界。

而今，我们就是沿着热贡艺术出发的地方向北行驶。

令我惊叹的，还是进入了隆务峡的隆务河。此刻的隆务河已经是一条汹涌的大河，在这里它显示了它当年劈山开路的勇猛，巨大的浪涛义无反顾地拍击在那一片片坚硬的石壁上，击碎的细碎水珠在石壁四周形成一片朦胧的薄雾，那可是隆务河粉身碎骨的肌体啊！我不由感叹着。

在它的冲击下形成的那些窄小的峡谷如今成了一座座小型水力发电站的所在——隆务河在短短的140多公里的流程中，从海拔近4000米的泽库草原进入海拔2000多米的隆务峡，巨大的落差和湍急的水流使它成为开发水电资源的理想河流。目前，隆务河上已建成梯级水电站7座，总装机容量达到2.2万千瓦。

而那些宽阔的地方，也就是那一片片冲积扇上，坐落着一个个小村落。袅袅炊烟中彩色的经幡在随风飘摇，隐约的海螺声不时传来。村落周边，是切割成小片的农田，碧绿的麦子正在抽穗，油菜花金黄耀眼。更远的地方，能看见羊群像白云一样飘动。比起源头的纯牧业景象，比起谷地的农业风景，这里呈现出的是一片宜农宜牧的独特景致！隆务河经历了一个状如英文字母“V”的神奇的动植物分布带。

在青海黄南藏族自治州志编纂委员会编写的《黄南藏族自治州基本概况》中，是这样描述热贡地区的自然特征的：地处青藏高原与黄土高原的过渡地带，隆务河纵贯全境南北，形成东西部山区和中部河谷地区。境内山峦起伏，河谷相间，地貌复杂多样。地势南高北低，最高海拔4767米，最低海拔2160米，相对高差2607米。

从高山草甸到麦田，再从麦田到果树，又从果树到农牧兼营的田野和牧场，这种“V”型的海拔落差表现在地面上，那就是地面植物分布上的丰富和奇异——植被从稀疏变得茂密，又渐次稀疏起来，植物种类由稀少变得越来越多，再渐次稀少起来。隆务河的经历与沿途的植物分布一样丰富而奇异。有时我想，如果隆务河是一个人，它的阅历足以使它成就一番事业。

而它真的就成就了一番“事业”！

我曾经读过单之蔷考察大香格里拉之“藏彝大走廊”的一篇文章，被文章中的一个观点所吸引。单之蔷认为，自然带的方向是水平的即东西向的，如果河流的方向也是东西向的，那么这样的流域内就容易形成统一的文化，这是因为同一自然带内，气候、降雨、光热的条件大致相同，自然环境比较接近，最早驯化的动植物也大致相同，生产和生活方式较少差异，因此很容易形成同一的文化。相反，如果自然带的方向与河流的方向是不一致的抑或是交叉的，河流就会造成错位的自然带，形成一个个独立的自然区域，而每一个自然区域由于生产生活方式不同，就会造就出相对独立的文化。

这一观点让我豁然开朗，我恍然觉得我从隆务河流域的独特性中看到了同样独特的热贡艺术产生的原因，我还看到了这一艺术几百年来在这一地区经久不衰的原因。

隆务河由南向北流淌，与水平的自然带形成了交叉，虽然它全长只有 140 多公里，但它却在这短短的流程中，穿越了泽库草原纯牧业区、集多个气候带植物种类为一体的麦秀原始森林区和业已成为青海省粮油产区之一的隆务河谷纯农业区、隆务山区的半农半牧区。于是我想，穿行在不同的风物之中的隆务河，赐予热贡人民太多的想象力和缤纷的色彩，驱使他们拿起了画笔，从这多彩的自然中吸取了养分，创造出了多彩的艺术。而这一艺术流传至今的原因，同样是隆务河用它的身躯，用它造就的高山和峡谷，抵挡了山外强劲的季风的吹拂，把纯真、自然、独特的艺术永远留在了这里。

哦，这片被自然宠爱的山水，正是因为得到了自然的宠爱，滋生了艺术的萌芽，孕育和诞生了伟大的热贡艺术。

被战火焚烧的疆土

在隆务河谷的吴屯上庄村，我向着被村舍围拢着的吾屯上寺走去。这个只有二十多名僧人的寺院，却是驰名西藏地区的国家级文物保护单位。藏族称寺院为“贡巴”，意思是寂静之地，因此藏传佛教的寺院一般都要修建在远离村镇、没有喧嚣的地方，而这座寺院就修建在村庄里。看着不远处的寺院，我想起了陶渊明著名的诗句：“心远地自偏。”是啊，有了宁静平和的心态，有了虔诚的信仰，寺院的位置在哪里，对个人修行来说就显得不那么重要了。

走进寺院，我信步走进了富丽堂皇的大经堂。在经堂内侧我被一幅表现“香巴拉之战”的壁画所吸引，正看得出神的时候，有人轻轻碰了我一下，回头一看，是一位老僧，他看着我，用汉语对我说：“买票，买票！”我急忙掏出10元钱，递给老僧，心里不禁感叹着：这个曾经封闭的地方，这个因为封闭而创造了独特艺术的地方，如今因为要走产业化道路，已经对外敞开了大门，短短几年时间，他们已经有了这么浓厚的商业意识。老僧接过钱，看了我一眼，于是我用藏语对老僧说："我是个加哇。""加哇"是安多藏语朝圣者的意思。老僧听了我的话，愣了一下，他问我："你真的是加哇吗？"这次他说的是藏语。我点点头。老僧急忙掏出已经装入宽大的袍袖中的钱，向我递了过来，他说："加哇是不要钱的。"我摆手表示拒绝，但老僧已经把钱塞进了我的衣兜。哦，藏民族的真诚和直率，或许不会被任何一种外来的东西所扼杀，商业意识更加无法泯灭这种纯真的本质。我又在心里感叹着。

我把钱恭敬地放入供桌上的功德箱里，继续看着壁画。

"香巴拉之战"的壁画，描述的是传说中的那场战争。画面上炮火连天，血肉横飞，看上去很惨烈。老僧走过来，看看我，又看看壁画，对我说："在打仗呢！"我点头向他笑笑。

有关香巴拉，有着许多的传说。传说中的香巴拉，隐藏在青藏高原雪山深处某个隐秘的地方，整个王国被双重雪山环抱，有八个呈莲花瓣状的区域，中央耸立的内环雪山，被称为卡拉巴王宫，宫内住着香巴拉王国的国王。那里有雪山、冰川、峡谷、森林、草甸、湖泊、金矿及纯净的空气，是美丽、明朗、安然、闲逸、知足、宁静、和谐等一切人类美好理想的归宿……而就是这样一个地方，为了抵御外来的侵略，投入了一场浩大的战争之中。有关这次战争，第六代班禅喇嘛在他所写的《香巴拉王国指南》中，是这样描述的："百万雄兵兮彩色缤纷，四十万大象兮愤怒狂奔，黄金战车载满战士武器，齐赴大战场兮英勇莫敌。"

香巴拉到底在哪里？人们一直在寻找。从世界上海拔最高的青藏高原，到我国海拔最低的吐鲁番盆地，人们寻找的脚步几乎踏遍了这个世界。那么，香巴拉到底在哪里呢？从吾屯上寺出来，我忽然突发奇想：那些寻找香巴拉的人们，是否来过隆务河畔的这片谷地？这里的景象，与传说中的香巴拉有着许多相似之处。有人将东经 94°～102°，北纬 26.5°～34° 所围拢的这一区域，称之为大香格里拉地区，这一区域包括了青海南部的玉树、果洛、黄南三个藏族自治州的部分地区，而隆务河就是从这一区域的东北角发源，一路流淌到这里来的，也许，它是带着那片仙境的祥瑞之气，流到了这里。

这里同样有雪山、冰川、峡谷、森林、草甸、湖泊、金矿及纯净的空气，而那些形容词——美丽、明朗、安然、闲逸、知足、宁静、和谐——所描述的景致这里同样能够兑现。传说中的香巴拉，坐落在一条河边，而这些以绘塑藏传佛教艺术品著称的村落就是依傍着隆务河而居的；香巴拉经历过或者将要经历战争的洗劫，而隆务河谷在历史上是一个“兵家相争之地”。

在《黄南藏族自治州概况》中，是这样描述这一地区的：历史上这里是游牧地区。据文字记载，早在后汉时代，这里已是刀弓之战不断，兵连祸起。在汉朝时期，同仁北部成为汉王朝屯田之地。至唐中宗时，这里作为金城公主的汤沐邑，赐予吐蕃。宋代是唃厮啰政权的势力范围。元明两代，始以保安为触角，有中央屯军的深入。

马成俊先生在他主编的《神秘的热贡文化》中认为，热贡地区北有滔滔黄河，南为广袤大草原，中游隆务河潺潺流过，依山傍水，形成了既宜农又宜牧的小气候。《后汉书·西羌传》中“土地肥美，又近塞内，诸种易以为非，难以攻伐……又有西海鱼盐之利，缘山滨水，以广田蓄，故能强大，常雄诸种”的记载，指的就是这一地区。按马先生的说法，这种既适于农作物生长，又适于牲畜的驯养的土地，正是带给它战争灾难的最大原因——大自然对这片山水过分宠爱，赐予它太多的物产，导致许多人把贪婪的手伸向了这里。

马成俊先生说：“这块肥沃的土地，谁能占领，谁便成为强大的集团。汉人和羌人屡次攻伐，都是为了抢占这块肥田沃土。”

从历史记载的只字片言中，我们看到这里曾几易其主，可以想象，每一次易主，都是一场血雨腥风的结果：两汉时期，先零羌、烧当羌等羌人经略此地，及至宋代，这里又成为唃厮啰政权的地盘，到元时，这里又成为蒙古族统治的地方，与此同时，蒙古人和汉人先后入主热贡，紧接着，游牧于青海湖一带的一部分藏族迁居这里……

如今，战争的硝烟已经散去，那些历史的过往也已经隐没在岁月的风尘之中。但炮火和烽烟依然在人们心头留下了烙印。这是我从吴屯村走到不远处的年都乎村后一个最大的感受。走在去往年都乎村的路上，有许多骑着摩托车的村民超过我们的车，一路呼啸着驶入了这个依然保留着厚重的城门的村落，在村口，我还看到一个正在打手机的红衣僧人，这一切，都让我感受到了现代文明在这个古老村落散发出的那种时尚而有些冰冷的气息。

年都乎村坐落在隆务河西岸。如果说吴屯上下庄是以绘制唐卡为主要工艺制作的村落，而年都乎村的优势则是他们的堆绣制作。堆绣其实也是唐卡的一种，是一种用各种色彩的绸缎剪贴粘堆而成的唐卡，这种特殊的唐卡，显示出了一种与颜料绘制的唐卡截然不同的独特风采。

而令我感到吃惊的，并不是这里的堆绣艺人高超的堆绣制作手艺，而是年都乎这个土族村落的结构布局。起先是古老的城门吸引了我，接着在地方陪同人员的示意下，我们发现了它的秘密！我们看到，这个村落的每一个巷道都窄小而又曲折，随便走进一条巷道，迎面看到的是许许多多可以选择的方向，巷道与巷道之间四通八达而又指向模糊，如果没有人带路，走入这些巷道的陌生人几乎不可能走出来，也就是说，年都乎村的村巷是一个巨大的迷宫。相反，村里人所有人家的房屋，屋顶却是连成一片的，只要上了一个人家的屋顶，就会到达所有人家的屋顶！显然，这是为防御和击退外来的侵略而精心设计的，我似乎看到了年都乎的先民们有条不紊、紧张有序地穿梭于屋顶与巷道之间，把入侵者打得晕头转向的场面。

年都乎村的人们深信，他们是成吉思汗部下的英雄多尔赤美的后裔。“我们的祖先是蒙古族，是皇帝派到这里来守边的！”他们说。而同样的说法，我们在吴屯村也听到了，他们认为他们的祖先同样是皇帝派来的。“我们是来这里屯田的，我们的老家在江南！”他们说。有关在这里屯田的历史，在各种史料中有明确记载。《循化志》载：“明初立河州卫，分兵屯田。贵德共十屯，而保安有其四。”这里所说的保安，指的就是今天的热贡河谷地区。更加有趣的是，在《循化志》中，还有这样一段记载：“屯兵之初，皆自内地拔往，非番人也，姑今有曰吴屯者，其先盖江南人，余也有河州人。历年既久，衣服言语，渐染夷风。其人自认为土人，而官亦目之番民矣。”在隆务河谷地区，还有人说，他们的祖先信仰伊斯兰教，这种说法同样不是毫无凭据。马成俊先生经过研究认为，早在13世纪初，蒙古政权进入此地，当地穆斯林被编入“探马赤军”，当时的热贡地区也有“探马赤军”驻防。

热贡，这片肥沃的土地，在不断的战事和屯兵中，先后有蒙古族、汉族、藏族先人以及穆斯林等进入这里，不经意间，他们把各自的文化带入了这里，并且和当地的文化交融在了一起，这为热贡艺术的产生与发展，为热贡艺术独特风格的形成奠定了牢固的基础——热贡，由于她的富饶美丽，给她带来了战火的灼痛，而同时也给她带来了五彩纷呈的文化的交融。

或许，我们依然可以从今天的热贡艺术中看到这种文化交融的影子，比如在堆绣艺术品中蕴含的那种江南刺绣的精细和柔美，比如在雕塑作品中，我们不断看到与其他地区完全不同的二郎神的形象……

被宗教洗礼的胜境

穿行于隆务河谷的一个个村庄，和煦的微风中用来煨桑的柏香在燃烧中散发出奇异的芬芳。刚刚看完寺院大殿里有些破损但神韵依旧的壁画，走出大门，就看到一位土族老人穿着融合了藏族服装特色的土族长袍虔诚地转经，顷刻间，我有一种穿行在历史之中的感觉。

每每说起热贡地区的历史，这里的人们就会说，这里是“兵家相争之地”，发生过许许多多的战争，可是当问到这里到底发生过什么样的战争，有没有一次在史籍上确有记载的战事的时候，谁都无法回答。为此，我也查阅了一些资料，除了只字片言笼统的说法以外，依然没有看到一些具体事例的详细记录，这是为什么呢？

年都乎村宛如战地工事般的村落布局足以证明这里当年战争的激烈，可是这些蒙古军队的后裔们却没有从祖先那里得到一星半点关于战争的记忆。离年都乎村不远的郭麻日村和尕沙日村以跳“莫合则”（军舞）而驰名，当问及他们为什么要跳军舞时，他们的回答是为了庆祝胜利。青海省文化厅研究员曹娅丽经过多年研究认为，“莫合则”是这里的人们为了欢庆停战而跳的——吐蕃军队与唐军交战多年，未见胜负，最后唐军因气候和供给等诸多原因不战而退，“莫合则”就是庆祝这场战争的停止的。

也就是说，在关于战争的记忆中，他们的祖先几乎忘记了所有与战火、与流血有关的事情，而仅仅记住了这样一次算不上胜利的胜利。恍然间，我似乎明白了他们的苦衷：他们饱受战争给他们带来的痛苦，他们再也不愿意看到那种刀光剑影、血肉横飞的战争场面，所以他们把战争从记忆中抹去了，他们甚至对自己的后代守口如瓶，只是把这样一种庆祝停战、感念和平的舞蹈流传了下来。

我由此也找到了宗教为什么在这里盛行的原因——在战

争的恐惧和不安中煎熬的人们一旦遇到慈悲为怀的宗教，就义无反顾地投入了宗教的怀抱。于是，当各路传教者进入这片土地，他们受到了空前的欢迎。

首先来到这里的是西藏的瑜伽师拉杰直那洼（热贡人尊称其为阿米拉杰），他是萨迦王八思巴派来的。在一个明媚的夏日，他来到了热贡地区并开始传播藏传佛教。绘制佛教内容的图画，再用图画的形式形象直观地向人们解析佛教教义，成为他传播佛教的手段之一，于是，藏传佛教开始在这里生根发芽。同时，藏传佛教绘塑艺术也得到了广泛的传播。如今，热贡艺术研究者把这段历史看成是热贡艺术的起源。

1301 年，隆务寺在这里落成，藏传佛教造像艺术和绘塑艺术随着寺院落成而得到更为广泛的传播。明宣德年间，随着藏传佛教格鲁派的兴盛，原为萨迦派的隆务寺改宗格鲁派，寺院开始扩建，得到西藏传教士真传的当地画工艺师参与了佛像和壁画的绘塑。随后，热贡地区一些村落都先后修建了自己的寺院，藏传佛教在这里得到广泛传播。

藏传佛教在这里刚刚兴起，修建寺院蔚然成风，于是那些得到了西藏传教者的教授和指点的画师工匠们有了用武之地，他们奔走于各村落之间，在这种奔走中，他们的技艺得到了很大的提高。很快，这里所有大一点的村落都有了寺院，寺院里还有了尚不太成熟，但已经有一定水平的壁画和雕塑。这些画师工匠们发现，寺院之于他们不仅是精神的栖息地，而且是物质的保障者——寺院是他们绘塑作品的最大买家。

如此，为寺院绘塑宗教艺术品便成了隆务地区这些画师工匠们的谋生手段，能够从物质上给他们带来实惠的寺院，也就受到了他们更加虔诚的顶礼膜拜。很快，他们的足迹就踏遍了整个热贡地区。从事热贡艺术研究的马成俊先生认为，18 世纪以来，热贡地区的寺院规模基本定型，寺院所用的雕塑和绘画也呈基本饱和状态，遂使这里的画师们远游四川及甘南、拉萨等地献艺，进一步推广了藏传佛教绘画艺术，同时也吸收了这些地区优秀的绘画艺术，使本地区的绘画艺术水平日臻完善。

那些为战争而来的士兵们，不经意间带来了他们故土的文化；那些为宗教而来的传教者们，无意之中在这里播下了艺术的种子；而走出去的热贡画师工匠们，在异地他乡的土地上，更是如饥似渴地呼吸着外面世界的清新空气。

如今的黄南藏族自治州，素有“小西藏”之称。行走在隆务河畔，绿树掩映之中，随时可以看到阳光下熠熠生辉的寺院金顶和村舍间鹤立鸡群般的白色佛塔。藏传佛教在这里已经根深蒂固，这里的藏族、土族和部分汉族都信仰藏传佛教。“他们除了参与一些寺院举行的佛事活动以外，每日还在自己家的佛堂里念经祈祷，并且煨桑烧香，这是他们日常生活的重要组成部分。”——在马成俊先生眼里，藏传佛教已经渗透到了这里绝大多数人们的精神生活和物质生活中。

但宽容的藏传佛教并没有拒绝其他宗教在这里传播——随着穆斯林“探马赤军”在这里驻防，伊斯兰教随之传入、随着内地汉族移民实边，道教也随之传入、至今我们在热贡地区还能看到许多供奉二郎神的二郎庙，供奉关云长的关帝庙。“从坐落在隆务河畔二级台阶地上依山而建的隆务寺，依次向一级台阶地分别建有圆通寺、清真寺、二郎神殿，在离这儿不远的几个地方，还有一座苯教寺院，隆务河周围村落，还建有各村的山神庙……其文化的多元性一目了然，清晰可辨。”（引自马成俊《热贡文化的特征》）

在历史上，宗教就是这样走进了这些生活在严酷自然环境中躯体和心灵上饱受了战争创伤的人们的生活，融入了他们的血液，并以遗传的方式，进入了热贡子孙的血脉之中。宗教给热贡艺术赋予了血肉和灵魂。热贡艺术就是在这样一种宗教氛围浓郁的背景下，在热贡画师工匠们满怀虔诚的笔端和刻刀下，以佛教人物、佛教故事为内容，走上了世界的前台。

尾声：个性的土地

被艺术选择的土地，要受到艺术的检验。

艺术把一个海拔落差巨大的自然环境带给了这片土地，让这里的人们每日目睹比其他地方更为丰富的色彩，让他们学会用色彩去认识世界的同时，还让他们经历了更多更猛烈更严酷的考验。艺术把意味着流血意味着牺牲的战争带给了这片土地，让这里的人们品尝了恐惧、惊慌和冷酷的杀戮之后，又用战争带来的异域文化掩埋了地上的血腥，把奇异和灿烂赋予了这片土地。艺术把隐忍和宽容的宗教带给了这片土地，让这里的人们抚平心灵的创伤，在精神世界里得到永远的慰藉，并且用赞美和歌颂的形式，去描画心中的神灵，以及神灵带给自己的启迪。而描画这些图画的颜料和色彩来自大自然，只有这样的颜料和色彩，才能够疗养战争带来的创伤，呈现出和谐宁静的安乐景象。

艺术就是这样选择了这片土地，并从这片土地中吸取养分，开出了奇异的花，结出了神秘的果，成就了独一无二的热贡艺术。

而这片五彩纷呈的土地，在血雨腥风的战争面前，在润物无声的宗教面前依然保持了自己的个性。这也是热贡艺术之所以独一无二的原因。

在与异域文化的碰撞和交流中，在对自己的先祖的追思和悼念中，他们并不是毫无选择地去容纳去接受向他们汹涌而来的新奇和陌生的事物，而是以一种为我所用、谨慎入微的心态慢慢去接近，摄取其中的内核和精华，从来也没有让自己迷失过。其间，他们还表现出了淘气少年一样的倔强。

我走在吴屯下庄的村道上，夏日的风在村道上游走，卷起了一阵阵热浪。我看到村民家大门两边的红色春联已经有些斑驳，春联上的字却是藏文的，我看到大门上的门神是横刀立马的英雄格萨尔——春节期间张贴春联和门神，这本是汉族的民俗，而在这里它却经过了异化，这也许是这些自称是江南人的汉族后裔对自己祖先的一种怀念，抑或是原住的藏族和土族对汉文化的吸纳和改变。

青海民族学院副教授李美玲女士对热贡地区的语言进行了多年研究，她惊奇地发现，这里的土族，特别是居住在吴屯的土族在与外人交往时，可以流利地使用藏语或者汉语，而在他们内部，却有着另外一套只有他们自己使用的语言系统！这是一种藏土汉语混杂的语言，还有好多词与汉语江南一带的方言是相通相近的。李美玲女士还发现，这里的汉语，词汇是汉语的，但主谓宾结构和造句方法却与藏语或土语相同。

而这样的现象在热贡地区比比皆是。

或许，这片处在多个民族多种信仰多种文化包围中的土地，在与周边文化的碰撞和比较中，凸现出了自己的独特性，从而使保持自己的文化个性成为一种无意识不自觉的行为。对外来文化的吸收，则永远是在一种警觉和谨慎的心态之下。

就是这片土地的个性，只有有着这种个性的土地才会被艺术选择，所以，这是艺术的个性，也是热贡艺术的个性。有了这种既能保持自我，又能吸纳别人的个性，热贡艺术才有了独具特色的魅力。

我似乎已经触摸到了这片被艺术选择的土地的心跳。

神界的墨香

——国家级“非遗”项目德昂洒智藏文书法小记

虽然已经是公历 5 月，果洛草原依然覆盖在一片苍茫的枯黄之下。几天前的一场落雪斑斑驳驳地散积在四处，在阳光下放射着清冷的光芒，大地依然是一片冬日的景象。然而，如果走上草原仔细去看，还是会看到时令悄然的变化——在向阳背风的草坡上，在相对湿润的河畔上，委陵菜属的蕨麻花和匍匐在地面上的蒲公英已经舒展开稚嫩的叶片，再过几天，它们将以耀眼的金黄叩响这片高寒草原春天的门扉。

我们的汽车从达日县城出发，前往目的地德昂乡。一条乡村公路沿着达日河蜿蜒延伸，顺流而下，海拔也随之慢慢低缓下来，春天的意味也就一点点深浓起来。为我们担任向导的是达日县文体广电局局长东强，他是个摄影爱好者，看着车窗外一片片即将发芽的柽柳，他说：“这儿可是拍鸟的好地方哦！”果然，在他的指引下，我们看到了沿途间或飞过的一只只小鸟：灰背伯劳、红腹红尾鸲、大朱雀……它们啁啾的叫声，似乎让春天的意味更加深浓了一些。

德昂乡在达日县城以东，是一个以畜牧业生产为主的纯藏族乡。路上，我向东强问起“德昂”的意思，他说：“‘德昂’是汉语‘盘中’的意思，因为这里的海拔相对低于周边地区，形成了一个小型的盆地，所以有了这样一个名字。”

路上，我们也聊起了德昂洒智藏文书法。

“德昂洒智”是对流传在果洛州达日县德昂地区的一种独具特色的藏文书法以及笔墨纸砚等制作工艺的统称。传说在藏王赤松德赞时代，著名译师毗卢遮那应藏王之命前往康区弘法，当他路经德昂地区时，看到这里山河壮丽，风景宜人，知道这里是一片人杰地灵之所在，于是，他把自己手中的笔抛向空中，口中祈愿道：“得到此笔之人，必以隽永端庄之字，弘传善律，广播法雨！”于是，这片叫“德昂”的草原，从此有了书法的传承。而洒智，则指的是公元 18 世纪，一位叫洒安旦增的书法大师以四川德格书法为基础，借鉴毗卢遮那书法艺术——毗卢遮那虽然以译师称世，但藏文书法艺术也将书法传承的起源归宗于他，史书中有“书之诸法皆归毗卢遮那”之说——开创的独具一格、自成一派的藏文书法，被后人称为“洒安旦增书体”，取其名字中的第一个字，简称“洒智”（“智”为藏语书体之意），他因此成为捡到“毗卢遮那神笔”的第一人。在他的倡导下，德昂地区许多僧侣拜他为师，潜心学习这种别具一格的书法艺术，使得德昂地区成为“洒智”的主要流行区域，其后续的传承人均来自这一地区，因此，这种书法艺术以及由此带动起来的笔墨纸砚的制作工艺被统称为“德昂洒智”。

我们的汽车在中午时分到了德昂，来到了德昂洒智藏文化有限公司门前。

公司办公大楼矗立在草原上，由于周边没有其他建筑，显得高大雄伟，浓郁的藏式建筑风格使它完美地融入这片草原风景之中，在这片自然的山水间延伸出人文的意蕴。

总经理丹贝嘉灿携带着他的团队迎接了我们。简单的午餐过后，丹贝嘉灿便带着我们参观了一个书法展览。所展作品是不久前他们举办的一次德昂洒智书法大赛的获奖作品。丹贝嘉灿一边向我们一一介绍每一幅作品，一边还说起了结束不久的书法大赛的盛况：“近百人在草原上席地而坐，左手拿着垫板和纸张，右手拿着笔，只听见竹笔在纸上走过的沙沙声！”

丹贝嘉灿这一句话，其实也道出了德昂洒智藏文书法的独特的书写方式。与汉文书法书写前繁缛的前期仪式不同，作为诞生壮大于草原的德昂洒智，承袭了游牧文明的简洁明快，只要纸笔齐备，有一块比手掌略大一些的木质垫板，便可坐地书写。

这便是游牧文明与书法艺术相遇的结果。游牧生活的自由洒脱就这样融入了文字的书写之中，平日的游牧生活也因为文字而平添了一缕清淡的墨香，一种精神的陶冶。

在德昂草原，这样奇巧的相遇已经有着200多年的历史。

牧人，立于天地之间，空旷而孤寂。他们与自然交谈，与山水对话，缔造万物为神灵，而神灵也反过来塑造了他们，在这样一个过程中，形成了丰富的想象力。有关毗卢遮那抛下自己神笔的说法，便是牧人们对一次历史过往的形象化记忆，使一段历史沾染上了神话色彩。拨开神话的迷雾，便会窥见历史的真实。

据《五部遗教》等记载，毗卢遮那遭人陷害，被流放到多康阿坝一带，虽然遭到此地政教两方面的迫害和摧残，但依然不改初心，虔心传法。其间，他曾路经果洛，并在这里广收门徒，传承书法，这便是德昂洒智在果洛传播的起源。

从那时起，德昂洒智藏文书法便在果洛德昂地区久传不衰，到如今，已历经八代。

以记忆和口传为主要途径的游牧文明，虽然不能像文字记载那样精确确凿，往往会在传播中出现走样或变异，然而，德昂草原上的牧人，却准确无误地记下了每一代德昂洒智传承人的名字，迄今，这里的牧人依然能够说出他们每一个人的名字：

第一代传承人——洒安旦增，出生年月不详，大约出生于公元18世纪中叶，是德昂洒智书法体系的开山鼻祖和奠基人，创立了别具一格的洒安旦增乌迈体藏文书法。

第二代传承人——噶托尖喇，出生年月不详，曾担任噶陀寺的住持。

第三代传承人——姜喇嘛丹增，1801年出生，是噶托尖喇大师的高徒，继承了洒安旦增的全部书体。姜喇嘛丹增是德昂人，他最先将洒智书法带入德昂寺。因此其后续的传承人均来自德昂地区，由此开始，将洒智书法及书法器具制作工艺确立为“德昂洒智”。

第四代传承人——查年智，出生于1836年，从小出家于德昂寺，师从姜喇嘛丹增，自幼潜心学习德昂洒智书法，把修习书法作为毕生的事业，最终成为名副其实的一代书法大师。

第五代传承人——夏喇嘛窝色日贝多杰，1847年出生，是查年智大师的高足，对书法的理解和感悟至深，是享誉一世的大书法家。他基于对书法艺术的深刻领悟，博采众家之长，在德昂洒智原书体的基础上，进行了再次创新，其书法作品和书体成为当代德昂洒智藏文书法的流行范本。

第六代传承人——罗喇嘛嘎达仁波切，1906年出生，11岁时师从夏喇嘛窝色日贝多杰，掌握了德昂洒智藏文书法的各种书体，是夏喇嘛门下无可比拟的高徒，也是一代书法大师。

第七代传承人——查·巴智，1926年出生，7岁时师从勒智活佛，初学德昂洒智藏文书法要领，16岁时师从罗喇嘛嘎达仁波切，系统地学习了德昂洒智藏文书法的理论知识、书写技巧，以及笔墨纸制作技艺，2007年，被认定为国家级非物质文化传承人身份。查·巴智大师因其书法特有的魅力，获得藏文书法界的公认，其书法作品入选中学藏文教材欣赏篇目。查·巴智大师毕生抄录的许多具有极高书法艺术价值的经卷，是藏文书法界和收藏界难得的书法精品。他在青海的许多寺院和学校传授德昂洒智书法艺术，一生培养出许多优秀的德昂洒智书法家，为德昂洒智书法艺术的发扬光大做出了巨大的贡献。

第八代传承人——桑格达杰、阿昂尖措。

桑格达杰，1972年出生，自幼对书法艺术情有独钟。16岁师从查·巴智大师学习书法，系统地学习了德昂洒智书法的尤钦体、尤仗体、尤琼体和朱匝体等各种书体，并全面系统地掌握了德昂洒智藏文书法流派的笔墨纸制作工艺。此外，他还师从德昂却热大师，系统地学习了藏文的兰扎体和瓦德体（梵文字体）。同时，在格桑南杰格西处，他还习得了藏文乌金体。迄今为止，其藏文书法作品共计有上千页，他所抄录的藏医学经典名著《四部医典》，堪称当代德昂洒智书法艺术作品中绝妙的精品佳作。

阿昂尖措，1969年出生，1977年师从罗喇嘛嘎达仁波切学习藏文和书法；1990年，师从噶陀寺的卡斯喇嘛多钦，圆满地学习了藏文书法的朱匝体；1996年，拜查·巴智为师，完整地师承了德昂洒智书法的全部字体及笔墨纸制作工艺；2009年，重新誊写并印制了玛域德昂寺珍存的德昂洒智历代传承人亲书的经文和经书，在汉藏两地广泛传播，为弘法利生事业做出了很大的贡献。同年，他接替查·巴智进行德昂洒智书法教学。此后，始终致力于德昂洒智藏文书法艺术的传承和教学工作，培养出数百名德昂洒智书法人才。目前，他已受聘于青海师范大学，把德昂洒智艺术带进了高等院校的课堂。

如今的德昂洒智藏文书法传承队伍愈加壮大。丹贝嘉灿告诉我，由他的公司举办的德昂洒智书法大赛，已历经四届，每年的参赛人数都要超过百人，不限僧俗、男女、老少。其中，俄年、俄尼、恩热等牧人已经成为牧民中的书法大家。

那一天，丹贝嘉灿亲自担任解说员，为我们介绍了每一幅获奖书法作品的作者及作品特点，介绍了书写德昂洒智藏文书法的每一道工序。

德昂洒智藏文书法是于 2008 年入选国家级非物质文化遗产名录的，这个非遗项目不仅仅是书法本身，也包括其独特的笔墨纸砚制作工艺。那一天，丹贝嘉灿信手拿起一支看似极为普通的竹笔，经过他的介绍，我才明白，这支小巧的竹笔，却也非同凡响，就像是一个隐藏深山的高人，身怀绝技，却不露真功夫。

竹笔是德昂洒智最为关键的工具之一。一支上好的竹笔，其原材料要用秋日采自岩山中的野生竹子，采来的竹子经过简单加工后，要在夏日炎热季节浸泡在骒马的小便之中腌制发酵，然后挂在帐篷的天窗处，用牛羊粪燃烧产生的烟雾熏烤，其间，要在竹子上涂上牦牛骨髓或新鲜酥油，使其变得光滑圆润。最后经过劈、削、刻、垛、切、煮、刮、定型等工艺，一支竹笔方可成型。这些制作过程，藏语称之为“登”，意思是驯化。经了这样一个过程的竹笔，既能够保持被“驯化”后的柔韧，又有着极强的硬度和密度——据说，如果把竹笔当飞镖，可以深深插进木板里。

用以书写德昂洒智的墨，也有着特殊的制作工艺。有一种墨是将酥油灯燃烧殆尽后结成的灯花收集加工成的，由于产量很低，色泽鲜亮，被视为上品。常见的墨则是将几个底部穿孔的砂罐叠加后置于高处，底部点燃松枝等富含油脂类的植物，在不完全燃烧的前提下，采集烟尘进入砂罐后在罐壁上形成的烟垢，再与细土、自制胶水及一种特殊的增光剂等拌和，反复研磨，再加上麝香、冰片及当地特产的天然矿物和植物等制作而成，具有浸入水中数年不掉色、不走墨的特点。还有一种墨，则是专门针对初学书法的儿童制作的，其原料主要是提取酥油后的牛奶，藏语叫“达拉”，这种墨天然无毒，洒在衣物上可以清洗。制作墨汁的过程中，有一个宗教仪式叫作“智”，意思是加持，使之更加具有某种灵性，为书写出的文字赋予一种灵气。

德昂洒智所用的纸张，便是藏地特有的藏纸。在藏族地区，有着众多的寺庙，而每一座寺庙都有大经堂、藏经阁，收藏着大量的佛经典籍，这些典籍历经千年依然保存完好，便是因为这些典籍所用的纸张是藏纸。可以说。正是因为藏纸的发明、生产和使用，使得博大深厚的藏文化得以记录、传承、发扬光大。

藏纸所用的材料中，最为重要的，便是在青藏高原上常见的一种植物——狼毒花，多年生草本，生长在海拔 2600 米以上的草原上。在果洛常见的狼毒花，基本是瑞香狼毒。红嫩的花苞，绽放出雪白的花朵，有着丁香花一样的奇异芬芳。在藏医学中，狼毒是一种具有祛痰、消积、止痛功效的草药，狼毒花的根部具有剧毒，智慧的藏族人便利用它的这一特性生产出了与众不同的藏纸，使得藏纸具有了不怕虫蛀鼠咬、不腐烂、不变色、不易撕破等特点。书写在藏纸上的书籍也就有了历经千百年岁月沧桑依然保存完好的奇异现象。

如此，藏纸也成为书写德昂洒智藏文书法者最为青睐的纸张。

产生于游牧文明背景下的德昂洒智藏文书法，有着就地书写、操作简便等特点，所以也没有汉文书法所常用的案几、砚台等，但在书写时左手持有一只形似葫芦的盛墨之物，藏语叫“纳文”，也有人称之为“藏砚”。因为要拿在手上使用，为了防止墨汁溢出，则采用了与汉文书法所用的砚台完全不同的葫芦形状，书者同时还拿着一支毛笔，这支毛笔则是藏砚的延伸用品，用来调节竹笔上的墨汁。

通过丹贝嘉灿的详细介绍，我对德昂洒智藏文书法有了一定的了解。从果洛德昂草原返回西宁后，我专门去拜访了青海师范大学端智才让教授。端智才让教授一直从事藏文书法的研究与教学，在学校开设了藏文书法课，也曾邀请德昂洒智书法传承人阿昂尖措大师到学校为学生授课。在谈及德昂洒智藏文书法时，端智才让教授说：藏文书法理论对优秀的书法最终呈现的结果总结出了三个字——“达、纽、增”。“达”，是精准、洁净的意思；“纽”是均衡、有度之意；“增”，一般用来形容人的内心世界与表情，是愉悦、微笑的意思，而在这里则指书法能够给阅读者、观赏者的一种感觉。

“德昂洒智书法完全达到了这样一种效果！”他说。

端智才让教授介绍说，德昂洒智书法用的是藏文徂同体，具有便于读识的特点，用黑墨和红色朱砂两种颜色交替书写，不但标识出了文本中的关键词，利于记忆，阅读时不易错行，而且也达到了一种特殊的装饰效果。

“德昂洒智书法具有极好的开发前景，而像丹贝嘉灿这样具有胆识和想法的领头人也正在从事着这样一份事业！”端智才让教授说。

担任果洛达日县德昂洒智藏文化有限公司总经理的丹贝嘉灿，生于德昂地区“德昂”姓氏家庭。他是德昂洒智第七代书法传承人查·巴智的爱徒。为了使德昂洒智薪火相传，丹贝嘉灿在各级党委政府鼓励支持下，积极打造这一文化瑰宝，建立传承团队。在多方共同努力下，2008 年，德昂洒智藏文书法入选国家级非物质文化遗产。

查·巴智老人过世后，丹贝嘉灿正式担起德昂洒智传承、保护和弘扬的重任，成为弘扬德昂洒智藏文化的领军人物。

2009 年，丹贝嘉灿重新修葺他所在的德昂寺的大经堂，在此建立了果洛德昂洒智藏文化博物馆，将历代散落于民间德昂洒智传承人珍贵的书法作品收集入馆，有效地保护了历史上遗落的德昂洒智书法艺术作品。2013 年，他在玛域德昂草原的黄河岸边，建立了果洛达日县德昂洒智藏文化有限公司。公司筹资建立了果洛德昂洒智藏文化传承学院。该学院作为培养藏文书法家的摇篮，是迄今为止国内外第一家以德昂洒智藏文书法艺术为专业特色的文化传承学院。

也就是从那时候起，丹贝嘉灿为了德昂洒智民族文化产业惠益于当地僧俗群众，开始为德昂洒智藏文书法的传承及其相关产品的开发而四处奔走，他带领他的书法家团队，先后前往北京、上海、吉林、安徽等地，通过展览展示德昂洒智藏文书法魅力，与当地工商界人士接触，就德昂洒智的开发利用交流合作，受到当地政府部门、新闻媒体、普通群众的广泛关注。他先后多次参加每年一届的青洽会、青海省国际冬虫夏草暨藏医药展交会等，各级党政领导如项兆伦、骆惠宁、郝鹏等都前往参观，亲切慰问，了解情况。

在他和他的团队的努力下，德昂洒智藏文书法及其器物制作工艺在全国声势渐隆，展现出美好的开发前景。

如今，德昂洒智藏文书法已经被开发为计算机字体纳入藏文字库中，并得到广泛运用，使这样一种濒临消失的传统艺术焕发出了新的生命光芒。今年，丹贝嘉灿再次率领他的团队来参加青洽会，当我们在西宁相见时，他告诉我，德昂洒智计算机字体在得到广泛运用的同时，一些不法商人也开始肆意盗版，已经影响到了它的正常推广和使用，他说："我们欢迎对德昂洒智计算机字体的各种形式的使用，但对这一字库系统的造成的侵权，我们要通过法律程序加以维护！"

德昂洒智，这来自神界的墨香，从德昂草原深处袅袅地散发出清新的芬芳，正丝丝缕缕地弥漫开来，让更多的人得到这无上的香气的沐浴和滋养。

格日尖参的《格萨尔》缘

“仲夏”与“夏嘎”

清晨，格日尖参大步流星地走在果洛藏族自治州大武镇的街道上，他正赶往自己上班的地方——果洛藏族自治州群艺馆。果洛今晨微雪，他特地穿上了他的红色羽绒服，并戴上了那顶有些发旧的鸭舌帽，看上去有点像一个外地游客。

这顶鸭舌帽已经陪伴他多年，每次远行或者天冷，他都会戴在头上。有人问他为什么总是戴着这顶帽子，他便开玩笑说：“这是我的‘仲夏’！”

“仲夏”，意即说唱帽，是《格萨尔》说唱艺人特有的一种道具，或者说是《格萨尔》史诗说唱中一个非常重要的程式。许多《格萨尔》说唱艺人都十分看重这顶帽子，并精心设计制作了这样一顶帽子，原料十分讲究：大多以羊毛毡、绸缎或布料缝制。

常见的“仲夏”呈菱形顶尖、六棱四面。左右两侧有两个钝角形帽耳。帽顶插有各种禽翎。帽子的正面镶嵌着珊瑚、玛瑙等珍宝，每一种珍宝都有一定的象征意义。艺人在说唱《格萨尔》史诗内容之前，往往会从这顶帽子开始说起，并且构成了《格萨尔》史诗说唱中的一个具有独特意义的专章叙述，被称为“夏协”——《帽子赞》，《帽子赞》在民间广泛流传，具有独特的艺术魅力：

请看上方所及处，
一山却有三峰峦，
那是卫藏殊胜山，
帽形参照此圣山。
藏地没有三尖帽，
游僧我帽有三尖，
三尖象征三怙主。
藏地没有六棱帽，
游僧我帽有六棱，
六棱象征六种佛。
藏地没有四门帽，
游僧我帽有四门，
四门象征四天王……

说唱艺人一会儿把帽子放在肩上，一会儿抱在怀中，一会儿放在地上，一会儿又端在手上，以帽子为道具，模仿各种人物或物品，风趣幽默，变化多端。随着对帽子的赞颂进入尾声，《格萨尔》的故事这才豁然洞开。

而这样一顶帽子，在格日尖参这里却被简化了，在他书写和说唱《格萨尔》史诗的时候，并没有这样一顶帽子。不但没有“仲夏”帽子，他也没有大多《格萨尔》艺人的装束和行头。平时上班，他都穿着平常的衣服，或西装或夹克，没任何讲究，在一些正式的场合，他会穿上僧人的装束：红色袈裟，鹅黄色的外套，随意披在身上的一条白色披肩则显露出了他的宁玛派僧人身份。

格日尖参被誉为“写不完的《格萨尔》艺人”，他与其他《格萨尔》艺人最大的不同，就是他用“写”的方式完成史诗，再将所写内容吟唱出来。从艺人的角度说，他的说唱多了一个写的程序，从搜集整理者的角度说，则是直接成文的手写本，省去了其中许多环节。

如今，格日尖参已经用上了电脑，他每天的工作，就是到群艺馆他自己的办公室里，打开电脑，敲击键盘，书写这部世界上最长的“活态”史诗。

中午，格日尖参关闭电脑，下了班，便朝着家里走去。回家路上，他特意去了一趟超市，给自己7岁的外孙买了几块巧克力，还有一套画着《水浒传》卡通图案的卡牌，这是外孙更桑顿珠特别喜欢的，也是格日尖参喜欢的。走在路上，他不时翻看着手里的卡牌，用认识的有限的汉字和卡牌上卡通人物的装束辨认着画的是谁。

这让他想起了自己小时候的一些事情。

格日尖参出生在一个叫德尔文的小牧村，那时候，谁也不知道这个小小的村落后来会那么有名，虽然，小牧村除了比以前大了许多，但在民风上并没有什么大的变化。

德尔文村属于果洛藏族自治州甘德县柯曲乡。1967年格日尖参出生在这个村一个普通牧民的家里。依照旧俗，这个村属于三果洛的阿什炯部落，阿什炯部落又分康甘部、康萨部、上部、女王部、扎萨部等五部，格日尖参家属于上部，村名就叫作德尔文，是一个有近百户人家的游牧村落。

这个游牧村落，认为自己属于藏族古老氏族敦氏，并深信他们是岭国格萨尔部族后裔，敬奉和说唱《格萨尔》史诗，是这个村落一脉相承的一种传统。因此，这个村落几乎人人都会说唱《格萨尔》史诗，出现了许许多多优秀的《格萨尔》艺人。比如，影响果洛《格萨尔》文化传承的掘藏艺人谢日坚措，被国家四部委命名的“唱不完的《格萨尔》艺人”昂仁、德尔文巴才，以及“写不完的《格萨尔》艺人”格日尖参等等。

不仅如此，这个村的周边有许多被当地人认为是格萨尔时代遗迹和遗存的地方，村落的男女老少都认为自己是格萨尔时代某位勇士或者是某个女眷的转世。比如，《格萨尔》掘藏艺人谢日坚措认为他是智赛南卡妥杰的转世，而格日尖参则是他的再世，著名艺人昂仁是米琼卡德的转世等。他们之间又存在着错综的亲属关系。

格日尖参在这样一个村落里出生、长大，耳濡目染，便是在一种史诗文化氛围之中。这种浓郁的文化氛围，沾染在格日尖参身上，成为他的一种气质，浸透在他的心里，塑造了他的精神。

格日尖参记得，小时候他们玩的游戏，不像他外孙玩的那样。那时候没有卡牌，也没有电子游戏，他们最喜欢玩的，便是把一群小孩分成两组，一组自然是岭国格萨尔部族，而另一组，则是正在被岭国征服的恶魔部族，为了争当岭国部族的一名成员，哪怕是一个兵卒，他们总是在游戏开始前就要通过《格萨尔》说唱、跑步等各种办法进行比赛，胜出的孩子便组成了所向披靡的岭国大军，而剩下的一些孩子只能沦为恶魔部众，等着格萨尔率领神勇的部将去征服。

那时候，格日尖参总是凭借着自己说唱《格萨尔》史诗片段的能力，被选入岭国部族，并且有扮演哪个角色的选择权。格日尖参从小就是一副紫黑的脸膛，所以小伙伴们也总是让他扮演总管王叉根或者是王叔晁同。有一次，他们玩起了《霍岭之战》的游戏，以说唱取胜的格日尖参却提出了他要扮演嘉查夏嘎的要求，小伙伴们听了，哈哈大笑起来。

“你要是扮演嘉查夏嘎，嘉查夏嘎就得改名叫嘉查夏纳了！”小伙伴们对他说。（嘉查夏嘎，岭国大将，格萨尔之兄，嘉查为汉室外甥之意，夏嘎则为面容白皙之意，夏纳是黑脸膛之意。）

格日尖参想着这些，又看看自己手上的卡牌，独自笑着，往自己的家里走去。如今，他夫妻二人和女儿央金拉姆一家住在一起，外孙更桑顿珠已经7岁了，是一个聪明伶俐的孩子。此时，太阳就像是一个不吝施舍的大施主，向着整个世界铺洒着阳光，格日尖参走在温暖的阳光下，心里感念着回到家后三代人其乐融融地聚在一起闲聊、吃饭、嬉戏的场景，不由地加快了步子。

与文字结缘

如今，格日尖参的故乡德尔文村已经被中国社会科学院民族文学所和全国《格萨（斯）尔》工作领导小组办公室命名为《格萨尔》文化史诗村。格日尖参日常的工作，似乎也多了一项内容，那就是不断地带着客人到自己的故乡去。格日尖参已经不记得带了多少客人去过故乡，但他从来都不厌烦这件事情，每次有客人来，他甚至会主动要求带客人到自己出生的村落去走走。

每次到了德尔文村，格日尖参都会想起自己的小时候，想起自己与《格萨尔》史诗结缘的那些往事。

格日尖参出生的时候，因为父母没有正式的婚约，所以他算是单亲家庭的孩子。他是在母亲身边长大的，虽然不时会得到父亲的关爱和照顾，但家里缺少劳动力，所以在村子里属于相对贫苦的人家。格日尖参的母亲叫拉宗，是一个性情温和、宽容大度的女人，平日里喜欢诵经念佛，也会说唱《格萨尔》史诗的一些片段，以及一些古今掌故、奇闻逸事。虽然日子贫苦，但出自母亲口中的那些传奇故事，却滋养了格日尖参的心魂。

说起格日尖参这个名字，也是有些来历的。

格日尖参出生不久，母亲就把他抱到他的叔叔德尔文吾洛喇嘛那里，吾洛喇嘛甚是高兴，说梦兆祥瑞，于是便给他取名格日确吉坚参，意思是师尊之法幢。

格日尖参从小就聪慧过人，但性情有些怪异，他经常沉醉于《格萨尔》史诗中的一些场景，带着一个要好的小伙伴厮杀、冲刺、呼号，对他这样的行为，村里的人有的觉得是一种灵异行为，而有人却觉得他有些癫狂，直接把他叫作疯子格日尖参。

格日尖参初学文字，还是与他的一位远房的姑姑有关，格日尖参至今记得，这位姑姑叫拉姆措，有一天，他到姑姑家去玩，姑姑给了他一本教科书，这是一本藏汉对照的双语教科书。或许是前缘显现，格日尖参看到这本书，如获至宝，他即刻开始一页页地翻阅起来，虽然上面的字，他一个也不认识，但对这本书却充满了亲近和好奇。

格日尖参记得，这本书的第一页，是毛主席的半身像，下面分别用藏汉两文写着“毛主席万岁”几个字，格日尖参虽然并不认识这些字，但他照着字形，把这些字写到雪地上、沙滩上，写藏文，也写汉文。有一天，格日尖参在村边一块背风的草地上玩，那里的积雪还没有融化，平展展地铺在大地上，就像是一张白纸，格日尖参捡了一支干枯了的金露梅树枝，便在积雪上写起字来，他先用藏文写下了“毛主席万岁”几个字，接着又用汉文写了一遍。当时一位在村里任会计的老人从旁边经过，他看到格日尖参那么认真地在雪地上写写画画，便有些好奇地走过去，于是，他看到了写在雪地上的字，并随口念了出来。那时候，村里还没有学校，格日尖参也从来没到学校学习过。那位会计念完了，忽然有些惊讶，他急忙问格日尖参：“你跟谁学的？”

格日尖参摇摇头，举起手中已经有些破旧的教科书，让会计看了看。

“你认识这些字吗？”

格日尖参摇摇头。

“你是说，你不认识，但是会写？”

格日尖参点点头。

“这是‘毛主席万岁’！”会计大声念着，接过格日尖参手中的树枝，一个字一个字地指给格日尖参念，格日尖参第一次认识了自己写下的字。

会计知道格日尖参会写字，就把他带到了当时的大队部，大队部订了一些报纸，其中一份是《青海藏文报》。那时候，《青海藏文报》上正在连载《格萨尔》史诗中的《辛丹内讧》，每期一篇，一千字左右。会计把这份现有的藏文报借给了他，并答应以后送来的报纸，格日尖参可以随时来取。

格日尖参从此开始了学习藏文的艰难历程。他凭借着不断自学、向人请教，读完了整部《辛丹内讧》，他因此也掌握了藏文的基本拼读。

格日尖参 16 岁那年，德尔文有了村办小学，他凭借自学的藏文知识，成为村办小学校的藏文教师。那时候，虽然是小学校，但村里的许多人都希望自己通过学习能够掌握一些知识，所以在刚刚开学的一年级课堂里，有着各种年龄层的学生，老人、年轻人、家庭妇女夹杂在小学生之中，许多人都是格日尖参的长辈。

格日尖参满怀希望，开始了他的教师生涯，但他很快就发现，他当时的文化知识，其实还不足以做一名教师，他开始谋划到一个地方，拜一位博学的老师，认真系统地学习藏文。

那时候，只有在县上有中学，而他没有经历过小学阶段的学习，也就没有资格报考到中学去学习。唯一可以选择的，也就只有寺院。

在格日尖参当了村办小学教师的第二年，他辞去了小学教师的工作，在家乡的龙恩寺出家为僧，拜多位大德高僧为师，开始了青灯黄卷的佛学学习。

格日尖参每次到德尔文村，自然而然就会想起这些过往。他也深深记得，在后来的日子里，当他离开这个生养长大的地方开始在外游走的时候，他对这片土地的怀念。

就在格日尖参在龙恩寺潜心学习佛法，他的藏文知识也在日渐长进的时候，一件对他人生在世 17 年以来最痛苦的事发生了：与他相依为命的母亲去世了！这件事如晴天霹雳，一下击中了他，让他难以承受。

在几位近邻和亲友的帮忙下，他办理了母亲的后事，把包括自家帐篷在内的家里所有财产都捐献给了龙恩寺，希望龙恩寺诵经超度母亲的灵魂，让她早日抵达西方极乐之乡。

送走了母亲，但心里的悲痛却难以抵消。每次看到村里的一切，以及村边的风景，他总会想起他的母亲，母亲趔趄着步子走在村道上的形象，母亲在村边草滩上捡拾牛粪的样子，时刻浮现在他的眼前。

为了静下心来，格日尖参决定离开故乡，去外面走走。于是，他从右绕阿尼玛卿雪山进行转山起步，开始了他的游浪生涯。他先后到了青海湖、塔尔寺、夏琼寺，一边行走，一边拜师学法。这是他少年时代最远的一次出行，这也是他开阔眼界，自身得到蜕变和升华的一次出行。

这次出行历时半年之久。

此刻，格日尖参站在德尔文村边的一座草坡上，眼望着村里的景致，少年时代的那段经历，在他的脑际如云烟一样起伏变幻着，他不由轻轻诵念起六字真言，他恍惚看见他的阿妈走在村道上，阿妈依然很年轻，是他孩提时代时的模样。

姻缘与书缘

格日尖参带着客人转完了德尔文村，回到州府所在地大武镇的时候，已经天色向晚，原本单位请客人吃便餐的时候，让他来作陪，到了镇上，他却感到有些疲累，便给单位负责人打电话，说他身体有些不适，想早点回家。

就这样，格日尖参早早回到了家里。

早上出发去德尔文村的时候，格日尖参告诉妻子达勒吉，晚饭会在外面吃，可是，妻子就像是知道他会回来一样，为他备好了晚饭。

已经是老夫老妻的他们，彼此已经没有多少表达感激和恩爱的话语。但格日尖参的内心还是颤动了一下。

说起他和妻子达勒吉的婚姻，还是与《格萨尔》史诗有关。

格日尖参游浪回来了，但阿妈不在了，故乡德尔文的家也已经没有了。经过一番考虑，他便去找自己远在果洛玛沁县当雄乡的一个舅舅。

舅舅看着这位苦命的外甥满脸的风尘，不由想起了自己已经不在人世的妹妹，一时心生悲痛，当即决定把他收留在家里。

“这里就是你的家！”舅舅对他说。

格日尖参吃住在舅舅家里，虽然每天都帮着舅舅家里干点零零碎碎的活儿，但心里还是有些不踏实：一个十七八岁的强壮小伙子，整天无所事事，让别人家养活，这简直太丢人了！

就在他不知道如何帮助舅舅家做些事情的时候，舅舅的一位故交来找舅舅，当这位故交得知这位腼腆的小伙子曾经做过教师，而且还在果洛地区声名显赫的龙恩寺修持过，便极力邀请格日尖参到自己家里，给自己家的两个孩子教授藏文。

经过一番商量，格日尖参接受了这份私塾教师的活儿，也就从舅舅家搬出来，住到了舅舅的这位故交家里。

舅舅的这位故交叫嘎贝，后来成了格日尖参的岳丈大人。

说起这段姻缘，格日尖参觉得这是上天对他的一次眷顾。

格日尖参到了嘎贝家，给嘎贝家的两个年纪相仿的男孩教授藏文，他认真教授两个孩子拼读藏文的样子，却让孩子的姐姐达勒吉着了迷。那时候，达勒吉 20 岁，比格日尖参年长 2 岁，正是情窦初开、青春勃发的年纪，他们很快就坠入了情网。

嘎贝夫妇很快就知道了他们之间的恋情，认为这是一段良缘，默许了他们之间的来往，并于次年为他们操办了婚礼。

从此，这个失去了家的人重新又有了自己的家。那一年是1986年。

格日尖参和达勒吉成婚后，他的岳父希望他不要因此丢弃文字，希望他能够继续修习典籍佛经，让自己的知识更加渊博深厚。岳父的敦促，让格日尖参想起了他在游浪路上的一些经历。

格日尖参出门远行的那段日子，因为身上没有多少钱，他总是走到哪里，就在哪里借宿，农家的土屋、牧人家的帐圈，甚至是山洞里、树林间他都住过，只要能够住下来就可以，他从来没有更多的奢望。令他惊奇的是，这一路下来，每到晚上住下来，他就会沉入梦乡，梦中的情景却也总是与格萨尔有关：鏖战沙场的将帅、守护着后方家园的女杰，还有那些威武的战神、疾驰如飞的战马……梦中的情景栩栩如生，醒来时依然清晰明了。格日尖参自己也有一种想要书写的冲动。

当着岳父的敦促，格日尖参便说了自己的这段经历。岳父听了便说："你文字精深，又有这样的梦境，为什么不写一部《格萨尔》部本呢？"

一旁的妻子达勒吉也附和着自己的父亲说："是啊，父亲说的是！"

得到了自己岳父和新婚妻子如此的信赖和敦促，格日尖参心里不禁有些感动，他决心开始把那些一直召唤着他的故事书写出来。

第二天，岳父去了一趟县城，为他买来了纸张和钢笔，用这样一种行动再次表达了他作为老人对自己的女婿的看重和信任，同时，也是再一次敦促。

格日尖参开始了他的书写。一开始，他就再也停不下来了，他手握钢笔，用藏文草书在雪白的稿纸上疾书，几乎达到了夜以继日、废寝忘食的地步。

一年后，他书写完成了《格萨尔》史诗之《蒙古黄丹骏马宗》，共计30多万字。当他把书写完成的一沓厚厚的书稿拿给岳父时，岳父惊讶不已，一边不断赞叹着，一边吩咐家人烧茶煮肉。那一天，岳父盛情款待了他，而他自己也发现，此前，出现在他梦中的那些神奇的文字到了次日他却再也记不起来了，自从成婚后，他发现那些文字在自己醒后能依然清晰地映在他的脑际了，只需要他把它们写出来。

这些文字，是一些奇异的符号，近似古藏文中的一些遗留，格日尖参自己也念不出来，更不明其义，但他知道，它们的出现，预示着这本书的出处：通过对心灵的开掘，原本就蕴藏在内心深处的伏藏，在机缘成熟的时候被打开，而那些奇特的文字，便是打开伏藏的密钥。格日尖参记得，他书写的第一部《格萨尔》史诗部本《敦氏预言授记》经过整理正式出版，拿到样书，他却发现他写在书的开始页首句的那一行神奇文字被编辑拿掉了，他打电话问编辑这是怎么回事儿，编辑回答说因为之前的《格萨尔》没有这个先例。格日尖参无话可说，但他马上决定自己掏钱再版这本书，除了重新修订，主要原因就是要加上这行神秘的文字符号。

格日尖参一直认为，他的婚姻成就了他与书写之间的缘分。

《格萨尔》史诗缘

格日尖参没上过学，所以他也没有过要称为老师的人，但有一个人，他却一直称他为老师，这个人，对他有着知遇之恩，并且真的是手把手规范和修订过他通过自学而来的文字。

这个人，叫诺尔德。

他与诺尔德相识是他婚后不久的某一天。

完成了《格萨尔》史诗《蒙古黄丹骏马宗》之后，他并不知道可以把这本书拿到哪里出版，有一天他和一位朋友聊天，这位朋友告诉他，州上有个《格萨尔》史诗抢救办公室，这里肯定需要这本书，并说他认识办公室的负责人诺尔德先生。

在朋友的引荐下，格日尖参见到了诺尔德。

诺尔德是国家级藏学专家，多年来致力于《格萨尔》史诗的研究和保护工作，成绩斐然，他当时是果洛藏族自治州《格萨尔》史诗抢救办公室负责人。

眼前忽然出现了一位自称书写了一部《格萨尔》史诗的人，诺尔德并不大相信，他简单问了格日尖参的一些情况之后，便对格日尖参说："你先写一首赞美故乡甘德的诗篇，不要少于八页，也不要超过十页，写完了拿给我！"

格日尖参当即答应着，便回去了。

诺尔德以为，即便是一位有书写能力者，也一定是几天之后才能构思完成他布置的文章。所以，格日尖参走后，他就去忙别的事情，并没有把格日尖参的事放在心上。没想到，当天下午，格日尖参便来找他了。

格日尖参便是拿着他已经书写完成的诗稿来找他的。

这么快就写完了，诺尔德有些惊讶，没想到的是，诗篇写得非常美！

诺尔德仍然有些疑惑，他再次对格日尖参说：“你把你能写的《格萨尔》部本列个书目，我看看。”

格日尖参答应着，即刻拿出笔来，当着诺尔德的面书写起来。

半个小时后，罗列了120部《格萨尔》史诗部本的一个书目写出来了。这让长期从事《格萨尔》史诗研究的诺尔德更加惊讶，他心里暗自惊叹着这一重大发现，但从他多年从事文化理论工作的经验中，他也知道，证明材料越多，便越有说服力，于是，他又让格日尖参把《格萨尔》史诗中岭国八十员将帅和三十位美女的名字书写出来，格日尖参也一气呵成写了出来。

格日尖参在书写将帅与美女的名称的时候，诺尔德仔细看了他刚刚列出的书单，其中有一部是《米敏银宗》，在之前的《格萨尔》史诗中很少提及，于是，又对格日尖参进行了一次考验：“你能不能把这部书的开头部分写出来，如果可以，我即刻向有关部门和领导反映你的情况！”

格日尖参答应着，即刻书写起来。

那天晚上，二人话别，诺尔德回到家后激动不已，他即刻去找一些领导反映情况，第二天一上班，又去找有关领导反映情况。他的认真和诚意打动了几位领导，但领导对这样一位忽然出现的《格萨尔》书写艺人还是抱有怀疑态度，于是，便让诺尔德组织安排一个特殊的鉴定会：召集在州政协、文化单位、各院校等工作的当地文化专家和知名人士，把格日尖参请来，通过问答方式，对格日尖参进行一次鉴定。

几天后，这样一次别开生面的鉴定会便召开了。

会后，与会专家和知名人士惊讶又激动，许多人当即表示，这样的人才千年一遇，必须提供条件，给予待遇，发挥奇特人才作用，抢救古老的《格萨尔》史诗。

格日尖参至今记得那些非凡的日子，那些奇特的过往。对他来说，这也是他一生中得以升华的时刻。从那一时刻起，从全国《格萨尔》工作领导小组到省上有关《格萨尔》研究部门，再到州上各级领导，都对他给予了高度的重视。降边嘉措、杨恩洪等在全国藏学界和《格萨尔》学界有着极大影响力的专家学者，也将他列入自己研究科目并作为重点对象，对他的《格萨尔》书写工作进行关注、跟踪和研究。

1987 年 5 月，果洛召开首届《格萨尔》说唱大会，会上，格日尖参把自己书写完成的《米敏银宗》作为礼物献给了大会。这是一部手写在书写经卷的长条形牛皮纸上的手稿，共计 700 多页，40 余万字，并且，格日尖参因出色的说唱，赢得了听众赠予他的桂冠——他被誉为果洛草原“写不完的《格萨尔》艺人”。

同年 9 月，在青海湖畔举行的青海省首届《格萨尔》史诗演唱会上他又荣获个人一等奖。

1991年10月，格日尖参参加了在北京召开的全国《格萨尔》艺人命名大会，被中国社科院、文化部、国家民委、中国民间艺术家协会等授予“《格萨尔》说唱家”的荣誉称号。

1992年，格日尖参被正式吸收为国家干部，进入州群艺馆工作。

1997年6月，他荣获国家四部委联合颁发的“有突出贡献的先进个人”光荣称号。

格日尖参谈及这些，都会对诺尔德真诚地表达感激之情，他至今不会直呼诺尔德的名字，提起诺尔德，他便用老师称呼。他认为，他所得到的一切，都与这位藏学专家有着极其密切的关系。

他就用这种感激之心，每天完成着对《格萨尔》史诗的书写。目前他已经书写完成近40部《格萨尔》史诗，其中近30部已经正式出版。

此刻，格日尖参坐在家里的沙发上，妻子和女儿忙碌着，他的外孙更桑顿珠坐在膝盖上，正和他一起在收看藏语电视台播出的一部藏语译制的武打片。

“这个电视像阿尼讲的《格萨尔》的故事！”外孙说。

“要是把《格萨尔》拍成电视，比这个还好看！”他告诉外孙。

图书在版编目（CIP）数据

孔雀翎上的雪峰 / 龙仁青著．—南宁：广西民族出版社，2022.1（2023.5重印）
（中国多民族作家作品系列）
ISBN 978-7-5363-7521-5

Ⅰ.①孔…　Ⅱ.①龙…　Ⅲ.①散文集－中国－当代
Ⅳ.①I267

中国版本图书馆CIP数据核字（2021）第229075号

中国多民族作家作品系列
孔雀翎上的雪峰
KONGQUE LING SHANG DE XUEFENG
龙仁青　著

出 版 人：石朝雄
组稿策划：梁秋芬　陶安宁
责任编辑：杜　洪
装帧设计：张文昕
责任校对：翟芳婷　黄淋冬
责任印制：梁海彪　张东杰
出版发行：广西民族出版社
地址：广西南宁市青秀区桂春路3号　邮编：530028
电话：0771-5523216　传真：0771-5523225
电子邮箱：bws@gxmzbook.com
印　　刷：三河市嵩川印刷有限公司
规　　格：787毫米×1092毫米　1/32
印　　张：9.75
字　　数：190千字
版　　次：2022年1月第1版
印　　次：2023年5月第2次印刷
书　　号：ISBN 978-7-5363-7521-5
定　　价：58.00元